AF219968

Frederic Luján

Estado incierto

Novela

La presente publicación se encuentra registrada en la Biblioteca Nacional
Alemana (*Deutsche Nationalbibliothek*) Los detalles bibliográficos se
encuentran en la página Internet http://dnb.dnb.de

Título: Estado incierto
Todos los derechos quedan reservados por el Autor.
Editor y productor: Books on Demand GmbH,
Norderstedt Alemania
Edición, 2021
© Frederic Luján, 2021
ISBN 978-3-7534-8790-8

www.fredericlujan.com

Frederic Luján nació en Giessen, Alemania, en 1957. Sin lugar a duda una de las voces más originales de la nueva literatura en español. Ha vivido mucho tiempo en el Perú.Estudió administración de empresas y ha sido consultor, seminarista y catedrático en esa materia. Ha escrito para periódicos y revistas peruanas. Luján, quien actualmente vive en Dresden, dice que escribir es como una bendición que le tonifica siempre el espíritu. Su extraordinaria destreza narrativa se vio confirmada con *¿Por qué a mí?*, su primera novela que salió publicada en el año 2003; luego *El expresionista*, *La dulce espera*, y esta última, su segunda gran novela *Estado incierto* (la versión en Alemán salió publicada primero en el año 2016, con el nombre *Morbide Faszination*), y donde desde el primer momento el autor también nos cautiva con una de sus historias más brillantes por su insólita habilidad para ir de lo grave a lo hilarante.

Esta es una obra de ficción. Cualquier parecido con circunstancias o personas reales es pura casualidad.

Frederic Luján

...El principal enemigo del hombre no es el microbio ni la enfermedad, es el hombre mismo, su orgullo, codicia, presunción, vanidad, arrogancia, los prejuicios, la estupidez. Contra eso, sí, contra eso no hay hasta ahora ninguna clase social inmunizada, ni sistema alguno que pueda ofrecer un remedio...

HENRY MILLER, *El Coloso de Marusi*

ÍNDICE

Frederic Luján

Estado incierto

Novela

¿Y ahora qué le digo a Laura?

Desde que salió del consultorio Tilo ya no era el mismo. Esa rara sensación que más parecía una extraña obsesión se había quedado ahí, latiendo en su inconsciente.

"Lo descubriré, lo descubriré", repetía incesante, martillándose la cabeza con mil pensamientos, como si de eso dependiera su futuro.

Eran como las cinco de la tarde y afuera, con menos diez grados centígrados, el aire congelaba y las calles algodonadas de nieve. Era febrero en Alemania, el mes más frío del invierno. Tilo vivía en *Radebeul*, un pintoresco pueblo alemán de no más de treinta mil habitantes. Conocido por sus viñedos, restaurantes típicos y lugares de esparcimiento turísticos, era cuna del renombrado escritor alemán Karl May, autor de *Winnetou* y de historietas del legendario Oeste norteamericano.

Mientras subía la cuesta porque su casa se encontraba en la falda de una loma, junto a una viña, podía divisar cómo descansaban las otras viviendas con sus tejados rojos de diferentes tonalidades en la falda del cerro, hacia el otro lado del río Elba. Todo lo que percibía lo asociaba inmediatamente con esa extraña sensación que latía en su interior. Al dolor físico agudo, que a veces le imposibilitaba hasta caminar, cada vez le tenía menos miedo. Después de todo ya casi se había acostumbrado.

Sé bien de lo que huyo, más no lo que busco. En cualquier caso, es mejor cambiar un estado malo por uno incierto... recordó de pronto la cita de Montaigne.

Mientras caminaba como sonámbulo por la calle empinada trataba de ordenar el mapa de sus ideas. "¿No será acaso una especie de conjuro de mi alma este nuevo viaje que emprenderé, mi enfermedad?"

Hablaba solo, alzando la voz como si en ese momento quisiera hacerse también amigo de sus dolores y sufrimientos, entenderlos más que rechazarlos. Algo le decía que iba a ser inútil luchar contra su enfermedad como si fuera un enemigo, eso que el doctor decía. Probablemente por eso sería mejor no verla como a un adversario sino más bien como un aliado. Sí, eso sería él, un aliado, un cómplice de esa obsesión que ahora le perforaba los pensamientos. ¿Será acaso la fascinación que tenía por los libros y por todo lo que había leído y leía que lo ponía así? ¿O es que se estaba volviendo masoquista? Seguía dando vuelta a sus ideas, mirando el firmamento con unos ojos que se le salían del cráneo, como si estuviera conectado con la Divina Providencia.

Al verlo cómo vociferaba solo, una viejita que acababa de terminar de barrer la nieve que se había acumulado al frente de su casa se asustó de tal manera que se escondió bajo el umbral de su puerta. Otras personas lo miraban con disimulo, aplastando sus caras detrás de las ventanas empañadas por sus alientos húmedos.

Al pasar frente a la florería que se encontraba a tan solo dos cuadras de su casa, sus reflexiones tuvieron un momento de tregua.

"Sí, ¿por qué no? Le regalaré a mi Laura un bonito ramo de flores, a ver si así la calmo un poco", se dijo.

Así era él a pesar de que su mujer le tenía muy poca paciencia. Le gustaba darle siempre sorpresas. Y no solamente a ella, también a su hija adoptiva, Karina. Se trataba en verdad de la hija del primer matrimonio de Laura. Ella había enviudado cuando Karina tenía apenas cinco años de edad. Era la niña de sus ojos, la quería mucho. Tilo era de las personas que más gozan regalando que recibiendo.

Laura no aparentaba los cuatro años que le llevaba a Tilo. Era esbelta y alta, Tilo tenía que estirar siempre el cuello para besarla. Tenía la piel algo más oscura que la normalmente desteñida de las mujeres alemanas y la apariencia aristocrática: siempre bien cuidada, como si se tratara de un maniquí de vitrina. Tilo la llamaba *Luxus Lady* porque parecía embalsamada en cremas y aceites cosméticos. Laura iba por lo menos dos veces a la semana a la cosmética y al marica de su peluquero, cada quince días. Tenía cientos de pares de zapatos que guardaba como fetiches en un armario con llave, y que habían sido especialmente escogidos para que entonaran con lo que llevara puesto. Sus amigas la miraban siempre con envidia y decían: "Ay, no sé qué hace esta mujer para mantenerse siempre tan bien, porque no creo que sea por el medio tronado de su marido."

Tilo era todo lo opuesto. Le gustaba vestirse sencillamente. Decía que el hombre, como proviene del mono, debería andar mejor como los *masai*, con una sola indumentaria para protegerse del sol y punto. Parecía un hámster: fofo de cara y con la nariz aplastada, además de orejas chicas y puntiagudas y unos ojos rojos que sobresalían de su cara. Sus amigos le sugerían siempre usar lentes oscuros, igual que los de Heino, el cantante alemán de música folklórica.

Como Tilo andaba distraído se había olvidado de subirse la bragueta del pantalón. Al llegar a la florería, la vendedora, una gordita nada recatada, sonrió tapándose la boca para que no le vieran el diente que le faltaba, le insinuó que algo ahí abajo se había quedado abierto.

"¡Ah, sí, gracias! con razón sentía que algo se me enfriaba... jejeje", sonrió Tilo. Nunca se hacía problemas por nada. Sin una razón en especial, se sintió atraído por los colores violeta y blanco de las azucenas que habían justo en la entrada de la tienda.

"Señora Wiedow, por qué no me prepara un bonito ramillete de estas flores", dijo, sin pensarlo mucho.

"Pero, señor Medina, ¿no es que a su señora le gustan los claveles?", dudó la vendedora, como adivinando que serían para su esposa. Se conocían desde que Tilo se había mudado a Radebeul.

"Sí, lo sé, pero hay que acostumbrarla a que cambie de gustos, señora Wiedow. Además, me parece que sus claveles están todavía en botón. Yo quiero algo con vida, que llame la atención, como estas lindas azucenas." Revisaba cada flor que había en la vasija, imaginándose la cara de asombro que pondría su mujer.

Acercó el capullo más grande a su nariz y estornudó de tal manera que desintegró la flor por completo: unos cuantos pétalos quedaron prendidos en el pelo y en la blusa de la vendedora.

"¡Caramba, mil disculpas! Parece que soy alérgico al perfume de las azucenas."

Cuando quiso ayudar a quitarle los pétalos botó torpemente un florero que para su desgracia tenía agua podrida. Tilo evidenciaba ya serios problemas con los nervios motores de las manos, que a veces movía de forma torpe e incoordinada.

"¡Maldición!¡No sé que tengo hoy, todo me sale mal! Jejeje." Todo lo solucionaba siempre con una sonrisa.

"No, qué ocurrencia, yo lo limpiaré... son veinticinco euros", dijo la vendedora, que ya conocía las torpezas de su cliente y quería más bien que pagara rápido y que se fuera de una vez, antes de que le destrozara toda la tienda.

A Tilo siempre le sucedían este tipo de cosas y lo peor de todo es que a veces ni cuenta se daba. Hacía poco que se había estrellado contra un vidrio en un supermercado porque pensó que se trataba de la puerta de salida y para colmo era la oficina del administrador.

El ramillete que compró era tan grande y frondoso que su cara desaparecía entre la selva de flores y como además se bamboleaba de un lado a otro por los dolores que tenía en la pierna, hacía malabares para no tropezarse.

A la entrada de su casa, o mejor dicho la de Laura, ya que el esposo de su primer matrimonio había comprado el segundo piso de un edificio de tres y lo había puesto a nombre de su mujer, quien lo aguardaba con cara de quien espera una explicación inmediata. Sin fijarse siquiera en el ramillete de azucenas, Laura clavó la vista en el suelo. Con los brazos cruzados, moviendo ligeramente el pie derecho, parecía decirle *espero que le hayas dicho todo al doctor, so pedazo de volado.*

"¡Laura, amorcito!" prorrumpió sonriente Tilo. Y como si se tratara de su primer amor le entregó las flores: "Mira lo que te traje, son para ti, azucenas, ¿te gustan?" Para él era una sorpresa encontrarla ahí afuera, con ese frío que penetraba hasta los huesos.

"Hm, gracias Tilo, son lindas, pero...", en verdad quería decirle otra cosa, pero igual, ablandó un poco su rostro malhumorado y preguntó: "¿Y no había claveles? A mí me gustan los claveles."

Tilo prefirió no contestarle. La verdad era que ella no parecía estar muy contenta con las flores.

"De todas maneras gracias, pero son inmensas y en la sala no las puedo poner porque tengo los bonsáis que me regaló mi madre." Laura agradeció con tono seco, haciendo muecas, y cuando él quiso besarla en la boca, ella puso la mejilla.

"Bueno, si quieres, ponlas entonces en el baño. Sí, eso es, en el baño, junto al lavatorio", dijo Tilo, irónicamente, encogiendo los hombros.

Se sentía muy cansado y lo único que deseaba en ese momento era estirar sus piernas en el sillón.

"¡Baño, baño, qué disparate me hablas!" contestó Laura, como advirtiéndole que a ella había que hablarle bonito. "Las pondré en el corredor, solo que como hay poca luz se van a marchitar antes de tiempo. Y ahora ven, apóyate en mi hombro..." Laura encorvó ligeramente el torso para que Tilo se apoyara mejor mientras subían las escaleras. "¿Sabes qué Tilo? creo que la próxima mejor iré contigo al médico. La verdad, tú ya no estás para estos trotes. Te he esperado aquí afuera, muerta de frío, más de una hora. ¿Cómo quieres que me ponga?", dijo, moviendo la cabeza amargamente.

El cansancio y el agotamiento físico de Tilo se hacían cada vez más notorios. Felizmente había dejado de ser corpulento y pesado, sino habrían demorado mucho más en subir.

"No *Liebling*, lo que pasa es que me demoré por las azucenas que tú, malagradecida, parece que desprecias."

"Está bien, ya te he dicho que son lindas, preciosas, qué más quieres que te diga." El malhumor de Laura era insoportable, no le gustaba que le repitieran siempre la misma cosa.

Cada paso que subía Tilo parecía como si trepara el *Mont Blanc*. Así de cansado se sentía. Las piernas se le habían entumecido otra vez, además de las dificultades que tenía para respirar. Una vez adentro, su mujer le ayudó a ponerse el buzo deshilachado de siempre, se estiró un rato en el sillón y luego se sentaron en la mesa a cenar: un par de panes negros de centeno con queso, unas rodajas de embutidos, ensalada de pepinillos, yogurt *light* y su jarra de té de salvia.

Comían en silencio, cruzando miradas, como esperando a que alguien diera una señal para iniciar un tema. Tilo, tratando más bien de eludir el asunto, comía tranquilo sus pancitos, pensando qué cuento le podía meter ahora.

"Bueno, ¿y? ¿Supongo que algo te habrá dicho el doctor Rossmann, no?", insinuó Laura, quien tratando de suavizar el rostro juntaba los labios delgados hasta parecer que no los tenía.

Esta vez quería saberlo todo, hasta con puntos y comas. El solo el pensar que Tilo podría tener algo serio o incurable la tenía hecha un atado de nervios. Hacía una semana que no pegaba los ojos para dormir.

Por temor a que su mujer le mandara de inmediato a la clínica y le aguara la fiesta de su cumpleaños que había preparado con tanto esmero para el sábado siguiente, Tilo optó mejor por seguir moviéndole el punto sobre las azucenas: "Laura, *mein Liebling*, en serio, dime francamente: ¿te gustaron mis azucenas? Por si acaso te compré todas las que había."

Tomaba el té con un sorbete: la única manera como podía tomar algo caliente sin que le ardieran las heridas que tenía en la boca. "¡Otra vez con las flores, Tilo! Por favor, cuántas veces te tengo que decir que, ¡sí, sí, sí!, son lindas, preciosas, bellas, maravillosas... ¡Ya córtala, córtala de una vez, por Dios!" Sus ojos pardos brillaban cambiando a un tono más bien grisáceo y golpeaba con las uñas largas y perfectamente arregladas la taza, simulando el ruido de un galope.

"Bueno pues, y para que lo sepas de todas maneras ha sido el ramo más bonito que he encontrado para ti, *Liebling*. ¿Sabías que cuando le dije a la vendedora que buscaba algo esta vez verdaderamente llamativo y con colores intensos, inmediatamente se acordó de que a ti te gustan los claveles? Pero igual, yo le dije que mejor no, que quería estas, las más bellas y lindas de la tienda..." Le buscaba la mirada como para que le dijera sí mi amor, tienes razón, mejor hablemos sobre otro tema que no sea tu enfermedad.

Pero nada, por el contrario, parecía como si quisiera tirarle una bofetada. Comía las rodajas de pepinillos una tras otra, como si se tratara de hostias, masticándolas sin apetito.

"Por ejemplo, en Buenos Aires existen también azucenas que crecen con las flores juntas, creo que se llaman *Astroemelia peregrina*. Lo leí un día en una revista de jardinería, pero mejor no me preguntes por qué... jejeje" reía temeroso. "Creo que por eso dicen que pertenece a la familia de las liliáceas, esa planta de tallo alto y flores grandes, blancas, olorosas... ¿Qué crees? Yo también sé algo de botánica."

Y así siguió escabulléndose en conversaciones triviales hasta que la paciencia de Laura llegó a su límite. Dio un manotazo sobre la mesa incrustando los dedos con tal fuerza en el mantel, que hasta se voló media uña del dedo índice y las rodajas de pepinillo de la ensalada saltaron del plato.

"¡Basta, basta, basta!" gritó, exhalando aire cual si fuera un hipopótamo. "Mira, Tilo, yo te he esperado casi una hora como una idiota y además muerta de frío en la puerta. ¿Por qué no me puedes prestar un poco de atención? Quiero que me digas todo, pero todo lo que te ha dicho Rossmann, ¡maldita sea!" De sus ojos saltaron lágrimas.

Al ver como su mujer lloraba ahora a moco tendido –cosa que en verdad no era muy usual en ella–, Tilo se bloqueó y sorprendido dio un salto y derramó la taza de té haciendo que de pronto flotaran las rodajas de pepinillo de encima de la mesa.

"¿Pero por qué lloras, Laura? ¿Qué hice, te dije algo que no te gustó?" Le pasaba la mano por la cabeza. "Dime, ¿seguro que es por las azucenas que no te han gustado, porque mira, si quieres, para la próxima te compraré entonces tus claveles? ¿Qué dices, te gusta la idea?"

"¡Qué flores ni qué flores, métetelas al poto! ¿Por qué serás tan idiota? ¡Eres un torpe, un cínico!" En ese momento Laura no sabía explicarle el por qué de su arrebato. "¿No te das cuenta acaso de las cosas que haces y dices? Mira, hasta has derramado el té encima de la mesa. Todo te tiembla, ya ni te puedes controlar... ¿Te parece eso normal? Estás enfermo, Tilo, muy enfermo."

En ese momento Laura quería matarlo, lapidarlo para siempre, pero a la vez evidenciaba pena, casi lástima, de ver cómo su marido se convertía cada vez más en una persona extraña, desconocida. En un indiferente al que no le importaba nada ni nadie.

"En cualquier caso es mejor cambiar un estado malo por otro incierto", volvió a decir Tilo, usando la frase como antídoto contra lo que le estaba ocurriendo. La pronunciaba pausadamente y apenas moviendo los labios.

Ella lo miraba con los ojos empapados. Hubiera querido decirle tantas cosas, sin embargo su indignación e impotencia eran tales que en ese momento odiaba sus caricias.

"¿Yo mal? ¿Enfermo? ¡Tonterías, bobadas, Laura! En cualquier caso es mejor cambiar un estado malo por otro incierto." Esta vez sí se lo dijo claro y directamente. La miró firmemente a los ojos para ver si podía escarbar en sus pensamientos. "Creo que tú sabes perfectamente a lo que me refiero. Y, por favor, no me digas ahora que no, que lo puedo leer en los ojos. Mira, ¿por qué no nos olvidamos de todo esto que no son más que simples banalidades? Lo que pasa es que tú, al igual que todos los demás, exageran, siempre exageran." Firme en su divisa y como concluyendo que era mejor no hacerle caso, y absolutamente indiferente, Tilo comenzó a interpretar a *Roberto Musil*, otro de sus autores preferidos: "Piensa como Musil: todo nuestro ser no es sino un delirio de muchos. Sí, eso es, un delirio de muchos y nada más. La épica basada en la unidad del mundo y del individuo. Laura, te hablo en serio, creo que eres tú más bien la que te haces problemas sobre lo que te dicen los demás. Relájate por favor, *Liebling*, ¿sí?"

"¡Esto ya es el colmo, por favor! Para hablar sandeces eres campeón. Creo que esos libros en vez de hacerte un bien te están haciendo daño. Pisa tierra. Qué cosas estás diciendo, ¿cambiar un estado malo por otro incierto? ¡Idioteces, todo no son más que idioteces! ¿De qué Misíl, Masil, Musil, o como m... se llame, me estás hablando ahora?" Laura esquivaba las caricias de Tilo poniendo el cuello duro y le habla en tono enérgico: "¡Ya deja de tocarme el pelo y siéntate mejor en tu sitio! Y seca también ese desastre que has ocasionado sobre la mesa."

Mientras más lloraba y criticaba Laura, más se empecinaba Tilo en enredarse con sus enmarañados pensamientos. ¿Serían acaso las controversias con su mujer que le producían cada vez más ese deseo de hundirse en sus ideas utópicas, con la ilusión de que fueran tangibles? ¿Qué es lo que lo motivaba a irse allí, donde pudiera vivirlas, experimentarlas, sentirlas? ¿O es que se estaba volviendo un mero parásito, interpretando solo ideas ajenas?

"¿Sabías que la más profunda asociación del hombre con sus semejantes es la disociación?" dijo Tilo, buscando calmarla, motivándola para que se adentrara también en sus ideas: "Disociación, qué interesante palabra ¿no, Laura? Nuestra vida debería ser total y únicamente literatura. Dios mío, ¿por qué no me iluminas a mí también igual como a Musil?"

Al ver que Laura seguía frunciéndole el ceño, su castillo imaginario se desmoronó otra vez para volver de nuevo a la realidad. Y así no le quedó otra que regresar de nuevo a su sitio para limpiar todo el desastre que había ocasionado.

Distraído como era, en vez de limpiar la mesa con el trapo de la cocina, sacó de su bolsillo un pañuelo, y sumergido entre la realidad y la fantasía, frotaba el mantel observando detenidamente las rodajas de verdura, su taza semivacía, el plato con el pan, como si esos objetos fuesen la continuidad de algo aún confuso para él. Y como no exprimía ni enjuagaba el pañuelo, terminaba embarrándolo todo aún más.

"¡Pero, Tilo, por favor, qué barbaridad, concéntrate en lo que estás haciendo! ¡Párate y trae en este momento el trapo de la cocina!", ordenó Laura encolerizada al ver en qué condiciones había quedado el mantel de lino bordado que le había costado un ojo en la cara.

Solo después de seguir prácticamente por inercia las instrucciones de su mujer que le seguía diciendo, que, ¡ay!, eres una bestia, que limpia aquí y acá, que ahora me malogras también la caoba de la mesa, Tilo por fin se llenó de valor para hablar: "¡No, no, no! Mejor no debí hacerte caso, ni ir al médico ni tomar medicamentos ni nada de nada. Es que no te das cuenta, odio esta situación, todo lo que comentas, tus preocupaciones, intranquilidad, o si quieres, llámalo enfermedad, que sabe Dios a dónde me llevará. Todo está en la mente, ya vas a ver, transformaré esta enfermedad en algo sensato, con sentido. John Cheever dijo que no poseemos más conciencia que la literatura, que ha sido siempre la salvación de los condenados... Y yo sí que estoy condenado por esta maldita enfermedad, padecimiento, malestar, o llámalo como quieras. Laura, por favor, ¿por qué no me dejas tranquilo, que en el fondo lo único que da orgullo y alegría al espíritu son los esfuerzos superados con bravura y los sufrimientos soportados con paciencia?" Se le venían a la cabeza en fracciones de segundos las citas del libro *El Paseo*, de Robert Walser. "Después de todo soy yo quien debería sufrir y nadie más. No te preocupes, que ya encontraré una salida, ¿sí?"

"¿Salida? ¿Has dicho salida? Como sigas así, la única salida que tendrás es que te saque de esta casa rumbo al hospital, ¿me entiendes? ¡Sí, al hospital! Allí es donde deberías ir. Y ahora, por favor, dejemos de hacerla más larga y cuéntame de una vez: ¿Qué te ha dicho Rossmann? ¿Qué tienes, porque supongo que te ha recetado algo?"

Tilo no era impulsivo ni se alteraba con facilidad; por el contrario, todo lo veía siempre con buen humor. Obedecer y respetar siempre a su mujer era su mejor carta de presentación, al menos eso trataba.

"Está bien Laura, cálmate", dijo buscando la mano de su mujer para acariciarla.

"Solo me dijo que cuando me vinieran los entumecimientos en las piernas y los brazos, tomara *Voltaren Resinat* contra los dolores musculares. Según él, esto se debe a los achaques de la etapa de los cincuenta, jejeje.", le mintió, y sonriendo con una prolija dentadura, recordó de pronto su cumpleaños: "¡Uy, qué emoción, *Liebling*! El próximo sábado cumpliré cincuenta años redondos, te imaginas."

De tanta discusión y preocupación, Laura se había olvidado por completo de que en verdad el sábado siguiente su marido cumpliría medio siglo de vida.

"Verdad, tienes razón, lo había olvidado por completo. Pero bueno, mejor terminemos primero este tema, y ahora dime, ¿qué te ha dicho el doctor acerca de las aftas?"

"¿Lo de las aftas? Ah, sí, me recetó *Recessan*, que tiene polidocanol... jejeje." Se reía algo más complacido, pero no porque se hubiera acordado de ese nombre raro, sino porque notaba más bien que el diálogo entre ellos se estaba suavizando. "Esa crema me ayudará también a cicatrizar mejor las heridas, además de que anestesia rápido."

"Sí, lo sé, usábamos ese producto con los niños en Odontología, en el hospital." Como enfermera, Laura conocía bien sobre fármacos. "Pero bueno, sigue contando, ¿eso nomás te dijo? Porque apuesto a que también te has olvidado de mencionarle la dificultad que tienes para respirar, la tos de perro y la tembladera de tus manos, o la descoordinación cuando caminas que hasta pareces un títere, y esa voz de pito, como si hubieras inhalado dos litros de helio. Pero lo que más me preocupa es esa fatiga que no aguantas ni veinte minutos de pie o dar una vuelta a la manzana. ¡Todo te lo había apuntado en un papelito!…" Laura alzaba de nuevo la voz.

"No pues, Laura, no me subas otra vez los decibeles. ¿Por qué no me hablas bonito? Para tu tranquilidad, la lista esa se la di al doctor, tachó y apuntó algunas cosas y me dijo que no me preocupara, que todos esos síntomas se debían a los efectos secundarios de esas cápsulas verde con azul que tomo y que seguiré tomando hasta que termine el tratamiento contra esta gripe que me ha dado. Eso es todo. Recomendó también que apenas terminara con esas pastillas, o sea, dentro de cinco días, empezara al toque con el *Voltarén* a ver qué pasa. Es que, entiéndelo, a veces no todas las sustancias químicas de los medicamentos reaccionan igual en todos los organismos. El doctor confía mucho en ese producto, según él controlará cualquier proceso neuroinflamatorio que pueda tener."

Acordándose también de la inyección que le habían puesto, inconscientemente levantó la nalga derecha, inclinándose ligeramente hacia el lado opuesto del asiento.

"Además, me zampó unas inyecciones que, ¡caramba! santo remedio, me han quitado todo el malestar. A propósito, ¿conoces a la corpulenta de la Ochsenknecht, la enfermera del doctor Rossmann? Caracoles, qué fuerza la de esa mujer, es criminal, me levantó de un porrazo como si fuera un muñeco de trapo... *en cualquier caso, es mejor cambiar un estado malo por otro incierto"*, complementaba a ratos sus mentiras, pensando en ese enunciado que se le había quedado grabado como tatuaje.

Como conocía tan bien a su mujer, durante el camino a casa había escondido también la orden de internamiento para el hospital en su billetera.

"No, no la conozco, ni tampoco me interesa, ahora no me cambies de tema", su mujer lo miraba desconfiada. "Además no creo que eso sea lo único que te dijo, porque conociendo lo volado que eres seguro que te has acordado solo del diez por ciento de todo lo que te he dicho. ¡Ay, Tilo, Tilo! A veces te tengo que tratar como a un niño", movía la cabeza reprochándose por no haberlo acompañado. "A ver, enséñame esas recetas."

Tilo por supuesto que le dio solo el fajo de las que había guardado en el bolsillo de su camisa. "Toma, aquí están, y cámbiame esa cara, ¿sí?" Quería hacerle cosquillas en la cintura, pero ella no se dejaba, fría como un hielo.

Mientras su mujer leía con detenimiento las indicaciones del doctor, Tilo se distraía contemplando absorto cómo estaba vestida. ¿O era otra vez la cita de

Montaigne que le perforaba los pensamientos? Abstraído ahora en el collar que tenía puesto Laura, desvió sus pensamientos a la novela *El paraíso en la otra esquina*, de Vargas Llosa. Le afloraba de nuevo ese homicidio imaginario que había cometido un día cercenando la cabeza de Laura para cambiarla por la de Flora Tristán. Mientras miraba el collar de erizos disecados que le colgaba hasta el ombligo, que parecía un rosario de los que usaban las religiosas de monasterio en la Edad Media, Tilo pensaba: *mira tú, ¿conque monja, no? A ver, por qué no entonces te comportas como Flora y te mando al convento de Santa Catalina para que te quedes no cinco noches como ella, sino un año, dos, tres, o tal vez más... a ver si te haces amiga de las esclavas zambas, mulatas, negras, pero sobre todo de las indias –pobrecitas las indias– para que las salves de su podrido y enfermo, sí, verdaderamente enfermo destino. Tú que te sientes iluminada, dándome siempre instrucciones, creo que eso no te caería nadita mal...* De pronto, cuando estaba a punto de rezar también el Padrenuestro y el Avemaría y su correspondiente Gloriapatri para ver si sus plegarias se hacían realidad, todo se disipó, se oscureció, y otra vez la cita... *En cualquier caso es mejor cambiar un estado malo por otro incierto...* que se le incrustaba en las neuronas. Se estaba convenciendo cada vez más de que no se trataba de una mera coincidencia, sino de un llamado maravilloso, extraordinario, que iba alimentando cada vez con más fuerza su imaginación.

Ella llevaba una blusa holgada de lana blanca muy elegante y un pantalón negro aterciopelado; le gustaba verse siempre distinguida.

Todavía no muy convencida de lo que había leído, Laura insinuó: "Qué raro, aquí el doctor te recetó solo productos profilácticos y analgésicos... tú me estás ocultando algo, Tilo."

"Nooo, que va, sigue nomás, *Liebling...*" Tilo frotaba discretamente su pierna derecha para que ella no se diera cuenta de que le estaba doliendo, y se esmeraba en no ponerse rojo. Sabía que si ella seguía indagando de esa manera pronto lo descubriría y ahí sí que su cumpleaños se iría al tacho. "Pero por qué te voy a mentir, *Liebling*. ¿O acaso crees que he estado dos horas en el consultorio solo para mirar cómo el doctor juega con su rulito de pelo que le cuelga siempre en la frente? Mira, hasta me regaló dos muestras de Requisan, Rezosán o como se llame esta crema..." Y sacó del bolsillo de su pantalón dos tubos totalmente aplastados: a uno se le había salido la tapa haciendo una aureola media amarilla en la tela del bolsillo.

Felizmente, en ese momento, al mirar el reloj, Laura se acordó de que tenía que ir a las siete donde Tongoy, el médico naturista y curandero especializado en tratamientos de *Anti-Aging, Functional Food* y cosas por el estilo, para que le diera lo que le había prometido contra las arrugas que le habían salida en la cara. Y saltando de su asiento le dijo: "Bueno pues, espero que de algo te sirva. ¡Caramba! ya se me hizo tarde, tengo que ir volando al consultorio de Tongoy para que me dé una muestra de ese extracto de algas, a ver si me elimina esas arrugas que me han salido ahora en la cara." Con el ánimo más tranquilo y hasta sonriente, tocó delicadamente uno de los tallos del ramillete de azucenas y rozando apenas su mejilla con la de Tilo –como de costumbre– se despidió no sin antes decirle: "Tilo, ¿sabes qué? Creo que tienes razón: no se ven tan mal. Si quieres, después de lavar los platos y poner todas las cosas en su sitio, puedes adornar la mesa con tus azucenas. Ah, a propósito, tus amigos te llamaron esta tarde para confirmar que venían el próximo sábado a tu cumpleaños."

El cumpleaños

Los días pasaban volando y Tilo había empezado a tomar los nuevos medicamentos y a echarse la crema contra las aftas. Todo eso le parecía una estupidez, una majadería, pero en fin, tenía que hacerlo, de lo contrario su mujer empezaría con la misma cantaleta. A veces le entraban las dudas de si estaría haciendo bien en ocultarle la orden de internamiento para el hospital, pero se justificaba pensando que de todas maneras eso no le iba ayudar a curar sus dolencias. Los malestares que tenía en los brazos, manos y piernas se acentuaban cada vez más. Tilo hacía rato que buscaba una pista, un indicio que le dijera sí, haces bien, vas a ver que pronto tu sufrimiento y tu dolor te conducirán a descubrir algo de lo cual no te lamentarás.

Sí, eso es, aguantaré nomás y no le diré nada... En cualquier caso, es mejor cambiar un estado malo por otro incierto, se decía, pensando otra vez en la cita de Montaigne. Siempre le habían fascinado esos escritores escépticos que escribían sobre temas existenciales y de crítica aguda contra la realidad humana. Laura dormía como una marmota: eran como las tres y media de la mañana.

Coincidiendo con una fuerte punzada de dolor que le vino desde la nuca y se irradiaba en forma discontinua por toda la columna vertebral hasta los dedos de los pies, Tilo soltó un grito de "¡Maldito Morbo!", que menos mal que no despertó a su mujer. Prorrumpió el nombre Morbo con tal convicción que cualquiera hubiera dicho que finalmente había descubierto la gran incógnita. Era como si el héroe que se sentía y la voz de su conciencia se hubieran fusionado para dar forma a otra figura que era su propia enfermedad o al menos eso que le causaba siempre el dolor.

Su mujer seguía durmiendo plácidamente, apretando su oreja a la almohada, mientras Tilo se frotaba desesperadamente la cintura y las piernas, como si con ese movimiento pudiera extraer ahora de su cuerpo a ese Morbo. Moviéndose como lagartija cambiaba de posición, y sin parar de pronunciar el nombre para ver si el dolor desaparecía, se daba cuenta de que por el contrario, este aumentaba cada vez más. Parecía un cuerpo vivo que se dispersaba dentro de los tejidos celulares de su propio organismo y que también le producía curiosidad, mucha curiosidad. Se levantó de la cama y deambulando, maltrecho y quejumbroso, siguió hablando en voz alta: "¡Au, mierda, Morbo, no me hagas doler así!" Caminaba a tientas por la sala, apoyándose donde pudiera. "En vez de hacerme sufrir ahora con esos hincones, ¿por qué no mejor nos aliamos?" Y tropezó con el filo de la alfombra, cayendo de cara al suelo.

Los nervios de la cintura se le estiraron como chicle, hincándole hasta los músculos de la cadera como agujas de faquir. No paraba de repetir una y otra vez "En cualquier caso es mejor cambiar un estado malo por otro incierto... En cualquier caso es mejor cambiar un estado malo por otro incierto... En cualquier caso...", y pensó que mejor sería plasmar por escrito todo lo que sentía en ese momento.

Se recostó frente a la ventana de la sala que daba a la calle y mirando la luz de los faroles que aún brillaban en la noche que lentamente se transformaba en día, comenzó a delinear su idea:

"¡Claro, hombre! Ahora sí lo tengo todo mucho más claro: cambiaré el estado de mi salud por un argumento escrito que no será más que el proceso de transformación de mis dolores, o bueno, podría tomarlo también como el recurso nociceptivo más primitivo de autopreservación y autodefensa de mi organismo frente a ese, el principal antagonista que podrías ser tú, ¡hijo de puta!, mi enfermedad o lo que tenga." Se asombró de tan brillante idea.

"¡Fabuloso Michel, fabuloso!", exclamó, como siempre, refiriéndose al nombre del gran pensador que le había iluminado la mente. Y cojeando se dirigió a su pequeño estudio: un cuarto todo desordenado de libros, donde las paredes casi ni se veían por los estantes. Se acomodó como pudo en su escritorio viejo y polvoriento, prendió su lamparin y, cogiendo un carcomido lápiz, comenzó a escribir en una hoja:

... Morbo, bendito seas, son como las cuatro de la mañana y allí estás tú, de nuevo, punzando por la cintura y atravesándome con tu electricidad la médula. ¡Carajo, cómo jodes! Si quieres ven y abrázame, endúlzume la inspiración con lo que solamente tú sabes hacer: doler, doler y doler. Sí, eso es, así te siento, claro que te siento. ¿Es acaso eso lo que quieres que escriba? Pues lo estás consiguiendo, ¡grandísimo, pendejo! Pero bueno, no importa, igual te

aguantaré porque tú y yo seremos desde ahora
cómplices, grandes cómplices de lo que yo o
mejor dicho mi mano delatará y describirá
siempre...

Y otra vez las punzadas esas que le empezaban ahora en el hombro; pero así lo quería Tilo, al menos hasta que los propios dedos de su mano le delatasen en el papel todo lo que sentía en ese momento sobre su dolor.

... Mira, ¿por qué no me das una tregua? De-
jaré que tú sigas pasando por mi cuerpo a tra-
vés de mis hilos nerviosos y mis venas, te ali-
mentarás de mis proteínas, jugarás y te diverti-
rás con mis frágiles anticuerpos, destruirás las
células de mis miembros, de mis órganos, solo
te pido: sigue iluminándome la mente para in-
dagar sobre ese, el otro estado incierto que de-
seo descubrir y que no para de inquietarme.
Recuerda que tú sin mí tampoco puedes ali-
mentarte y que de aquí en adelante seremos
una simbiosis perfecta...

Encorvado de tanto agachar la cabeza sobre el papel, se pasó como cuatro horas describiendo y estudiando todo lo que su imaginación le decía que tenía que escribir. Corregía aquí y tachaba allá, hasta que los pájaros le anunciaron que ya era de día. Paradójicamente, mientras más líneas escribía, Tilo parecía sentirse también más aliviado y tranquilo. Era como si de pronto todo su malestar pactara por un momento con una musa a la que, al describirla en un papel, haría ceder esos dolores que lo martirizaban.

Era sábado y su mujer ya hacía rato que se había despertado. Casi siempre tomaban el desayuno por separado. Sobre todo en las mañanas, cuando se despertaba, a ella le gustaba disfrutar de su desayuno sola, sin la compañía de Tilo, que la sacaba de quicio.

Ambos se encontraban ahora en la cocina preparando las cosas para los invitados que iban a venir ese día. Para Tilo se trataba de un día muy especial, ya que en un día como ese, hacía exactamente cincuenta años, su madre lo había parido en un hospital en Frankfurt, en donde, por cuestiones de negocio de su padre no pudieron quedarse por mucho tiempo, y desde donde, a los pocos meses viajaron a la ciudad de Lima, en Perú. En ese día en especial, a Tilo le hubiera gustado que sus padres hubieran podido estar con él. El padre de Tilo –Isózimo Medina Ramírez, un potentado corredor de inmuebles, dueño de casi todos los edificios viejos ubicados a lo largo de la avenida Arequipa en Lima– hacía como seis años que había muerto. No había sido un hombre agraciado: tenía cara de plato, era bajo de estatura, sin cuello, de tronco ancho y brazos demasiado largos que no armonizaban con su cuerpo. Sin embargo, lo envidiable de él era su carisma, siempre estaba alegre y era bromista, cualidades que, por suerte o por desgracia también había heredado su único hijo, Tilo. En cambio, Margot Berger, la madre de Tilo, quien hacía un año que había fallecido, provenía de Berlín y era muy bella, tan bella que la blancura de su piel y sus ojos celestes destacaban relucientes entre tanto mestizo que rondaba por las calles limeñas, meca de la salamanería y la vida ligera. Sus amigas peruanas se preguntaban algo extrañadas cómo era posible que hubiera dado a luz a semejante hámster, con la nariz aplanada igual a la de su padre. Tilo tenía muy presente los tristes recuerdos de la muerte de su *Mutti*, ya que ella había dejado de ver la luz para siempre de una forma fatídica pues se atoró con la pepa de un melocotón en su propia casa. A Tilo se le hacía muy difícil olvidar esa desgarradora escena de su madre poniéndose morada.

Tal vez por esa alucinación que había tenido Tilo con Morbo, aquella mala noche, o quizás por todo lo que ya había empezado a escribir en su soliloquio, el día de su cumpleaños se sentía raro, como ensimismado y examinaba y estudiaba todo lo que percibía a su alrededor.

"Qué extraño, hoy te encuentro rarísimo, anormal... ¿te sucede algo o qué bicho te ha picado?" , le dijo su mujer, mientras picaba la cebolla para el aderezo en la cocina. Laura detestaba cocinar y casi nunca lo hacía, o solo en ocasiones muy especiales, como esa.

"No, cariño, lo que pasa que hoy estoy un poco más pensativo, eso es todo."

"Hm, ¿pensativo? Pero si tú siempre estás así, andas como pensando siempre en las musarañas. ¿No serán las pastillas que te recetó Rossmann?"

"Sí, claro, eso debe ser... jejeje." Tilo se reía y quería cambiar de tema; sus ojeras de monje brahmánico se habían acentuado aún más.

"Oye Laura, ¿te ayudo un poco? Veo que estás sufriendo con las cebollas. Déjame hacerlo a mí, ¿sí?" A Tilo le sorprendía que la *Luxus Lady* de su mujer se ensuciara sus lindas manos perfumadas.

"Ay, sí, buena idea, toma..." , y sin pensarlo mucho aprovechó para alcanzarle toda la bolsa aunque seguía mirándolo escéptica: "¿Y?, todavía no me has contestado lo que te he preguntado. ¿Qué es lo que te sucede, por qué se te ve así? Además, ojo, te advierto, esta vez cocinaré yo, porque tú luego me ensucias los armarios y dejas todo tirado por ahí como un puerco. *Eine Schweinerei!* –¡Una canchería!– repetía y pasaba a cada minuto un trapo sobre la mesa.

Laura era una mujer tan obsesionada por el orden que a veces pensaba que hubiera preferido vivir sola. Adoraba sus muebles y todos unos ornamentos fetiches que tenía distribuidos por toda la casa.

"Ojalá que tus amigotes no me rayen el piso que acabo de encerrar. Y a propósito de amigos: ¿cómo se llama ese gordinflón huachafo que se divorció creo que ya como cuatro veces y que me rompió el jarrón de porcelana china porque no podía hablar sin dejar de mover las manos? ¿Lo recuerdas?"

"Ese es Pocho, Pocho Zavaleta, mi mejor amigo. Por si acaso, aunque no te guste, a él también lo he invitado, eh. El otro día me dijo el muy loco que quería divorciarse de nuevo para rejuntarse, según él, con el amor de su vida: una cubanita de esas bien despachaditas y potoncitas... jajaja."

"No me extraña. A ustedes los latinos les corre la sangre caliente por las venas. Todo lo ven sexo, poto y teta. Pero bueno, cambiemos de tema y dime: ¿por qué estás tan pálido y con esas ojeras que parece que hubieras dormido colgado de una soga toda la noche?"

Tilo, para variar, prefirió mejor contestarle otras cosas.

"¿Sexo, poto, teta? Pero amor, espera un momento y no me cambies de tema, ¿sí?... Pero si el sexo o lo que tú entiendes como tal debería ser en verdad como tomar el desayuno, muy normal, *cool baby*, totalmente *cool*, ¿sabías? Mira Laura, lo que pasa que a lo mejor la mujer de Pochito debería de ponerle al pan de su marido un poco más de mermelada, eso es todo. ¿Me dejo entender? Tú, por ejemplo, ya hace rato que no le pones pero ni mantequilla... ¡jajajaja!" Y soltó una carcajada irónica mientras recordaba su última masturbación en el baño. Se había hecho costumbre hacerla dos veces a la semana. El beta bloqueador que tomaba Laura para la presión la había vuelto aún más frígida e insensible.

"Ay, Laura, Laura mía, nadie pide que vivamos la vida en rosa, pero tampoco la desesperación en negro ¿lo sabías? Una frase muy inteligente de Vila-Matas. Ah, sí, y ya que hablas de sexo deberías leer *Animal tropical* de Gutiérrez, un verdadero maestro para describir escenas de amor con sabor a caña dulce... jajaja."

"Cuándo no, tú distorsionándolo siempre todo. Ya te he dicho, quema por el amor de Dios todos esos benditos libros y haz algo más productivo, como terminar de una vez de pelar esas dos cebollas. Te juro que mañana mismo hablo con Tongoy, mi curandero, a ver si te saca de esos letargos mentales."

"Pero qué buena idea, a ver si con tu brujo ese discutimos también algo sobre el panteón negro de la literatura, jejeje." Y pensando por supuesto en Laura, le lanzó la indirecta: "¿Crees que conocerá también algo sobre *mademoiselle Fifi* de Guy de Maupassant?"

"¡Idiota!", fue lo único que respondió su mujer, sin ninguna pizca de gracia, mientras ponía las papas a cocinar en una olla.

"Gracias, cariño, me gustó eso de idiota, eh... ya veo que te has vuelto algo más refinada con tus calificaciones; empero, igual, tengo que corregirte ahora en algo: querrás decir mejor idiótico que deriva de idiotismo. O sea, mira, ¿si quieres te lo explico de esta otra manera? Se trata nada menos que de una gran cualidad que deriva de aquellos a quienes les gusta ir contra las reglas ordinarias del habla, eso es todo. ¿Me entiendes?"

Aparte de que no tomaba nunca nada en serio, Tilo era distraído, razón por la cual no solo picó las dos cebollas que le había encomendado su mujer sino todas las que había en la bolsa.

"Listo, ya terminé", dijo contento con la tarea cumplida y metió el resto de las cáscaras en la bolsa que había quedado vacía.

"¿Y ahora, so pedazo de inútil, qué vamos hacer con toda esta porquería apestosa que has picado? ¿No te dije acaso que picaras solo dos?" Laura hubiera querido arrojarle toda la olla hirviendo por la cabeza.

"*Entschuldigung* –disculpa–, ha sido solo una insignificante distensión sobre el orden de mis comandos y nada más." A Tilo le lagrimeaban ahora los ojos por la cebolla. "Pero, bueno, ¿por qué no las usas para hacer jalea y las guardas todas en la nevera? ¿Sabes que la cebolla es también buena contra la tos y el resfriado? Mira, te explico…" Tilo, por supuesto, terminó por aburrirla de nuevo, explicándole sobre todas las bondades medicinales de esa planta hortense, hasta que ella no aguantó más y le lanzó un "¡Carajo, ya cállate, cállate!" y Tilo asustado tuvo que salir de la cocina y ayudar con otra lista de tareas.

Felizmente las cuatro horas que faltaban para que vinieran los invitados habían pasado volando y Laura, para variar, no hacía más que rezarle al Dios de los cielos para que esa gentuza bohemia no le ensuciara los enseres que cuidaba con tanta devoción, digamos hasta la exageración.

Ese día Tilo se sentía bastante débil, mareado y estaba con el estómago flojo. Después de barrer el piso y aguantar las acostumbradas majaderías de su mujer, prefirió encerrarse en su estudio para seguir escribiendo lo que fuera hasta que la *Luxus Lady* le avisara que sus invitados habían llegado:

> *... Caray, Morbo, la verdad que no sé que tengo hoy pero esta mañana me siento diferente, muy cansado y con el estómago que se me deshace como sopa. ¿Tendrá razón Laura? ¿A lo mejor es por las pastillas que me dio el doctor de rulitos? Como moscas, sí, muchas moscas con ojos tamaño cebolla y patas todas larguiruchas como las de Laura, es lo que ahora siento y que me adormece la cabeza. Vuelan y vuelan incesantes alrededor, como si no tuvieran otra cosa que hacer, las muy jodidas...*

Sacó el prospecto del envase del medicamento para estudiar los efectos y apuntar en un fichero todas las indicaciones y contraindicaciones en orden alfabético, pero igual empezó a deformar todo lo que leía y sentía:

> *.... ¡Qué tal joda! Los efectos de estos comprimidos me están complicando la síntesis de la prostaglandina. ¡Carajo! Son como larvas viscosas que se pegan a mis paredes intestinales y poco a poco van transformando todo en caca. ¡Mierda, me cago, me ca...!*

Con las justas alcanzó a llegar al baño. Demoró casi media hora, pero no por el acto natural de la evacuación, sino porque comenzó de nuevo a alucinar con Morbo, su único aliado y musa; y con un lápiz de labios de su mujer que encontró cerca comenzó a escribir en un trozo de papel higiénico, relacionando todo lo que le estaba sucediendo con el famoso verso de Lorca: *Sin remedio, hijo mío, ¡vomita! No hay remedio…*

Mira y huele ahora por favor toda tu obra, Morbo. Seguro que también te da vergüenza, pero igual no me dejaré ahora doblegar por la pestilencia. Después de todo, esta hediondez proviene de mi cuerpo, fruto de una descomposición enzimática y nada más. Apuesto que más apesta toda la basura que sueltan esos desgraciados y depredadores industriales en los ríos. Este conjunto relativamente sólido mío que más parece ahora una churreta no es ningún pecado ni sacrilegio. ¡No, no, nada de eso! Se trata de una natural reacción de purificación de sustancias nocivas y nada más. Sí, ya sé, ¿pero tú dirás que la culpa no la tienes tú sino los medicamentos? Bueno, sí, en parte tienes razón: lo más probable es que sea por esas fermentaciones ciclo oxigenadas del Voltarén que me provocan todos esos residuos flojos que, ¡carajo!, parecen más bien las aguas del río Songhua. Caramba, y pensar que mis deposiciones siempre han sido más consistentes y simétricamente redonditas; lástima que siempre tan contaditas, igual que esos óbolos que entregan los tacaños en la iglesia de mi barrio…

Algo más aliviado del estómago pero cada vez más débil y con síntomas hasta de fiebre, miró lo que había en el WC, se limpió, y antes de salir del sagrado recinto, metió todo el rollo escrito de papel higiénico en su pantalón y se dirigió al estudio para copiar todo en la tablet. Luego, y sin que le preocupara dejar a su mujer y a todos sus amigos en plena reunión de su cumpleaños, prefirió empacar un maletín y, dejándole una nota a Laura, salió sigilosamente sin que nadie lo viera por la puerta falsa de la casa que daba a la cocina con dirección a la Emergencia del nosocomio que el médico le había indicado, en Neustadt.

Laura estaba en la sala con los invitados entre los que estaba por supuesto el íntimo amigo de Tilo, Pocho, más extravagante que nunca con un abrigo de piel hasta prácticamente el ombligo y una gorra amarilla de baseball con sus iniciales. Los otros invitados, en su mayoría latinos bohemios, artistas y exiliados políticos de tendencia caviar, que vivían en las inmediaciones de Radebeul. Para mala suerte de Laura hablaban como metralleta en castellano y sobre temas políticos que a Laura le eran tan abstractos que prefería que no la incluyeran en la conversación.

"Oye Laura, ¿y qué es del agasajado?", preguntó Pocho algo sorprendido, mientras se servía un vaso de whisky.

Laura no podía negar que Tilo era feo, pero Pocho era el colmo de la desproporción: obeso, narigón, bizco y con la piel marcada, por nacimiento o alergia. Parecía protagonista de una película de Hitchcock.

"No sé, creo que está en el baño. Últimamente lo he encontrado muy perturbado, como ido. Todo esto me preocupa, me preocupa mucho, Pocho", dijo Laura, evitando mirarlo.

"Sí, pues, *Gringuita* –así la llamaban los amigos de Tilo–, pero no te preocupes, Tilo es una persona muy fuerte y optimista. Ya vas a ver que pronto se va a sentir mejor. El otro día me dijo que quería indagar un poco más en su dolencia o sobre lo que pudiese tener. Es más, hasta me dijo que tenía en manos un proyecto, un gran proyecto que cambiaría el rumbo de su vida. Y ojo, esto no es broma, porque me lo dijo bastante serio. Yo lo conozco demasiado bien, Gringuita, son casi diez años que somos uña y carne."

"Sí, todo eso está bien, pero si la salud no le funciona, todo eso que tú llamas proyecto se iría también al tacho, ¿comprendes?" Laura circulaba la vista por el cuarto, a ver si aparecía Tilo.

El bullicio y la algarabía que producían los invitados era tal que parecía como si a nadie le importase en ese momento la presencia del dueño del cumpleaños.

Pocho iba ya por el tercer whisky.

"Gringuita, por favor, no seas tan pesimista, ¿ya?... que el loquito de mi amigo sabe lo que hace. Lo que pasa es que no quiere preocuparte, por el contrario, en todos estos años que lo conozco, creo que Tilo nunca te diría o haría algo que te afectara, ¿me entiendes? Será quizás lunático, especial, pero su bondad y cariño es increíble. Acuérdate nomás de todo lo que ayuda siempre al *Grupo* (unos latinos que se juntaban para organizar actividades) y a todos los nuevos que recién llegan. No en vano y a mucha honra Tilo es, aparte de socio fundador, director vitalicio. Es un hombre muy abierto, a veces creo que demasiado."

"Bueno, sí, tienes razón, y ayuda también mucho a Karina en sus estudios en la universidad... ¿Pero qué tiene que ver eso con lo que él tiene ahora? Ahora está enfermo Pocho, y ustedes parece que no se dieran cuenta o lo toman todo muy a la ligera. Míralos nomás..." dijo, señalando con la mirada al resto de amigos que se jaraneaban de lo lindo sin importarles si Tilo estaba o no.

"¡Verdad, tienes razón, ahora mismo callaré a esos granujas! Tú sabes pues Gringuita que los latinos somos así, un poco alharacosos y bullangueros, pero con corazón, mucho corazón, buena vibra." El íntimo amigo de Tilo comenzaba también a preocuparse: "Gringuita, ¿por qué no vas a buscar mejor a tu maridito que me parece que ya la está haciendo un poco larga?"

Laura dejó su vaso de jugo en la mesa del comedor repleta de quesos, jamones y fruta alrededor del famoso estofado de pollo que había hecho para esa noche y fue a buscar a Tilo. En el baño, debido al desorden, notó de inmediato que algo anormal había pasado. Tocó tres veces la puerta del estudio de Tilo, casi siempre con llave, pero nada, nadie contestó. Desesperada comenzó a revisar cada rincón: salió al balcón, bajó al sótano y volvió al dormitorio, donde encontró la nota de puño y letra de Tilo:

"*Meine Liebe,* no te preocupes que tus deseos por fin serán cumplidos. Decidí festejar mi cumpleaños en la clínica. Puedes decirles también a mis amigos que están cordialmente invitados. Ah, sí, y no te olvides de llevarme por favor el estofado, que seguro está para chuparse los dedos. *Tschüß,* Tilo."

Por la caligrafía dedujo que le había dado de nuevo el entumecimiento en las manos: las letras casi ni se podían leer, parecían jeroglíficos egipcios.

Procurando no alarmar a los invitados, algunos algo más eufóricos y subiditos de alcohol, Laura los juntó de forma muy diplomática y les dijo que Tilo había preferido recostarse un poco, pero que podían seguir festejando su cumpleaños con toda confianza.

La noticia causó alboroto pero al darse cuenta de que la espera iba a ser en vano, los casi treinta invitados se fueron retirando poco a poco. A Laura solo le provocaba mandar a todos esos folclóricos a la mismísima porra y que por Dios y todos sus arcángeles no volvieran a pisar su casa nunca más.

Primer diagnóstico

"Buenos días señor Medini, ¿cómo amaneció con el coctelito que le pusimos? Caramba, menuda nochecita que nos ha hecho pasar, eh." Le dijo la enfermera a Tilo, ya bastante cansada por la amanecida.

Eran las seis de la mañana del lunes, y para Tilo el tercer día en Neurología del Hospital de Dresden-Neustadt. La noche anterior había tenido dolores en la zona lumbar y en las piernas, tan intensos que tuvieron que aliviarlo con fuertes opiáceos vía endovenosa. La enfermera le acomodaba el brazalete inflable en el antebrazo para medirle la presión.

"Mal, muy mal", le dijo Tilo, "cómo espera pues que me sienta con todas estas tripas en los brazos. Además, por favor, mi nombre es Medina y no Medini. Caray, ¿por qué será que ni ustedes ni el doctor Rossmann dicen bien mi nombre?" Tilo estaba visiblemente fastidiado. Por los efectos de las fuertes infusiones analgésicas, él, hasta ahora optimista y alegre, estaba alterado, hasta agresivo.

El mismo sábado por la noche, en cuanto apareció por emergencia el médico ordenó el internamiento inmediato. Según sus síntomas los brazos y piernas presentaban severas ataxias. El caso ameritaba exámenes más rigurosos y requería de un cuidado especial.

Laura también había hablado con el jefe de emergencia para completar los datos de la historia clínica.

"Ciento sesenta con noventa. Hm... tiene la sistólica algo subidita, eh", dijo la enfermera, mientras le sujetaba la muñeca derecha con sus gruesos dedos. "A ver el pulso", dijo, mirando el retrato de la esposa de Tilo con su hija, sobre la mesita de noche.

"Señorita, ¿escuchó lo que le dije? Me llamo Medina, no Medini". Tilo observaba la ventana del cuarto como buscando una salida para escapar.

La enfermera, halagada con el "señorita", ablandó en algo su gesto adusto pero sin perder su postura formal le advirtió: "¡Tranquilo, tranquilo! No ve que le estoy controlando el pulso." Se concentraba mirando el segundero de su reloj. "¡Caramba, su pulso también se ha disparado! Cálmese un poco, está usted muy tenso", dijo, registrando los resultados en una hoja. "Listo, apuntado. Esto le servirá al doctor Kaminsky, que vendrá hoy a visitarlo con su equipo. ¿Sabía que hoy el lunes es día de vista general?" Miraba correr las gotas del suero por la manguerilla transparente y acomodó con un elástico los cordones enredados en el brazo de Tilo.

"Esto nomás faltaba, que me inspeccione toda esa nube blanca de médicos. Mire, yo no necesito en verdad que nadie me visite ni me diga lo que tengo. Con este dolor me basta. Y felizmente ahora estoy más aliviado."

"Ah, qué interesante. O sea que con todo lo que ha pasado anoche usted mismo quiere prescribirse." La enfermera apuntaba todo lo que hablaban. "Y dígame, ¿se podría saber en qué consiste esa terapia?"

"Pues es mental, señorita, eso es todo", respondió Tilo.

Por un momento hubo un absoluto silencio. Fue entonces cuando se le apareció como un relámpago la figura de Morbo:

> *¡Oh, Morbo! Mi querido adversario, bacilo mutante de mil formas, único artífice de mi estado incierto. Te doy una vez más las gracias por la gentileza de recordarme mi situación. Te puedo ver clarito. Anómalo, como una medusa grasosa transparente de rollizos tentáculos, como la nervuda enfermera de caderas abultadas que tengo al lado y que me obliga a hacer cosas que en verdad no quiero. ¡Maldita sea!*

Y sin importarle nada ni nadie giró hacia su mesita de noche, sacó una pequeña libreta de notas y comenzó a escribir.

"¡Qué está haciendo, se ha vuelto loco!" gritó la enfermera, haciendo vibrar hasta las ventanas.

Pero ni la voz enérgica de la mujer impidió que Tilo continuara apuntando lo que se le ocurría.

"¡Esto es el colmo, señor Medina! ¿No se da cuenta de que se le pueden salir las agujas y se puede hacer daño?"

"Sí, lo sé y discúlpeme, pero lo que apunto aquí es más importante que cualquier otra cosa, ¿sabe?" Y sin alzar la cabeza para mirarla continuó escribiendo en su cuadernillo hasta trazar el último punto, como si ella no existiera. Cerró luego la libreta y con un gesto de alivio volvió a girar hacia el mismo costado para meter todo de nuevo en el cajón.

Por el esfuerzo que había hecho, la vena principal de del lado derecho se había hinchado, y sangraba un poco el lugar donde le introdujeron la aguja

"No, pues, señor Medina, ¿en dónde cree que está usted? A ver, muéstreme ahora su brazo." La enfermera sacó de su bolsillo un pedazo de gasa, desinfectó la herida y le puso un esparadrapo. "Por un lado se ha quejado toda la noche de dolor y hasta le pusimos ese cóctel y ahora, mire nomás. ¿Por qué no me dice lo que quiere, que para eso estamos nosotros?", movía la cabeza indignada.

"Por favor, discúlpeme nuevamente señorita, es que mire, le explico: como estoy reblandecido me olvido rápido de las cosas y prefiero escribirlas, ¿comprende?¿O es que ya se olvidó que todo está en la mente?" le dijo, y tratando de endulzar su amargura sacó una barra de chocolate que tenía escondida debajo de la frazada. "Tome, esto le caerá bien: *Edel Bitter Schokolade*, suizo, 70% puro cacao. Estriñe un poco, pero igual es muy bueno para los nervios. Mi mujer me lo compra siempre".

"Gracias, pero no como chocolate. Se lo daré a mis colegas del otro turno", le contestó, torciendo la boca. Metió luego la barra en su bolsillo y pensó que al paciente definitivamente le patinaba la cabeza. "Mire, yo entiendo que en la mente está todo, pero por ahora qué tal si mejor se queda tranquilo y espera hasta que vengan los doctores." Comenzó a arreglar la cama, estiró las frazadas, pasó una franela sobre la mesita de noche. Ordenaba aquí y allá. "Y le daré otro consejo: cuando venga el desayuno, coma sus dos buenos panes que eso también le cambiará el ánimo. Usted está muy nervioso, señor Medina, y lo comprendo, pero ni yo ni nadie podrá ayudarlo si es que primero no se ayuda usted mismo. Tiene que serenarse un poco, que usted ha venido aquí por su propia voluntad, para que lo ayudemos y curarse, ¿no es así?"

"Este, bueno, sí... tiene razón y por eso le vuelvo a pedir disculpas. Pero francamente estos tres días que llevo aquí, como que ya son suficientes, ¿me entiende?"

Mientras Tilo miraba cada rincón de aquel austero cuarto rectangular de casi veinte metros cuadrados con las paredes color amarillo claro de la clínica, tuvo nostalgia de su casa, su estudio, sus libros. A su derecha, en otra cama, había otro paciente; y al frente, contra la pared, había una pequeña mesa cuadrada con dos sillas que colindaban con la puerta de entrada a un diminuto baño de apenas dos metros cuadrados.

Como la voz fuerte y desentonada de Tilo difícilmente podía pasar inadvertida, el paciente vecino no pudo evitar oírlo. Y aunque lo habían hospitalizado la noche anterior, se olvidó por un momento de su dolencia para decirle a la enfermera:

"Sí, enfermera, él tiene razón, por qué no lo dejan tranquilo. Esto no tiene sentido ni para él ni para mí. Míreme a mí, con esta bendita tembladera que ahora tengo hasta con la cabeza, me tienen aquí y sin poder hacer nada."

El Parkinson avanzado que padecía el paciente vecino hacía que moviera incontrolablemente la cabeza, que sacara a ratos la lengua y que meneara compulsivamente los brazos, como si estuviera espantando moscas todo el tiempo. De pronto quiso levantarse también de la cama, pero el grito branquial de la enfermera lo encogió como un bebé debajo de la frazada.

"¡Ah, no, esto ya me llegó! Ustedes dos se me quedan ahora tranquilos, chitón, mutis, ya que si no los mando a cada uno a un cuarto y no van a poder ver ni la luz del día, ¿estamos?" Los trataba como a dos reclutas.

La mujer terminó de escribir algunas cosas más en su hoja de informe; luego se apresuró a subir las persianas, abrió un poco las ventanas del cuarto y se retiró tirando tal portazo, que por poco cae al suelo el cartel de bienvenida del director de la clínica que colgaba detrás de la puerta.

Afuera el clima congelaba, menos diez grados centígrados. Emil, el septuagenario paciente y compañero de cuarto de Tilo observaba el firmamento lleno de nubes algodonadas a través de la ventana de la habitación y pensaba que Tilo no solamente era una persona entretenida, sino que además lo hacía olvidar por momentos su fastidiosa dolencia. Como buen alemán que era, siempre muy pegado a las reglas, para ventura o desventura se encontraba postrado en una cama de hospital pero junto a un tipo algo estrafalario y despreocupado como Tilo, se le habían abierto los ojos y procuraba ver ahora todo con menos formalidad.

Ambos estaban sentados al filo de sus camas y se examinaban con las miradas como si estuvieran leyéndose los pensamientos, cual videntes. Tomaban el desayuno frente a frente, dos panes de centeno –uno con una lonja de jamón y el otro con queso– y su respectiva taza de café. Aprovechando el momento en que el viejo le soltó una discreta sonrisa, Tilo comenzó a tutearlo como si lo conociera desde hace años.

"Emil, ¿tendrías algún inconveniente si te llamo Emilio? Suena mejor, además de que sería para ti una gran honra. Mira, te explico...", y comenzó a asociar sus ideas con las del *Emilio,* de Rousseau. "Etimológicamente también te convendría, ya que hay que tomar en cuenta que fue justamente el mismo Rousseau, el filósofo y pensador político de la Ilustración quien consagró gran parte de su esfuerzo a esa gran obra clásica llamada *Emilio* y que revolucionó la educación, poniendo los cimientos de lo que hoy llamamos la pedagogía. ¿Qué te parece? ¿Estás de acuerdo?"

"Sí, sí, claro... llámeme como quieras, que igual cuando me muera en mi partida me pondrán Emil." Y falseó la sonrisa pensando que estaba bien que estuviera decrépito y desgastado, pero que quisieran revitalizarlo mentalmente comparándolo ahora con un intelectual. El temblor de la cabeza hizo que derramara un poco el café por el filo de su boca.

"Jajaja, eres muy gracioso. Me agrada tu sinceridad. Por favor, me puedes tutear. Me dicen Tilo, Tilo a secas. No en serio, tú me caes ahora doblemente simpático y ojo, no solamente porque eres homónimo de la revolucionaria obra de Rousseau, sino porque presiento que detrás de esa persona o mejor dicho, en el fondo de tu alma, subyace también la concepción de un hombre original cuya condición principal es su amoralidad, ¿entiendes?"

"Pues, la verdad, solo algo, o mejor dicho, casi nada."

El viejo hizo un tremendo esfuerzo para embocar un pedazo de pan en su taza de café y comérselo algo más remojado.

"Bueno, eso no importa. Tómalo con calma que de todas maneras ya lo entenderás más tarde." Y Tilo remojó también su pan en la taza para dárselo al viejo: "Toma... deja eso y come mejor del mío que ya está blandito."

"Gracias, no te hubieras molestado, creo que tarde o temprano yo también lo hubiera logrado… jejeje." El viejo se reía. "Pero… ¿y ahora tú te quedas sin pan?"

"Por mí no te preocupes. Si quieres, tengo también chocolates suizos que se deshacen como agua en la boca... ¿quieres probar uno?"

"Gracias Tilo, tú sí que eres realmente..."

"Querrás decir realmente chocolatero... jajaja." Lo interrumpió con una carcajada y, antes de que le confesara toda su lista de achaques y lamentaciones, Tilo prefirió seguir aleccionándolo con Rousseau: "Porque eso sí, Emilio, y retomando lo que ya te había contado de Rousseau, seguro que ese gran pensador francés influenció en tus padres a la hora de bautizarte. Esta sociedad que paradójicamente es asocial y espero que ojalá todos los matasanos que trabajan en este claustro no lo sean, nos cosen y coserán siempre con la misma envoltura, la de esclavos, siempre llena de incomodidades y obligaciones y que nos vuelve egoístas y a veces hasta inhumanos. Por eso, sí, por eso es que comparto plenamente la idea de Rousseau, que nos dice que para lograr la socialización plena del individuo hay que recluirlo o aislarlo de su realidad social..." Tilo hizo una pequeña pausa para cerciorarse de que su compañero de cuarto seguía prestándole atención. "¿Me estás escuchando, Emilio?"

"Sí, sí, claro, continúa, continúa. Interesante, muy interesante el Ruso ese, eh", contestó, pronunciando mal el nombre. Y mientras intentaba remojar otro pan en su taza pensaba *caray, córtala mejor de una vez, antes de que vengan esos doctores y ahí sí que nos agarran sin haber tomado el desayuno.*

"Perfecto, continúo entonces", dijo Tilo "¿en dónde me quedé?... ¡Carajo! creo que es esta porquería que me inyectan en las venas lo que me está afectando la tutuma. ¡Ah, sí, claro, ya me acordé! Mira, lo que más bien trato de decirte es que todo el mundo debería ser en verdad como *el niño Emilio* de Rousseau. O sea, me refiero a crecer en una particular armonía resultante de un equilibrio entre tus sentimientos intuitivos, la razón reflexiva, el arte, la cultura y la moral. Eso es todo. Pero, bueno, como sé que eso de todas maneras no va a suceder, ya vas a ver que cuando nos muramos, igual, todas esas organizaciones, asociaciones de hipócritas o sabe Dios qué otras personas o individuos nos vestirán con una pijama de madera y encima nos velarán como les plazca."

"Oye sí, verdad, tienes razón. Mira tú, no sabía que tuvieras esas inclinaciones filosóficas. Sólo una pequeña sugerencia: ¿Por qué no terminas tu desayuno antes que venga el tal Kaminsky con su tropa y nos disfrace con el pijama de madera que dices para utilizarnos como ratas para sus experimentos clínicos?"

Ni bien terminaba Tilo de dar el último sorbo de su café había entrado toda la plana mayor de médicos de la estación neurológica de la clínica. El primero en ingresar fue el profesor y director de la sección, el doctor Jürgen Kaminsky; le seguía el médico principal, un especialista, dos asistentes estudiantes de medicina y la enfermera principal. Todos rodeaban la cama de Tilo, inmóviles como estatuas de cemento y simétricamente separados. Parecían atornillados sobre el piso: lo observaban como si se tratara de un espécimen raro, o quizá como su compañero de cuarto ya lo había insinuado: una simple rata para sus experimentos.

"Mucho gusto, yo soy el director de la sección, el profesor Kaminsky". El galeno le extendió la mano rozándole apenas la yema de los dedos con la palma. Todos miraban tan fijamente a Tilo, que en su fantasiosa mente imaginaba ser el soldado condenado de *la colonia penitenciaria* de Kafka.

"¿Y, cómo se siente hoy, señor Meduni?", preguntó el profesor, arrugando su amplia frente huesuda y llena de pecas, mientras auscultaba fijamente los ojos de Tilo con una linternilla.

"A decir verdad creo que ya bastante mejor, doctor Cu-lon-ski." Tilo no lo podía creer: otro que pronunciaba mal su nombre, y articulando fuerte y lentamente, como para desquitarse, repitió: "Doctor Cu-lon-ski, ¿podría usted aprovechar para darme ahora de alta?"

El doctor carraspeó y movió en forma rara sus ojos, como si le costara hacerse el desentendido. Entonces el otro médico especialista de la sección y primer asistente del profesor se acercó solapadamente donde Tilo y le dijo al oído: "Disculpe, el jefe no se llama Culonski, sino Kaminsky."

Pero Tilo prefirió ignorarlo y comenzó otra vez a imaginarse en la colonia penitenciaria de Kafka: *ya, carajo, está bien que este oficial de mierda quiera ahora condenarme con su aparato o digo mejor, con todo su equipo de médicos, pero que al menos me llamen correctamente por mi nombre.*

"¿De alta?, ¿ha dicho usted de alta? Espero que lo que está diciendo sea solamente una broma", contestó el profesor, consternado. La cara se le había puesto tan roja, que se le habían borrado las pecas de la frente y mostraba una sonrisa forzada, de grandes dientes amarillos.

Enseguida le ordenó a su segundo que leyera en voz alta el resumen de la primera revisión clínica de Tilo.

"Sí, de inmediato, señor profesor", respondió, totalmente tieso y sin mover ningún músculo de la cara. Obedeciendo la línea jerárquica de mando el médico volteó donde la enfermera y sin abrir la boca ordenó que le entregara el informe. La enfermera, una mujer bien despachada de pechos y con un gesto de acatar sólo una orden, sacó de un pequeño archivo rodante de metal las historias clínicas que se encontraban guardadas dentro de una cartulina roja y se las entregó de inmediato y sin murmuraciones a su jefe inmediato.

"Aquí las tengo", dijo, y procedió a leer en voz alta: "Uno. Estado clínico general: Condición reducida del paciente con sospecha patológica en la zona de los pulmones y abdomen; ligero estado febril con descomposición estomacal; pequeñas ulceraciones en la cavidad bucal; sistema cardiopulmonar ligeramente descompensado; pulso débil de la arteria dorsal de los pies y agudo dolor en zona lumbar. Dos. Resultados neurológicos: Reflejos musculares débiles en ambos lados del cuerpo, en especial las extremidades; muy débil, casi nulo reflejo del tendón de Aquiles en ambos lados; déficit sensorio motor en las manos y pies; marcada paresia en el brazo derecho, al igual que en el movimiento de cadera, extensión de las rodillas, pies y flexiones; atrofia en los músculos del hombro, muslos y en las pequeñas fibras musculares de los pies; prueba de dedo-nariz derecho asimétrico; prueba rodilla-talón con resultados atáxicos; paso inseguro al caminar y marcada ataxia; hipoestesia distal simétrica en ambas piernas; palanestesia lateral derecha e izquierda. Tres. Resultado neuropsicológico: Estado de ánimo hiperanímico, además de hiperactivo con ligeros síntomas de ansiedad situacional paranoica y pensamientos recurrentes relacionados con la enfermedad y los dolores..."

Y cuando el médico quiso continuar, la enfermera lo interrumpió entregándole el informe que la enfermera del turno de noche había escrito para el relevo de la mañana. El médico cogió el papel, lo leyó en silencio, tosió un poco sorprendido por lo que leía, incluso con palabras nada apropiadas tales como: paciente medio chiflado, revoltoso, pulga intranquila, etcétera, prefirió resumirlo:

"Y aquí dice también, *Herr Professor*, que el paciente se muestra siempre intranquilo y nervioso, habiendo querido hasta retirarse de la clínica sin autorización." Con la frente sudorosa y las manos temblorosas el médico acomodó todo el mamotreto de hojas y se lo entregó a la eminencia máxima, el profesor Kaminsky.

En el cuarto reinaba un silencio absoluto. Tilo, por supuesto, ya hacía rato que había terminado de imaginarse todo lo de la colonia penitenciaria de Kafka y se encontraba masturbándose mentalmente con la historia sobre *La Condena* del mismo autor. Alrededor de la cama de Tilo todo el séquito de médicos y asistentes del profesor cruzaban sus miradas esperando el veredicto del jefe.

El profesor se puso sus pequeños anteojos de lupa y volvió a revisar todo el informe subrayando con lápiz lo que más le interesaba. Al cabo de un rato volvió a sacarse los anteojos parsimoniosamente, los metió en el bolsillo del uniforme e insinuó a Tilo en un tono increpante:

"¿Y qué me dice ahora, después de escuchar todo esto? ¿Sigue con la idea de querer irse?" Y sin darle siquiera tiempo para que le contestara, prosiguió: "Ahora desvístase, que quiero revisarlo." Observaba de reojo a sus dos alumnas de medicina, como diciendo, *y ustedes niñas presten bastante atención para que aprendan cómo se hace una revisión clínica a un paciente con sospecha de trastornos polineuropáticos y probablemente hasta también con mielosis funicular...*

El profesor primero le sacó la manguerilla de la infusión a Tilo, ajustó bien con un esparadrapo la cánula que tenía insertada en el brazo y, juntando el largo dedo del medio de su mano izquierda con el índice, pegó la oreja en su pecho y comenzó a golpear rítmicamente su caja toráxica, cual bongó afrocubano. Lo mismo hizo con su espalda y en la zona de los riñones, hurgó con sus manos, cruzándolas en forma de equis la zona del abdomen y barriga; palpó los músculos de la zona lumbar; midió minuciosamente el pulso de algunas arterias en diferentes puntos del cuerpo; estiró y frotó uno a uno los dedos de las manos y pies de Tilo mirando a su vez la coloración de sus uñas; revisó con un instrumento vibratorio la sensibilidad de sus extremidades; hizo que Tilo se parara y caminara unos minutos alrededor del cuarto con los ojos cerrados; le hizo después extender los brazos hacia arriba y agacharse mirando el suelo con las palmas de las manos bien pegadas en el piso; luego comenzó con las pruebas de equilibrio, le decía, por ejemplo: "A ver, párese ahora en un pie, con el otro, otra vez con el derecho, el otro, y otra vez con el derecho, izquierdo, derecho, izquierdo...", y así le ordenaba siempre que repitiera todo diez veces. Le aplicó también el examen de fuerza en los brazos, antebrazos y piernas; volvió a observar detenidamente el interior de las pupilas de Tilo cual buscador fanático de pepitas de oro y luego hizo que siguiera con los ojos la dirección del foco de luz de su linternilla: "Y ahora, siga con atención la luz de este foquito, por favor... bien, bien, así, un poquito más hacia la derecha, izquierda, arriba, abajo, otra vez hacía izquierda, arriba, abajo, otra vez hacía aquí, acá, un poquito más abajo, arriba, y otra vez aquí...", y así hasta que el pobre Tilo casi termina bizco. A continuación le golpeó con un pequeño martillo de goma las articulaciones de los brazos, codos, muñecas, rodillas y pies; hincó suavemente con una aguja el músculo recto anterior de su muslo derecho, también el sartorio, los extensores de los dedos de sus pies, manos, el perineo largo lateral, el tibial anterior... hasta que por fin acabó.

"Muy bien, eso es todo por el momento, ya hemos terminado. Puede usted vestirse", dijo el profesor en tono de comando, arrogante. Luego arrimó la pequeña mesita rodante para apuntar en una hoja ya formateada sus observaciones más sobresalientes.

"Caray, doctor, mejor me hubiera hecho participar en la maratón de Nueva York", dijo Tilo, exhausto y con el cuerpo acalambrado hasta las orejas.

El único que soltó una risa casi imperceptible, que más parecía de tísico, fue Emil. Los otros, en cambio, ya adoctrinados por el malhumor de su líder ni se inmutaba, secos, totalmente lacónicos y sin gracia.

"¿Es usted siempre así de gracioso, señor Medina?", fue lo único que dijo el profesor, mirándolo apenas por encima del hombro.

"Pues curiosamente sí. Así soy yo, profesor. Además, hay que aprovechar ahora que mi mujer tampoco está... jejeje". Tilo se reía solo y se frotaba los músculos de las piernas que se le habían endurecido. "Lo que pasa es que mi Laurita es... (casi le dice como usted) una malhumorada de primera y siempre tengo que portarme muy serio y prudente ¿sabía?"

La enfermera hizo un ruido raro que no se supo si fue una risa, un eructo o algo por el estilo.

"Hm... pues entonces permítame decirle, señor Meduni, perdón, digo, Medina, que nosotros aquí en la clínica quisiéramos pedirle lo mismo: guardar prudencia, mucha prudencia, pero, sobre todo, paciencia", le dijo el doctor, casi sin pestañear. "Usted ha venido aquí para que lo curemos y no para entretenernos. ¿No sé si estoy siendo claro? Y ahora, por favor, me gustaría que solamente me conteste con un sí o no las siguientes preguntas: ¿Tiene dificultad para deglutir?"

"Sí...", contestó, conteniéndose por supuesto hasta diez antes de decirle cualquier otra cosa como *escúchame tú, doctorcito, bueno para nada, que deglutir podría ser también lo mismo que engullir o tragar. Sí, eso es, tragar saliva, mucha saliva, ¡so pedazo de infeliz y arrogante!*

"¿Problemas con el habla?"

"Este, bueno, ¿qué cosa quiere que le diga ahora? Creo que no, salvo esta voz de pito que a veces me sale."

"¿Contracciones musculares?"

"¿Se refiere a esos calambres que me dan en la espalda, brazos y piernas y que hacen que me ponga duro como una momia?"

"Sí, eso mismo."

"Ah, bueno... entonces sí."

"¿Durante el día tiene la sensación de moverse en forma disfuncional?"

"¿Disfuncional? ¿Qué es eso...?" Tilo dudó, pero automáticamente rectificó su vacilación, para decirle: "¿O más bien habrá querido decirme en forma disparatada?"

Mientras escuchaba todo lo que hablaban, Emil tenía que morder la almohada para no explotar de la risa.

"*¡Nein, nein, nein!*", negó el profesor en forma enérgica y con la paciencia ya casi al límite. "Me explicaré de esta otra manera: ¿En su casa o mientras hace sus quehaceres diarios, no siente a veces que efectúa ciertos movimientos involuntarios o, digamos no controlados con los brazos, manos, piernas o cualquier otra extremidad o parte de su cuerpo?".

"¡Ah, era eso!... Sí, sí, claro, a cada rato. Sobre todo cuando mi amada mujercita Laura, con su síndrome de limpieza y orden me rompe los esquemas. Allí es cuando se me viene toda la chocolateada esa. Ah, porque eso sí, mi Laurita es muy pero muy ordenada y exacta, exactísima, ¿sabía?"

"Señor Meduna, por favor, creo haberle dicho que me responda solo con un sí o no. Además, sus problemas privados no me interesan, ¿estamos?"

"Verdad, disculpe. Siga nomás entonces, profesor Culonski, o este, perdón, digo Culinski, pero antes, si me permite, me gustaría hacer una pequeña acotación: ¿Por qué no aprovecha para revisar mejor esos papeles suyos, que me parece que han registrado mal mi apellido? Mi nombre es Medina con i y sin u."

Las pecas color púrpura que el profesor tenía en la frente comenzaban de nuevo a diseminarse como si fuera un camaleón.

"Verdad, usted tiene razón, es mi culpa, pero con tantos pacientes... Ah, sí, y otra cosa, el mío tampoco es Culonski o Culinski, sino Kaminsky." Mecía un poco su cabeza hacia un lado mostrándole solo por compromiso una sonrisa algo forzada. "Y bueno, qué tal si continuamos. ¿Siente también dolores articulares?"

"Sí"

"¿Ronquera o cambio de voz?"

"Sí"

"¿Fatiga?"

"Sí"

"¿Disfunción de la vejiga o problemas digestivos?"

"Sí, en ambos casos. Es curioso, doctor, hasta parezco un perro de tanta pila que hago siempre. Además, oiga usted, con eso de la digestión, me tiro también unos pedos que hasta yo mismo me asusto. ¡Qué tales flatulencias y encima pestíferas, por Dios!"

"Está bien, está bien, creo que ahora no es necesario que me detalle tanto las cosas... ¿y su respiración, cómo la tiene: agitada o siente más bien como que a veces le falta el aire?"

"Si-sii-siiii...", contestó Tilo cantando y sin entonar el acento en la í.

"¿Si, si, qué?... Señor Medina, necesito una respuesta concreta. O es sí o es no.

Tilo ya no aguantaba más todo aquel interrogatorio, así que decidió hablarle como Cantinflas para ver si así lo enredaba y lo dejaba de una vez tranquilo.

"Pos *very* elemental mi *teacher*, y préstame esta vez un añiquito también de su *attention*: nomás que ahorita mismo al responderle solitariamente solo con un melodioso *si* sin acento, ya que como usted también sabe y a nombre por supuesto del gran dios del sonido, Apolo... ¡Ay, diosito mío, ojalá que ahora también me escuches!" Tilo se persignaba exageradamente mirando el techo y gesticulando igual que uno de esos fanáticos religiosos. "Al cantarle con la séptima tonada pos mire... y aquí *please*, otra vez *very attention*: no significa, mi gran *teacher,* que automáticamente uno tenga que coincidir con eso que a su parecer ya podría estar perfectamente cocido, sazonado y condimentado. En otras palabras, y como yo también humildemente de a poquito, con todo este estofado, *zu diesem Zeitpunkt* o digo mejor *at this time* de ahorita mismo, este sumiso trovador destartalado de notas también le podría haber cantado afirmativamente con el otro *sí*. O sea, pos el toscote ese, con palito en la *i* y no tan melódico como el otro. Porque, *looking me* ahora *please* nomás mi gran maestrito, como que esto es *very simple*, sencillón, facilito nomás, como cantar la gallina turuleca..."

El profesor, ya no con la cara roja ni púrpura, sino más bien pálida y con los ojos torcidos de indignación y cólera, esta vez tuvo que hacer un gran esfuerzo para aguantarse y no decirle un improperio. Juntó fuerte sus maxilares, acomodó algo nervioso su almidonado uniforme blanco que por el exhaustivo examen se había arrugado igual que un papel, y procedió a dictarle en voz alta las siguientes instrucciones al médico especialista:

"Doctor Breit, es necesario que mañana mismo el paciente se mantenga en ayunas para que le hagan un examen hematológico especial. Me interesa saber, sobre todo, cómo anda su nivel de anticuerpos, proteína S-100, beta-linfocitos, glucosa, el recuento diferencial sanguíneo, electroforesis y todas esas otras cosas. Además, quiero que también le hagan un análisis exhaustivo de orina y comparar así la concentración de úrea con el respectivo nivel de sus fosfatas alcalinas. ¿Está claro, doctor Breit?" Y lo miraba pensando *a este triste payaso, al menos por hoy, ya no lo quiero ver más.*

"Sí, *Herr Professor*... apuntado está y así también lo haré", contestó el médico subalterno con voz temblorosa.

"Perfecto. Porque hasta que no sepamos qué se le está cocinando adentro y debido a ese estado ligeramente febril que tiene, quiero también que le pongan una y media dosis del *Paracetamol* con una de *Pantozol*. Con tanto analgésico que toma tenemos que cuidar que no se le vaya a perforar el estómago con una úlcera." Y miró de nuevo en forma severa al médico subalterno. "¿Me está usted siguiendo, doctor Breit?"

"Sí, sí, por supuesto: una y media más de *Paracetamol* con una de *Pantozol* ", repitió obediente.

"Muy bien. Ah, sí... y otra cosa, bájenle también la dosis intravenosa del opiáceo en treinta por ciento, que me parece que lo está trastornando un poco. Y a cambio, reemplácenlo por la noche con veinte miligramos del sedante *Zoplicon*.

El profesor miró a la enfermera, se sacudió la caspa acumulada en los hombros y observando de reojo a las dos asistentes estudiantes, le dijo:

"Y usted, señora enfermera, por favor dele una manito a las dos señoritas estudiantes para que me organicen urgente, repito, urgente, en los siguientes días todo el plan A de exámenes, o sea: el LCR y toda la batería de pruebas de conducción nerviosa, fisiológicas, electromiografía, electrocardiograma, etcétera. Además, ya he hablado también con el doctor Schulz de cirugía para que le hagan una biopsia de dos milímetros del nervio sural de la pierna izquierda. Ah, sí, casi me olvido, mañana mismo quiero que el radiólogo también le haga una tomografía computarizada del tórax y una resonancia magnética del cráneo."

Poco antes de retirarse, el profesor se sentó en el filo de la cama de Tilo, lo miró fijamente y le dijo:

"Señor Medina, quiero que sepa que esto no es un circo sino un sanatorio y el que determina las reglas aquí soy yo. Que tenga usted un buen día." Y dejó el cuarto junto con toda su cuadrilla que lo seguía obedientemente en fila india.

Pasaron tres días más y los dolores que Tilo tenía en la cintura con adormecimiento en las extremidades no habían disminuido. Por el contrario, le tuvieron que volver a subir la dosis intravenosa del opiáceo mezclado con un fuerte relajante muscular. Ya le habían hecho también todos los exámenes importantes de conducción nerviosa y electrofisiología y, por supuesto, también la pequeña biopsia entre el talón y los músculos gemelos de la pierna izquierda. Ahora faltaba solamente el cuadro final de todos los resultados de sangre y el resultado de la punción dorsal que le habían hecho entre las vértebras lumbares tres y cuatro para analizar el líquido cefalorraquídeo. Este último examen había sido peor que una tortura de la Inquisición, ya que tras la misma tuvo insoportables dolores de cabeza y mareos, razón suficiente para que Tilo delirara con Morbo y sus figuras ficticias. Sus dolores y mareos eran tan intensos que casi no se podía mover de la cama y, peor aún, tampoco podía desahogarse escribiendo en su cuadernillo las notas de su soliloquio.

La mujer de Tilo, desde que su marido por fin se encontraba ahora en manos de los médicos, se sentía mucho más tranquila y más que nada esperanzada de que todo fuera también pasajero y que cuando regresara a casa todo volviera a ser como antes. Todos sus amigos del *Grupo* le enviaban libros y más libros, como para que se distrajera. Siempre muy preocupados por su gran amigo y líder, llamaban también a cada rato por teléfono a Laura para preguntarle cómo seguía y que si ya se le podía ir también a visitar: "¿Cuándo crees, Gringuita, que podríamos ir a verlo para llevarle pues su cevichito con su buena causita a la limeña –otra comida típicamente peruana– que tanto le gusta?" Pero ella, como siempre, con sus inclinaciones algo intransigentes (por no decir radicales) con todo lo que tuviera que ver con extranjeros, en especial con los que tenían piel oscura, les decía siempre mintiendo y pensando que ojalá que se quemaran todos en la hoguera de Satán: "Pero, por favor, entiéndame, eso es imposible. Los médicos me dijeron que su internamiento podría durar todavía para rato. ¡Imagínense!... hasta a mí que soy su esposa, me dicen también que mejor no venga..." Y así los engañaba casi siempre.

El otro paciente septuagenario, en cambio, con relación a Tilo, desde que se encontraba compartiendo el mismo cuarto, se sentía cada día mejor y con menos convulsiones que antes.

"¡Tilo, hombre, pero por qué se demoran ahora tanto contigo!", le decía sorprendido y lo miraba como diciendo: *Caramba, realmente te compadezco... Y yo que me siento ahora algo mejor.* Le hablaba parado y junto a su cama; tenía puesta una bata con colores alegres y bastante llamativa: con rayas de un color naranja intenso, amarillo pato y rojo indio. "¿Te gusta mi bata? La acabo de comprar en la tiendita de abajo, junto a la cafetería."

"Qué bien, Emilito, me alegro realmente por ti." Tilo se tapaba de continuo e inconscientemente la boca, como para contener esas sensaciones de vómito que siempre le venían. La cabeza le seguía dando vueltas, igual que una ruleta.

"¿Quieres que te traiga algo, un té, café, o prefieres mejor agua?" El viejo le había tomado mucho cariño y lo ayudaba siempre en todo.

"No, no te preocupes, Emilito. Esta mierda ya pronto se me pasará, jejeje." Tilo sonreía y pensaba más bien de nuevo en el niño *Emilio* de Rousseau. "No, en serio, Emilito, me alegro de todo corazón por ti. Ya me estoy dando cuenta que lo que te había comentado sobre Rousseau poco a poco te está dando también buenos resultados."

"¿Emilito? ¿pero, y eso por qué? Si yo podría ser hasta tu padre", refutó el viejo, también sonriéndole.

"Sí, sí, lo sé, Emilito...", volvió a usar el diminutivo, tapándose de nuevo la boca para contener otra arcada. "Mira, grábate mejor esto en la cabeza: cuando se trata de sentimientos, la edad que tiene uno la puedes mandar mejor a la porra. Te explico..." Como ya casi ni sentía sus extremidades, sus pies se deslizaban fuera de la cama y el viejo, para evitar que se enfriaran, le ayudaba a acomodarlos de nuevo en su sitio, envolviendolos bien con la frazada. "Por esa original bata de colores papagayo que has elegido, también me doy cuenta de que por fin estás aprendiendo a ser realmente tú o, mejor dicho, lo que tu ánimo te dice que seas. ¿Me comprendes?"

"Bueno, algo...", y el viejo miraba también con detenimiento su prenda.

"Te sigo explicando... Mira, lo que pasa es que ya estás aprendiendo a romper esquemas y a no dejarte influenciar por todos esos formalismos ni tontas convenciones de nuestra sociedad. Eso es todo. Observa nomás con detenimiento cómo se comportan todos esos doctorcitos y el personal asistencial, indiferentes e insensibles cuando entran y salen de este cuarto. ¿O acaso crees que porque estamos ahora, digamos que físicamente algo imposibilitados, por no decir limitados por nuestras dolencias, vamos a dejar que venga un doctor con títulos académicos honoríficos como Kaminsky con ínfulas de sabio, creyéndose para colmo el dueño de nuestro cuerpo y vamos a dejarnos abatir ahora así de fácil como los otros enfermos? ¡No, no, nada de eso, amigo! Tú y yo seremos a partir de ahora como el niño Emilio de Rousseau y punto. Además, te garantizo que, por nuestra enfermedad o lo que mierda tengamos, no nos dejaremos influenciar por todo lo que nos digan ahora todos esos torcidos doctorcitos y creceremos más bien en perfecta armonía entre lo que solo sentimos en nuestro interior, nuestra realidad y la moral. Además, otra cosa y esto métetelo bien en la cabeza: El mal no es la enfermedad en sí, sino más bien en las causas que la originan. Sí, así es... y una de ellas es justamente esta sociedad de mierda y todas las otras del mundo que están podridas de engaños, son malas, infernales, diabólicas, es la sociedad la que nos debilita, consume y enferma. ¿Quieres que te diga también otra cosa, Emilito? Yo no le tengo ni nunca le voy a tener miedo a mi enfermedad o de lo que me digan que podría tener. Es más, hasta me hice ahora amigo de ella, se llama Morbo, ¿sabías? Con Morbo y el respaldo por supuesto de una fuerza suprema que podría ser de repente ese a quien llaman Dios, el Taita, Papito lindo, una providencia, el Titán, Supermán, Batman, o quien diablos sea, ellos son los que me dan ahora la fuerza para seguir adelante y continuar descubriendo cada día un poco más el tesoro de ese gran *estado incierto* que, en el fondo, muy en el fondo, inconscientemente todos nosotros andamos buscando desde que nacemos." Tilo, al notar ahora que el viejo le prestaba mucho más atención que antes, le propuso lo siguiente: "Tengo una idea: como tú y yo sabemos que no vamos a permanecer eternamente aquí, hagamos entonces algo que sé que nos confortará mucho y de paso ya vas a ver cómo le haríamos también un gran favor al resto de los otros pacientes que seguro se encuentran igual o más perdidos e inseguros que nosotros en esta sección o, tal como lo ha dicho también el sabio de Kaminsky: sanatorio en general."

Al viejo, que ya no tenía nada que perder, esos arranques de extravagancias y alucinaciones no le parecían, después de todo, tan fuera de foco como había pensado al comienzo y decidió más bien seguirlo.

"Oye, verdad, tu intención no es mala" contestó, y lo ayudaba ahora con la cabecera de la cama, para que se sintiera también un poco más cómodo. "Pero y dime... ¿cuándo crees que lo haríamos y de qué se trata en verdad?"

"Lo haremos un día antes de que me den de alta. Además, conociéndolos cómo trabajan aquí, seguro que eso será cuando haga de nuevo su aparición en esta habitación el gran Kaminsky y toda su tribu de caníbales."

"Pero... ¿y si me dan de alta primero a mí, ahí sí que sonaríamos?"

"No, pues, Emilito, usa un poco la tutuma. Haz que te duela entonces la cabeza, siéntete mareado, con náuseas, y ya vas a ver cómo no te sueltan."

"Verdad, tienes razón, pero... ¿dime pues ahora de qué se trata tu plan?"

Adolorido y mareado como estaba, Tilo se arrimó con gran dificultad a su mesita de noche y de una pila de casi treinta centímetros de libros que sus amigos del *Grupo* le mandaban, cogió justamente el que se encontraba arriba y se lo entregó, diciendo:

"Toma, es para ti. Se trata del segundo libro más vendido del mundo después de la Biblia: *La vida e increíbles aventuras de Robinson Crusoe*, de Daniel Defoe. Y si puedes, me gustaría que lo termines de leer en estos días. Es muy bueno."

"¿Pero y esto... qué significa ahora? Pero si no es más que una simple historieta de esas como Sandokan. Además que también la he leído ya hace como sesenta años atrás, cuando aún era un niño."

"Sí, y por eso justamente te garantizo que en verdad nunca la has entendido bien." Tilo continuaba elucubrando y agregó: "Es que tienes que entenderme, por favor: como tú para mí eres como el niño Emilio de Rousseau es imprescindible que también estudies ahora bien al náufrago Robinson y todo lo que descubre y hace para sobrevivir en esa isla, su propia isla." Y se acordó de pronto en voz alta de una frase del libro, que el mismo Robinson mencionaba en su narración... *y ahora que voy a entrar en el melancólico relato de una vida silenciosa, comenzaré desde el principio y continuaré en orden.*

"Caramba, ya veo que ahora encima me quieres dar también tareas, jejeje." El viejo se reía nomás y pensaba: *Está bien, te seguiré porque me pareces una persona inteligente, eres simpático, pero sobre todo sincero y, bueno, también algo loco.* Y le dijo: "Pero, dime, ¿qué tiene que ver este libro con tu plan?"

"Mucho. Pero eso ya lo descubrirás más adelante. Por el momento, léelo nomás."

Durante el tiempo transcurrido desde que conversaron sobre el plan y que, dicho de paso, para Tilo y su compañero de cuarto les pareció casi una eternidad, vinieron a visitarlo también su mujer y su hija. Al ver a la bella Karina la abrazó y besó tan efusivamente que hasta tuvieron que llamar a la enfermera porque se descompensó. Por más que le preguntaban una y otra vez cómo seguía y qué le habían dicho los médicos, Tilo, como siempre y sin querer preocuparlas, les respondía con un todo está bien y no se preocupen que pronto, muy pronto ya me van a dar de alta. Y así desviaba casi siempre la conversación, hablando sobre cosas que más le podrían interesar a su hija que estudiaba administración de empresas en la universidad, como, por ejemplo: el resumen ese de tres páginas que el mismo Tilo también le había preparado un día sobre el examen de gerencia integral y que tenía que dar la próxima semana en la universidad. A Laura, en cambio y por más que le ponía siempre esas muecas de fastidio y de no entender bromas que tanto le divertían a Tilo, la molestaba a propósito también con indirectas, diciéndole: "Pero, cariño, ¿por qué para la próxima no me traes también unas cuantas azucenas a ver si así se purifica este caldeado ambiente a clínica?" o "¡Ya sé, tengo una idea!... Para la próxima que vengas, acepto que traigas también a Tongoy, tu curandero, que a lo mejor junto con el profesor Kaminsky hacen una buena dupla y me bailan ambos la danza del humo alrededor de la cama, jajaja." Y así se reía solo, haciéndose siempre el gracioso.

Su mujer aprovechaba también para reportarle lo que Pocho (el mejor amigo de Tilo y ahora, en ausencia de su único líder, también moderador suplente de las sesiones del Grupo) le transmitiera sobre los eventos y talleres más importantes. Una vez a la semana, ella también le dejaba siempre una bolsa pesada con bastantes plátanos, cuatro barras de chocolate, dos bolsitas de maní, dos de pasas, y libros, muchos libros, por supuesto.

Tilo se encontraba ya en su décimo día en la clínica y todo hasta entonces marchaba como él se lo había imaginado. Siempre con esos médicos, todos tiesos, fríos, sin emociones y que entraban y salían siempre del cuarto como si los enfermos fueran meros objetos de estudios clínicos y nada más. Con esas enfermeras rudas, toscas, todas programadas como robots que se acercaban a Tilo solo para medirle la presión arterial y una que otra vez las pulsaciones a la altura del cuello o en otros puntos de sus piernas y pies; con zampadas también de termómetros con alarma en la axila y hasta en el ano. Otros, en cambio, los más experimentados entre comillas, venían y le decían, o mejor dicho le obligaban hacer cosas como: "A ver, póngase por favor en posición fetal que le vamos a meter este pequeño supositorio" (¿Pequeño supositorio? Pero si parecía más un cartucho de escopeta por lo inmenso que era), o... "No pues, señor Medina, escúcheme ahora, cuántas veces ya le hemos dicho que usted debe tomar siempre estas pastillas a las cinco de la mañana, que el doctor así lo ha ordenado y punto", o esta otra... "¡Por favor, qué porfiado es usted! Pero si ya le hemos dicho estrictamente que no coma esos chocolates, plátanos, maní, y todas esas otras porquerías que tiene guardadas en esas bolsas." Tilo también estaba cansado de escuchar frases aparentemente normales para esa gente, como: "Buenos días, ¿cómo ha amanecido nuestro Principito? Yo soy su nueva laboratorista, y he venido para tomarle ahora unas cuantas muestritas más de su linda sangrecita real." Aunque fuera la décima vez que vinieran y le hablaran siempre en diminutivo como a un niño que no entiende nada. Al pobre ya le habían sacado hasta como cincuenta probetas de sangre y de las grandes de diez mililitros; aparte, claro, de las muestras de orina, saliva, heces y uno que otro jugo o materia corporal más, que tenía que dejar puntualmente todas las mañanas. El rostro de Tilo, que ya era feo, se parecía ahora más a uno de esos muertos frescos de la morgue que usan los estudiantes de medicina para hacer sus prácticas. O como aquella vez en que le ordenaron: "Así como está (Tilo se encontraba con el pantalón de pijama y la parte superior del cuerpo desnuda), vaya ahora mismo al quinto piso para que lo metan al tubo y le hagan su resonancia magnética de la columna y tórax...", y ya en el quinto piso: "Muy bien, antes de empezar ahora con la tomografía computarizada con contraste, espere aquí callado y, sentadito nomás, tómese en diez minutos por favor este líquido rojo." Y mientras tomaba ese líquido gelatinoso con sabor a jarabe, Tilo pensó inmediatamente en las torturas esas de agua que había leído de la cárcel de Guantánamo. Una tortura fue también aquella otra vez en que: "No se mueva pues tanto que se le van a salir otra vez los electrodos de la cabeza." Ya era la quinta vez que intentaban pegarle a Tilo esos chupones para hacerle el electroencefalograma en la cabeza, pero como todo eso ya lo tenía harto simplemente para fastidiar a las enfermeras, se movía sacudiendo a propósito la cabeza. Y así martirizaron a Tilo con pruebas y más pruebas, hasta que por fin llegó el día esperado de la segunda gran visita y felizmente última del profesor Kaminsky con todos sus asistentes.

Era otro lunes, y por el umbral de la puerta se veían las sombras de todos esos médicos, que con sus largos guardapolvos blancos como fantasmas se iban haciendo cada vez más reales a medida que entraban al cuarto. Todos se acomodaron como siempre, en orden jerárquico. Al pie de la cama de Tilo, como atornillado al suelo y totalmente tieso, el profesor Kaminsky; luego le seguía el médico superior y la enfermera principal de la estación; al lado lateral derecho de la cama se habían acomodado las dos estudiantes asistentes y al frente de ellas, en el otro lado de la cama, el tímido médico especialista de la sección. Todos miraban fríamente a Tilo, duros y sin vida, como androides.

"Buenos días, señor Medina. Ya veo que los ochocientos miligramos de *Prednisolon* que le hemos dado en estos últimos tres días, poco a poco lo están revitalizando. *Sehr gut, sehr gut...* A ver, levántese ahora y camine un poco", le dijo el profesor, como ordenándole y sin extenderle siquiera la mano para ayudarlo. Tilo tuvo que quedarse como la otra vez, con la mano derecha ridículamente extendida en el aire.

Olvidándose en ese momento que le dolían todavía las piernas, bajó abruptamente de la cama y comenzó a deambular torpemente y tropezando con todo sin parar tan rápido una y otra vez por el cuarto, que parecía a uno de esos bebés hiperactivos de dieciocho meses de edad que por fin podía ahora dar sus primeros pasos.

"Está bien, está bien, ya es suficiente. Puede usted ahora volver a sentarse." El profesor sacó sus pequeños lentes del bolsillo del uniforme, leyó los análisis más importantes y, subrayando los resultados más alarmantes, continuó diciendo: "Mire, señor Medina, trataré de ser lo más claro y directo posible: según estos resultados y tal como me lo sospechaba, lo que usted tiene es una enfermedad seria, muy seria, se llama, *Polineuropatía desmielinizante inflamatoria crónica.* Nosotros, los médicos, comúnmente la abreviamos también con las siglas *PIDC*. Se trata de una dolencia irreversible y progresiva originada por la inflamación de múltiples nervios y que se manifiesta casi siempre con episodios repetitivos o lentamente progresivos de pérdida del movimiento o sensibilidad en todo el cuerpo."

A Tilo, por supuesto que no le interesaban tanto los efectos de la enfermedad, puesto que ya hacía rato que los había sentido, sino más bien ese exótico y larguísimo nombre.

"¡Caramba, oiga usted, eso sí que suena verdaderamente interesante, interesantísimo!" Y repitió todavía en voz alta ese nombre raro pero en latín: *Seditiosae demyelinantes polyneuropathia chronica...*"

Todos los allí presentes, sorprendidos más bien por la capacidad dialéctica lingüística del paciente, fruncían la frente y murmuraban entre ellos.

En ese momento, Tilo se bloqueó y como si el resto no existiera, continuó hablando en voz alta, analizando más al detalle ese largo nombre y relacionándolo esta vez con Morbo.

> *¡Caramba, Morbo! Con la chapa esa de Polineuropatía de tu padre y el apellido compuesto de Desmielinizante Inflamatorio Crónico de tu querida madre, sí que me la haces ahora más difícil, eh. Pero, bueno, no importa, igual sigo sintiendo empatía por ti. ¿O prefieres acaso que mejor sienta la neuropatía?*

Como profería encima cosas irracionales en castellano que nadie entendía, el profesor le ordenó a la enfermera que mejor le aumentaran de inmediato la dosis del sedante *Zoplicon* a una pastilla de diez miligramos más.

"¡Señor, señor!", interrumpió la enfermera, ya que Tilo había comenzado a hablar también en mandarín. "Por favor, tome esto que se va a sentir mucho mejor." Y le alcanzó un vaso de agua con la pastilla calmante que el profesor había ordenado.

Sin pelo de tonto, a la hora de introducir la pastilla en la boca con el vaso de agua, Tilo hizo como si efectivamente se la hubiera tomado, escondiéndola entre el dedo índice y el dedo medio de su mano y nadie se dio cuenta.

"Ya está bien, córtela, córtela, por favor que ya nos hemos dado cuenta de que usted habla varios idiomas, pero ahora, y para no hacerla más larga, como médico tengo también la obligación de decirle sobre cual sería su tratamiento." El profesor clavó nuevamente su mirada en el informe, sobre todo donde se encontraban los resultados del laboratorio, para luego indicar: "Continuaremos con el Katadolon contra los dolores y el corticoides Prednisolon, que le ayudará a reducir la inflamación y aliviar los síntomas, pero en una dosis más reducida. La cortisona, o mejor dicho el Prednisolon de 60 mg, lo tiene que tomar siempre en las mañanas y con una dosis escalonada que poco a poco iremos bajando y, por supuesto, también junto con el Pantozol que le cuidará el estómago. Además, ya que esos medicamentos los tendría que tomar de por vida, no caería mal que lo complemente con uno o dos comprimidos diarios de Calcilac KT con vitamina D3, que le protegerá también contra la osteoporosis. Esto es muy importante, ya que según los informes del radiólogo, veo que usted ya presenta indicios de una esclerosis marginal; aparte, claro, de esa marcada osteopenía con artrosis que ya tiene en la columna. Ah, sí, y otra cosa, le recetaré también Novalgina Forte 500 mg, para que tome siempre cuarenta gotas en un cuarto de vaso con agua. Dependiendo del grado de dolor que tenga, estas gotas las podría reducir también más adelante a veinte.

El Ulcogant en suspensión, que ya casi me lo olvido, lo tomaría también siempre en una cuchara de sopa durante las comidas. Eso es todo, señor Medina."

"¿Todo?... ¿Pero, y el pronóstico, profesor? ¿Cuál es mi pronóstico?", preguntó Tilo, como si todo lo que hasta ahora había hablado el doctor no le hubiera interesado pero para nada.

"Ah, sí, claro... Mire, lo único que le podría decir es que el tratamiento de su dolencia es prolongado, muy prolongado y difícil de pronosticar. Cada cuerpo reacciona diferente, y no es que quiera desalentarlo, pero podría inclusive llegar hasta perder totalmente la función de sus nervios periféricos. Pero lo que ahora más me preocupa no es solamente el *PIDC*, ya que eso toma su proceso y con suerte podríamos llegar quizás a desacelerarlo un poco, sino más bien esas aftas que tiene en la boca y esos descompensados resultados de sangre suyos, sobre todo en lo que se refiere a los parámetros básicos. Por otro lado, me inquieta también bastante esa rápida pérdida de peso que ha tenido en estos últimos meses, además claro de las persistentes infecciones esas con fiebre que todavía sigue teniendo en las vías respiratorias y la fatiga y los dolores casi permanentes en las articulaciones. Todo esto me deja indicar que probablemente se trate también de un problema de índole inmunológico. En fin, no sé, de todas maneras voy a dejarlo indicado en su informe de alta, para que lo chequeen en el departamento de reumatología y medicina interna del *Krankenhaus Dresden Friedrichstadt...* ¿No sé si tiene otra pregunta?" El profesor levantaba su ceja derecha y arrugaba su frente, como diciendo: *Ya, ya, apúrate nomas que tengo como otros veinte pacientes más.*

"Sí, doctor, tengo todavía una y la más importante: ¿Cuándo me darían entonces de alta?"

"Mire, como mañana mismo empezaremos con la dosis oral reducida del Prednisolon creo que no habría ningún problema darle de alta este sábado que viene. El original del diagnóstico se lo enviaríamos a la Directora del Departamento de Medicina Interna del *Krankenhaus Dresden-Friedrichstadt*, la doctora Abigail Mangold y, por supuesto, también una copia a su médico de casa, el doctor Rossmann."

"Ah, perfecto... este sábado entonces", repitió Tilo. Y mientras todo el equipo médico se cuadraba obedientemente de nuevo en fila india para seguir a su líder en la retirada, Tilo le guiñó discretamente el ojo a su compañero de cuarto –que dicho de paso, durante todo este tiempo, todavía había estado atento a la conversación–, como diciendo: *no te preocupes y tú sigue leyendo nomás a Robinson Crusoe, que mi plan lo concretaremos de todas maneras este viernes.*"

El plan

Por fin llegó el viernes. Tilo, ya algo más recuperado por todos los medicamentos que había y tenía que tomar siempre, con una barba de cuatro días y vestido con ese buzo andrajoso que le gustaba usar en casa, prefirió intercambiar primero unas cuantas ideas más con su compañero de cuarto y ahora hasta cómplice también de sus fechorías, antes de poner en práctica el plan que ambos habían estudiado minuciosamente.

"¿Y, Emilio, terminaste ya de escribir tus resúmenes de Robinson?"

Ambos estaban sentados frente a frente tomando el desayuno. Por los pasillos de la sección se escuchaba la fricción que producían las ruedas de las carretillas metálicas que se usaban para transportar las máquinas aspiradoras, lustradoras, baldes y otros utensilios que el personal de limpieza usaba todas las mañanas a partir de las seis para desinfectar y limpiar los pisos, y que ahora empujaban rumbo a un depósito central. *Semeja un motor de turbina en plena marcha,* pensó Tilo.

"No, todavía. Me faltan unas cuantas cosas del epílogo", respondió el viejo, quien se mostraba tan tambaleante que no podía tomar el desayuno y escribir a la vez y prefirió seguir anotando algunos nombres, frases y cosas que le habían interesado de la lectura. "Caramba...", expresó, "y te lo digo: ¡Me ha encantado el libro! Es curioso, han pasado tantos años desde que lo leyera por primera vez que ahora, con mis setenta años, esta historia me parece increíblemente diferente."

Tilo, ese día y por primera vez después de todo lo que había pasado en la clínica, se había despertado con un hambre feroz y apenas prestó atención a su compañero se dedicó a devorar su desayuno. Prácticamente todo lo que encontraba en los platos le venía bien: untó primero la mantequilla en su pan, luego el paté, enseguida la mermelada, encima la lonja de jamón y, finalmente, volcó todo el envase del queso fresco. Su pan parecía un súper bollo del *Burger King* de ocho centímetros de alto.

"Emilio, me vas a disculpar, pero creo que es la cortisona esta que me está dando un apetito peor que el de un lobo."

El viejo aún concentrado con sus anotaciones, retiró la vista del papel y cogiendo todavía fuerte su bolígrafo, miró por un momento al vacío y se acordó claramente, como si estuviera viendo una película, de todo lo que le había sucedido al héroe del libro, *Robinson Crusoe*: la fuga de su casa, el viaje a Londres, cautivo de un corsario turco en su segundo viaje en barco a África, sus plantaciones de azúcar y tabaco en Brasil, el naufragio en esa isla deshabitada, o cuando Robinson salvó a ese nativo de los caníbales y lo llamó Viernes, en honor al día de la semana en que lo salvó, y de todo lo que hizo durante casi veintiocho años de su vida para sobrevivir. Y así revisaba y revisaba mentalmente algunas reflexiones que el narrador de la historia, que en este caso coincidía también con el personaje principal de *Robinson*, había anotado en un diario, como estrategia para combatir la soledad en esa deshabitada isla.

"Qué bien, Emilito...", dijo Tilo que prefería llamarlo así, en diminutivo, en señal de afecto. Tenía la boca llena de comida y seca, igual que uno de esos reptiles cuando traga su presa prácticamente sin masticarla, tomó un sorbo de café. "Ya me doy cuenta que ese libro te ha interesado mucho, ¿verdad? No, en serio... y me complace que te dieras sobre todo cuenta que todo, todo cambia también con el tiempo, hasta los pensamientos. Por eso es que te sugerí que leyeras ese libro. No en vano dicen que es el más leído después de la Biblia." Tilo motivaba siempre a su compañero sonriéndole, para que siguiera hablando. Por más que sabía que para la medicación era mejor el agua, cogió el pequeño recipiente de plástico con su ración química de medicamentos y tragó todas las píldoras de un solo golpe con varios sorbos de café.

"Sí, me ha encantado... Y mira que a mí que no me gusta la lectura, pero este libro...", contestó el viejo; de puro interés por el libro al viejo no le provocaba en ese momento tomar el desayuno y corrió hacia un lado la taza, el plato con los panes, los envases de mermelada, mantequilla, y puso en su lugar, como si se tratara de algo muy preciado, el libro ya casi deshecho de tantas lecturas, lo acercó a unos quince centímetros de los ojos de Tilo y se lo mostraba emocionado: primero la amarillenta carátula tan desteñida que apenas se distinguían las ilustraciones y luego la contratapa casi ilegible y con manchas marrones de hongos.

Esa forma de pensar y la reacción tan consecuente del viejo le agradaba a Tilo, que abrió la ventana para que entrara un poco de aire fresco. Tilo prefería más bien que fuera su interlocutor quien marcara mejor las pautas de la conversación, de esa forma él se dedicaría a pulir mejor su estratagema y estar más seguro de lo que se proponía hacer.

"¿Y dime, qué es lo que más te ha gustado del libro?", preguntó Tilo.

El viejo, que no era sonso, se daba cuenta de que Tilo lo estaba probando pero igual no le importaba ya que se habían hecho muy buenos amigos y lo admiraba bastante. "Ese pasaje, por ejemplo, cuando Robinson comienza a construir su morada o mejor dicho su castillo de arbustos, con trapos, cosas usadas y todo lo que encuentra. ¡Caramba, y sí que lo compadezco! Después de todo, creo que tampoco tenía otra alternativa más que aceptar su desolada realidad y seguir adelante." Por su escasa dentadura, a ratos la lengua se le deslizaba hacia los costados. En ese momento, todo lo que no podía decir con la boca lo expresaba nomás con sus pequeños ojos que destellaban de pura complacencia. "Sobre todo, me ha fascinado la forma en que Defoe escribe el diario de Robinson y todo ese inventario de cosas malas y buenas que hace... ¡Fabuloso, fabuloso!"

Afuera se escuchaba el ruido de las enfermeras que entraban y salían en forma enérgica de los otros cuartos, abrían y cerraban puertas, halaban unas mesitas viejas con ruedas desgastadas que traían toallas y otras cosas que siempre se necesitan para asear a los enfermos.

"¿Fabuloso?¿Por qué fabuloso?", preguntó Tilo, arrugando la frente como un psicoanalista cuando estudia un caso raro. Observaba a su interlocutor, clavando de tal manera su mirada, que por poco le exprimía el cerebro.

"Claro pues, mira aquí..." El viejo puso su dedo tambaleante en la página treinta y ocho y comenzó a leer textualmente: *Y ahora que voy a entrar en el melancólico relato de una vida silenciosa, como jamás se ha escuchado en el mundo, comenzaré desde el principio y continuaré en orden...* ¡No es acaso increíble! ¡Qué valor de este hombre, verdad! O este otro párrafo, aquí, escucha: *A medida que mi razón iba dominando mi abatimiento, empecé a consolarme como pude y a anotar lo bueno y lo malo, para poder distinguir mi situación de una peor...* Es verdaderamente increíble cómo este hombre se propone seguir siempre adelante. ¡Me saco el sombrero por él! ¡Palabra que sí! Son tantas las cosas que hace para sobrevivir en esa isla llena de peligros, calcula que se despierta todo abatido y con arena hasta las orejas, no sabe de qué se alimentará, tampoco sabe que tendrá que protegerse y tantas otras cosas... Por eso creo que Daniel Defoe la llamó también al comienzo La isla de la desesperación..." Y así seguía contándole con entusiasmo todas las cosas que había captado del libro.

Tilo volvió a cerrar la ventana y, achinando sus inflamados ojos rojos, siguió interrogando al viejo mientras tomaba nota de algunas cosas en su pequeño cuadernillo:

"Hm, interesante... ¿Y el miedo, la ansiedad, qué me dices sobre eso?" Y vio que en su reloj eran las diez de la mañana. Sabía que le quedaba todavía una hora y media antes de ejecutar el plan que llevarían a cabo en el salón comedor común que estaba siguiendo un largo pasillo transversal al final del corredor principal que empalmaba con la oficina de la administración. "En el libro también está, mira bien..." Tilo levantó ligeramente la cabeza en dirección al libro que tenía el viejo y dijo encogiendo el mentón: "No recuerdo muy bien en qué página, pero me parece que Robinson en un momento también reflexiona algo acerca del peligro y miedo en su diario."

El viejo volteaba y volteaba las páginas de tal manera, que por poco no desmantelaba esa vieja edición de casi sesenta años atrás.

"No pues, Emilito, con calma que ahora me desintegras todo lo que queda del libro", le advirtió Tilo.

"Sí, aquí está, lo encontré: página noventa y cinco." Y puso el dedo que, sin querer, se movía como una lombriz y tapó el número de la página: "*El miedo al peligro es diez mil veces peor que el peligro mismo y el peso de la ansiedad es mayor que el del mal que la provoca...* ¿Qué tal? A mí sí que no me agarras, jejeje." Se reía intermitentemente con vocecita entrecortada. "Creo que eso también lo piensa después de haber encontrado esa pisada o huella desconocida en la arena, a unos metros de la piragua que estaba varada en la playa. Sí, eso es, porque creo que el pobre encima no había dormido en toda la noche." El viejo despegó por un momento la vista del libro, levantó una ceja y dijo como retándolo: "Pregunta, pregunta, nomás..."

"No. Ya no hace falta, Emilito. Te felicito, creo que has captado muy bien el verdadero sentido de esta lectura." Como Tilo tenía siempre problemas de coordinación, especialmente en las extremidades, no podía medir a veces bien su fuerza, de manera que le dio al viejo tal palmadita en el hombro que más pareció un empujón que lo tumbó ligeramente hacia un costado. "Y, bueno...", agregó, "creo que han sido también todos esos años de tu vida, con subidas y bajadas, los que te han permitido ahora reflexionar y entender que este libro no es solamente una simple odisea de un hombre como Robinson al que le gustaba viajar en barco y perderse solo en aventuras. No, nada de eso. Es mucho más. Han sido tus propias experiencias vividas, con probablemente más frustraciones que placeres las que has asociado con el argumento de esta magnífica obra de Daniel Defoe, que te han hecho más bien reflexionar y entender el verdadero porqué de las cosas." Por unos segundos, las arrugas de la cara de Tilo se marcaron profundas en su frente, juntó sus labios y pensó no sé si por pena o envidia: *Caray, cuánto no daría por que mi Laurita pensara también como Emilio. Ella siempre tan Shopping Queen, Luxus Lady, pegada siempre a la ropita, cosas suntuarias, en el qué tal me veo y el qué dirán, y comportándose con los demás, no quiero decir que hipócrita pero sí artificialmente, poniéndole a todos siempre una cara que más parece una máscara de carnaval veneciano. Leer, leer mucho, como este libro y muchos otros que enriquecen el espíritu, es lo que deberías hacer, amor..."* Por la elevada dosis de cortisona que tomaba Tilo se sentía siempre como estresado, tenso, transpiraba peor que en una sauna, además, como pensar en esas cosas le hacía sentir mal, incómodo, volvió a mirar su reloj y continuó diciéndole al viejo: "Es más, hasta me atrevería a decirte, Emilito (cabe aclarar que el viejo, como buen alemán que era, eso de llamarlo siempre en diminutivo lo enervaba, pero a Tilo se lo consentía todo) que ojalá todos esos pacientes infelices de Kaminsky pensaran también como tú o, perdón, quiero decir como el gran héroe Robinson. Metafóricamente hablando y, por favor, interrúmpeme nomás si es que no me entiendes, Emilito, ¿sí?..." Estaba por darle otra de sus acostumbradas palmaditas tipo empujones, pero el viejo felizmente logró a tiempo correr su hombro a un costado. "Si comparamos ahora, por ejemplo, con todo lo que sucede en esta clínica, pues diría entonces que la isla esa que escribe Defoe en el libro, sería el cuerpo y la naturaleza de cada hospitalizado, y el protagonista principal Robinson, pues ni más ni menos el *Yo* interior de cada uno, o sea, con lo que pensaría en alma y espíritu. ¿Me sigues, Emilito?...", le insistió, alzando a propósito la voz.

El viejo se concentraba de tal manera con todo lo que decía Tilo, que sólo para tomar la dosis de medicamentos que siempre tenía que tomar con agua en la mañana, fue el único paréntesis de tiempo que se tomó.

"Sí, claro, por supuesto...", contestó el viejo "es curioso, esas comparaciones también las he pensado yo. Pero... ¿y el naufragio y el clima ese de porquería con lluvias que había casi siempre en la isla, con qué o quién lo podríamos comparar?"

"Elemental, pues, Emilito, tú eres inteligente, a ver, piensa un poco... El clima ese de porquería y sobre todo, esa tormenta que ocasionó el naufragio destrozando la embarcación de Robinson, pues lo compararíamos simple y llanamente con todos nuestros achaques y enfermedades. Eso es todo."

Los ojitos del viejo se dilataban ahora igual que el diafragma de una cámara fotográfica.

"Ah, ya... ¿pero la clínica, el personal de enfermería, Kaminsky y todos esos otros doctores y asistentes?"

"Buena pregunta. Ya veo que estás captando bastante rápido. Pues con lo que yo anteriormente ya te había comentado: con la triste realidad de este mundo y su sociedad."

En ese momento, quizás por coincidencia, pero afuera, mientras ambos observaban el cielo a través de la pequeña ventana, aparecieron unas grandes nubes con sus panzas cargadas de agua que velaban prácticamente la poca luz que había entrado antes radiante en el cuarto. El interior se volvió tan oscuro y triste que Tilo tuvo hasta que encender la luz.

"Ach du Scheisse!", dijo abruptamente Tilo, mientras observaba todo lo que sucedía afuera y cómo se había oscurecido el ambiente. "¡No te digo! Seguro que es la triste realidad esa de que te he hablado y la cochina sociedad, que ha llegado ahora a opacar también la luz de nuestro cuarto, jejeje." Se reía burlonamente y jugaba con el pequeño recipiente de plástico ahora vacío que servía para poner los medicamentos. "En serio...", agregó "por eso te digo, Emilito, la lectura de este libro a ti te ha hecho sentir por un momento que eres una persona libre y no tan sujeto a esos imbéciles de afuera con sus boberías materiales, historias cursis, reglas y tontos principios sociales. Te ha aislado prácticamente por un instante de esa podrida situación, para meditar más bien sobre ti mismo y hacer –igual que *Robinson*- un balance sobre las cosas buenas y malas que hasta ahora has hecho."

"Bueno, sí, creo que tienes razón. Pero para comprender un poco más sobre eso que dices de la sociedad y su aislamiento, ¿no crees que me faltaría leer también *el Emilio* de ese Ruso, Rusea, o como se llame?" El viejo cruzaba los brazos y recostaba el mentón sobre la palma de su mano izquierda.

"De eso no te preocupes. Ahora que estás metido en la onda, *el Emilio* te lo daré en otra oportunidad. Pero volviendo ahora al tema anterior, eso que te acabo de decir, ojo, no lo he planteado yo, sino el mismo Defoe con su *Robinson Crusoe* a quien tú ahora tanto admiras. Sí, y por eso mismo no quisiera que me malinterpretes, pero la naturaleza hizo al hombre bruto aunque feliz y bueno, y la historia, con toda su evolución, tecnología y ciencia lo volvió civilizado pero a la vez infeliz, inmoral y corrupto. ¿No sé si me entiendes ahora?"

Las nubes cargadas de agua y energía eléctrica no aguantaron más, y tras un fuerte estallido vomitaron toda su carga, durante por lo menos treinta minutos. El ruido de las gotas que caían sobre el pavimento era tan intenso que parecía el repiqueteo de un taladro.

"Acuérdate nomás de lo que ha escrito Defoe a través de su héroe Robinson, cuando en su diario, mientras se encontraba tristemente solo en esa isla y en compañía de su loro Poll, el perro, cabras, gatos, y protegiéndose siempre de las lluvias y tempestades en una choza que la consideraba como su propio castillo, escribió: ... *de que mi vida era mucho más placentera que la vida en sociedad, pues, cuando me lamentaba de no tener con quien conversar, me preguntaba si no era mejor conversar con mis pensamientos...* Sí, así es. Por eso mismo me gustaría, ¡maldita sea!, ayudar a todos esos enfermos infelices de esta clínica, por no decir hundidos solamente en sus desgracias, casi todos adoctrinados por esos insensibles y arrogantes doctores, si pudiéramos siquiera ayudarlos ahora para que se olvidaran por un momento de sus desdichas. ¡Por Dios!... Qué gran verdad esa de ese autor austro-húngaro Michel Cioran, que nos dice que, *la sociedad no es una enfermedad, sino un desastre. Es un milagro estúpido que consigamos vivir en ella.*" La voz de pito de Tilo se agudizaba cada vez más y sentía un nudo en la garganta. "Ahora entiendes porqué te he hablado antes sobre Rousseau y su gran obra *Emilio*. Es la sociedad la que nos ha enfermado y nos seguirá enfermando. No es constante, actúa nomás sin pensar y por eso hace daño, mucho daño, ya que no acepta ni aceptará nunca su realidad. Grábate esto bien en la cabeza: Nunca, pero nunca sabremos ponderar el verdadero estado de nuestra situación hasta que nos damos cuenta cómo puede decaer; ni tampoco nos atrevemos a valorar aquello que tenemos hasta que lo perdemos realmente: Hoy amamos lo que mañana odiaremos; hoy deseamos lo que mañana nos asustará e, incluso, nos hará temblar de miedo... Esta cita, por si acaso, también la puedes encontrar en el libro de Defoe, lástima de que no me acuerdo en qué página."

"Verdad, tienes razón. Creo que eso que dices está aquí, en la página setenta y ocho..." El viejo volteaba persistentemente las páginas del libro, mojando primero el dedo índice con su lengua casi seca, hasta que encontró la página y completó la cita de Tilo, leyendo el texto: *"...y comprendí que la naturaleza y la experiencia me habían enseñado que todas las cosas buenas de este mundo lo son en la medida en que podemos hacer uso de ellas o regalárselas a alguien y que disfrutamos solo de aquello que podemos utilizar; el resto no nos sirve para nada..."*

Tilo, por supuesto, al escuchar ese pasaje tuvo que hacer de nuevo un esfuerzo para no pensar en la compradora compulsiva de su mujer, la *Shopping Queen* y coleccionadora de más de cien pares de zapatos y de todos esos otros adefesios suntuarios que le gustaba comprar siempre y que casi ni usaba. Ese día el viejo se sentía también muy contento ya que los doctores le habían dicho que para mañana le iban a dar también de alta igual que a Tilo. Ambos continuaron así por lo menos una hora más preparándose siempre con más ideas y puliendo los últimos detalles para su plan, antes de dirigirse al comedor común. El plan lo venían estudiando minuciosamente desde hacía cuatro días y siempre aproximadamente dos horas después de acostarse, cosa que ninguna de las enfermeras entrara a husmear y les malograra de repente la idea. Quizá en una de esas noches, cuando se levantaba a deambular por los corredores para neutralizar un poco los dolores que le venían a veces en las extremidades, Tilo consiguió escamotear un uniforme blanco de médico, un estetoscopio, el pequeño martillo de goma que acostumbraban usar los neurólogos para hacer sus exámenes de reflejos, y una que otra cosa más que había visto que el doctor Kaminsky usaba para sus diagnósticos.

"Listo, *Dopamino*...", dijo de pronto Tilo. Se trataba en realidad del nombre como supuesto paciente que habían acordado usar para lo que tenían planificado hacer en el salón del comedor. Luego sacó de abajo de la cama un maletín con todas las cosas que había juntado para disfrazarse de galeno. Mientras escarbaba todo lo que tenía en su abultado maletín de lona desteñida que más parecía una mochila de un soldado de infantería, y como para tantear también un poco su rol artístico, le preguntó al viejo: "A ver, ¿y yo, cómo me llamo?"

"*Axón*, pues, su Excelentísimo... el profesor y doctor de todos los doctores en medicina, *Axón Neuropus.*"

"Perfecto, Emilito. Ah, pero recuerda, lo tienes que decir siempre en un tono como de vasallo, de súbdito, a ese arrogante de Kaminsky sí que lo vamos a obligar a que descienda mejor de las nubes y aterrice directo de cabeza al piso, ¿entiendes? Ya vas a ver Dopamino, si todo esto sale bien, seguro que el próximo paso será irnos a Hollywood... jajaja."

Ese día, como para que su actuación pareciera más dramática, también se habían puesto de acuerdo en que el viejo tenía que reducir la dosis de su medicamento de dopamina en un cuarto de tableta menos.

"¿Y mi apellido, a ver, cuál es el mío?" Insinuó el viejo "¿Porque supongo que al comienzo no solamente me llamarás Dopamino?"

"Tembleque, pues, Dopamino Tembleque. Cómo me voy a olvidar Emilito, pero si siempre tiemblas peor que una batidora."

Por la reducción de esa dosis de dopamina que habían acordado, ahora Tilo se daba cuenta de que el viejo temblaba mucho más que antes.

"Y, claro, seguro también por momentos te llamaré solo *Tembleque*, señor *Tembleque* a secas. Es que tú ya sabes como son aquí, les gusta que los llamen solo con el apellido." Y al decir esto, Tilo observó a su compañero algo inquieto, preocupado, como arrepintiéndose tal vez por la táctica de la reducción de la dosis del medicamento que habían acordado. "Vuelve a tomar mejor tu dosis normal", le sugirió, "me estás preocupando, Emilito. Es que estás moviendo ahora la cabeza igual que un pájaro carpintero."

"¡Hohoho, hehehe!", cacareó el viejo, expulsando tan fuerte el aire que no se sabía si reía o tosía. "*Kein Problem,* su excelentísimo profesor Neuropus. Ya estoy acostumbrado. Algunos practican deporte haciendo *jogging* y yo lo hago en cambio con mis tembladeras... ¡Hohoho, hehehe!", rió de nuevo y se atoró tanto que una espesa flema se le atragantó en la garganta; humedeció sus labios con la lengua que a ratos deslizaba como un reptil por los costados de la boca. "Que todo sea por nuestro plan, *mein Freund.* Yo tampoco pierdo la esperanza de que esto que vamos a hacer quede escrito también en los anales de esta clínica, ya vas a ver." Y otra vez comenzó a reír o a toser, o las dos cosas a la vez.

"Bueno pues, lo dejaremos así. Además, ya me he enterado de que no eres el único que sufre de tembladeras, casi la mitad de los pacientes que trata Kaminsky padecen de lo mismo. Yo en cambio, con el *PIDC* ese que, curiosamente suena como el nombre de un explosivo para demoliciones, felizmente soy algo más original que esos maltrechos plañideros, hipocondríacos y llorones que pululan por aquí ¿verdad?, y probablemente también por otras clínicas. Ya verás que seguro les vamos a dar a todos una buena lección."

Los dos se habían preparado muy bien estudiando cada detalle y causas de sus enfermedades, inclusive hasta en las más mínimas incidencias de sus medicamentos, para eso atestaban casi siempre con preguntas y más preguntas a los asistentes o estudiantes de medicina que entraban al cuarto para apoyar a los médicos titulares, así se enteraban siempre de algo nuevo sobre sus dolencias, terapias y hasta sobre los últimos métodos de exámenes clínicos para establecer los diagnósticos. Había una joven estudiante muy simpática del último semestre que le regaló inclusive a Tilo una separata completa con imágenes, nombres alternativos, factores de riesgo, y hasta las últimas investigaciones clínicas sobre su enfermedad. Y para el viejo, algo muy interesante, un estudio completo de casi cincuenta páginas sobre los efectos de la sustancia activa *dopamina* para el tratamiento del Parkinson.

Siempre agregando aquí o tachando acá, Tilo y el viejo continuaban muy concentrados, repasando los últimos detalles de su plan.

"Ah, sí, otra cosa *Dopamino...*", dijo Tilo "tú, que eres medio colorado, cuando te pongas esa bata floreada de picaflor, no te olvides también de pintarrajearte rápido la cara con esto, sí..." Y le alcanzó la crema *make up* que había comprado justo el día anterior en el bazar de la clínica. "Es que no basta que solamente tiembles, tú tienes que verte enfermo, pálido, casi moribundo. Será como meterles a todos un ají bien ardiente en el culo, ya vas a ver."

"Pero su excelentísimo profesor *Neuropus*, ¿y si nos sancionan?... Tú sabes que estaríamos infringiendo un reglamento y ese Kaminsky con sus médicos y clínicas se protegen siempre con sus códigos de ética, procedimientos, estatutos y sabe Dios qué otras cosas", dijo el viejo, y abrió el envase del *make up* y tomó un poco del contenido con la mano para probarlo. "¡*Ach du Scheisse!* ¡Pero si esto parece más una salsa curry!", expresó mientras contemplaba sorprendido cómo había quedado su mano.

"Póntela nomás", dijo Tilo, mientras pensaba... *Eso nomás me falta: que ahora te pongas igual de pretencioso que mi mujer...* Y siguió: "Mírame a mí, que con esta cara que me regalaron papá y mamá igual me parezco a la resurrección del hombre de las cavernas. Así que tranquilo, que no en vano hemos preparado ahora todo." Esta vez, en vez de darle su acostumbrada palmadita de cariño, le puso la mano suavemente en el hombro. "Y otra cosa, no te olvides que yo soy el médico y tú el paciente, y lo que tú me respondas o hagas en ese comedor lo dejaría mejor a tu criterio, ¿estamos? Además, tu actuación tiene que parecer lo más natural del mundo. Después de todo, acuérdate que la vida no es más que un teatro, solo eso: un teatro." Mientras el viejo lo escuchaba muy concentrado, Tilo, campechano como es, lo cogió desprevenido y le pellizcó con cariño los cachetes rojos llenos de venitas. "Escucha bien, Emilito, perdón, quiero decir ahora *Dopamino, Dopamino Tembleque,* a partir de ahora nos dejaremos influenciar solamente por nuestra fuerza interior e instintos creativos, ¿me entiendes? De manera que seremos solamente tú y yo, igual que *Robinson* en su isla con todas sus tormentas y tempestades. Solo así salvaremos, siquiera por un momento, a todos esos náufragos que ahora nos esperan ahí afuera, en ese comedor, y evitaremos que se ahoguen con sus enfermedades, desgracias, padecimientos o con lo que tengan."

"Sí, tienes razón. ¡Pues adelante entonces, doctor *Neuropus*! Fue lo único que dijo el viejo, antes de partir ambos rumbo a ese comedor.

En el ambiente se respiraba el aroma a sopa de carne con champiñones y arroz que emanaba entre las rendijas del contenedor metálico de comida que ponían a las once y treinta de la mañana en el corredor principal, para que las enfermeras repartieran las comidas a los pacientes que no podían moverse o para aquellos que preferían quedarse en sus habitaciones. Para llegar al comedor tenían que pasar primero por un largo pasillo de cincuenta metros de piso vinílico imitación mármol (se podía todavía oler hasta la química de ese material sintético), y sobre las paredes del pasillo colgaban, bien enmarcada en madera, una amplia colección de antiguas fotos del nosocomio desde su fundación, allá por mil novecientos cuarenta y más.

Mientras caminaban observando todos esos retratos antiguos, les llamaba mucho la atención ver por ejemplo la foto de un equipo de sanitarias del año mil novecientos cincuenta de la sección ginecológica, todas regordetas con mandilito, blusa con cuello almidonado y una gorrita con una cruz roja en el centro que les cubría solamente una parte de la cabeza; en otro retrato, se podía ver claramente una unidad de cuidados intensivos con unos aparatos gigantes que parecían las calderas de una fundición minera; había también otra de una sección neonatal de los años sesenta (quizá hasta más antigua todavía), en donde solamente se distinguían unos diminutos pies de bebés sobre unas pequeñas camillas que recibían una intensa luz blanca de neones (igual a las que usan los granjeros para que no se les duerman las gallinas); también les llamó mucho la atención, especialmente a Tilo, cuando vieron la foto de un Kaminsky veinte años más joven, la cara gorda y casi sin pecas y con mucho más cabello algo ensortijado y unos labios bastante inflados, totalmente diferente a como se lucía ahora. *¿Se habrá inyectado botox?* Fue lo primero que se preguntó Tilo, e inmediatamente lo relacionó con una de esas pinturas de estilo surrealista, ya que parecía una caricatura *comic* de un negro albino, solo que Kaminsky era blanco y pecoso.

"¡*Dopamino*, mira eso!... ¿Te das cuenta cómo el tiempo cambia, o mejor dicho, deforma a las personas?", dijo Tilo, codeándole la cintura a su compañero. Ambos fijaban ahora su atención en el retrato de su eminencia, el doctor Kaminsky.

Cada uno llevaba colgado del hombro un maletín con toda su indumentaria artística. Como para disimular su calvicie, Tilo había comprado en una tienda de disfraces para carnavales que por suerte quedaba también cerca de la clínica, una aparatosa peluca roja de mujer.

Mientras más se acercaban al comedor, por la especial acústica casi amplificada que tenía ese largo pasillo, lo que al comienzo se escuchaba como un murmullo ininteligible de voces, algunas de tonos agudos, otras graves y hasta guturales resonancias, como si agonizaran, se podía escuchar claramente la voz aguda, penetrante, de una mujer ya de cierta edad que conversaba con alguien que también era una mujer y cuya voz sonaba algo más aguardentosa, como si acabara de fumar veinte cigarrillos al hilo y acompañado de una botella de vodka.

"¡Ay, yo ya no entiendo nada!" Decía la mujer en tono agudo y amargo: "éstos, los de aquí, me siguen dando siempre esas cosas como si tuviera epilepsia, cuando en realidad lo que tengo es una flebitis madre en la pierna izquierda. ¡Grandísimos, imbéciles! Seguro que se trata también de esos laboratorios farmacéuticos que engañan a esos doctorcitos con sus jugosos regalitos. Con razón pues que los doctores estos nos prescriben siempre esos medicamentos o todas esas otras porquerías que en verdad no sirven para nada, más que para hacernos aún más daño."

Para el viejo, ya también bastante saturado con todos esos medicamentos que ese tal Kaminsky le recetaba: una pastilla roja en la mañana, otras tres blancas para el mediodía, a media tarde un polvito marrón y en la noche un largo supositorio que parecía un termómetro, la conversación le produjo náuseas.

Deambulando a propósito a paso lento por el largo pasillo escucharon la segunda voz aguardentosa de la otra mujer que le respondía: "Sí, sí, seguro que es eso, porque para esas cosas casi todos estos médicos son también unos manilargos. Míreme a mí nomás, ¿qué me dice? ¡Caramba!, mejor le hubiera hecho caso a mi madre que siempre me decía: Cuidado hija, mejor no te operes, que estos cirujanos carniceros son todos iguales, solo buscan ganancia y más ganancia. Y, como si fuera poco, la clínica, como gran cómplice, todavía tiene la osadía de cobrarle más tarde al seguro de Salud todas esas infladas facturas en millones de euros. ¿Y a costa de quién?... Pues ni más ni menos que de noso- tros, los tontos pacientes asegurados. ¡Por Dios, pero si tan solo le hubiera hecho caso a mi santa madrecita que ya se fue toditita al cielo! Figúrese usted, esta ya es la quinta vez que me encuentro aquí, en un nosocomio, y con mi brazo derecho que con las justas me atrevo a mover este dedo índice para coger la cuchara y tomar mi sopa. ¡Maldita sea!..."

Por el pasillo se escuchaba por momentos una persistente resonancia, similar a un suspiro mezclado con algo que tal vez pudiéramos llamar tos o un eructo.

"¿Y adivine por qué?...", continuó diciendo la mujer "porque en ese hospital de *Dresden- Friedrichstadt*, me operaron simplemente de algo que en verdad no había necesidad, o sea: de una supuesta hernia del disco vertebral que, según ellos, tenía locali- zada entre la quinta y sexta cervical... ¿Se da cuenta?"

Como la mujer era encima hipocondríaca, le lloraba ahora también con todo un rollo de otras dolen- cias que no tenía y todavía con efectos colaterales y todo.

Por el otro extremo del comedor, casi al lado de una ventana que había quedado semiabierta y que daba a la calle con vista a un parque, como soplaba también un ligero viento, se escuchaba nítidamente que se filtraban por el pasillo voces llorosas, quejosas, de otras dos mujeres que, por el ímpetu con que contaban orgullosamente todas sus dolencias, parecían disfrutar exagerando notoriamente sus enfermedades.

¡Dios mío, quítame todo menos los sufrimientos!, pensó inmediatamente Tilo. Y quizá porque especuló con esos malestares que siempre le venían, sintió también por un momento el deseo de convocar imaginariamente a su muso y figura principal de su soliloquio, Morbo. Sin embargo, tal vez por ventura o infelicidad suya, como sus dolores no eran tan intensos como para convocarlo, el intento de llamar a su muso terminó infructuosamente en nada.

Conforme se acercaban más y más al gran salón y ayudados por la ligera brisa que entraba por la ventana abierta, se podía oir perfectamente la voz de la mujer hipocondríaca que le decía a la otra que se llamaba Fiona:

"Oye Fiona, te cuento que ya le he dicho también al profesor Schimansky... ¿se dice así, no?, a ver si me puedo quedar una semanita más, porque *Ach, du meine Güte!,* ahora me duele también aquí, al lado izquierdo del cuello. ¡Mira, mira!..." Y comenzó primero a mostrarle con lujo de detalle la parte superior del cuello que le dolía, luego continuó por otras zonas más bajas, hasta al hombro. Como ambas se tuteaban, se deducía fácilmente que se habían hecho también íntimas amigas. "¿Y sabes que? El tosco y desconsiderado de Maurice, mi marido, le dijo al doctor que me puse más colorada que un tomate: ...Claro, *Herr Professor*, que se quede mejor tres meses, cuatro, cinco y, por mí, hasta un año más, cosa que así le revisan de una vez todo, hasta la última tripa... ¡Te imaginas! ¿Qué tal lisura, no?"

Por supuesto, Tilo, en ese momento pensó nuevamente en su mujer y sonrió en forma irónica, mirando de paso a su compañero quien estaba en otra. El viejo observaba ahora en el pasillo muy concentrado –quizá porque pensaba que a él también le faltaban dientes- la foto de una enfermera de la sección de cuidados intensivos con dentadura incompleta y cara de loca: la enfermera se encontraba junto a un paciente, cambiando una voluminosa botella de suero que parecía más a un pote de esos que se usan para depositar la leche recién ordeñada de las vacas.

"*¡Um Gottes Himmel, Greta!...* ¿eso te dijo?" Se volvió a escuchar la voz de Fiona. "Quién entiende pues a los hombres. Creo que por eso se mueren antes que nosotras. Ay, hija, tú no te preocupes, quédate nomás todo el tiempo que quieras y que te revisen mejor todo, sí. Yo, por ejemplo, con eso de mis horribles jaquecas, creo que ya me estoy volviendo sorda. Además, no sé si es por el reflejo del dolor pero siento también como si mis párpados se hincharan. Aquí, justo aquí, mira..." Y le enseñaba orgullosa los párpados inferiores de sus ojos, los abría y cerraba a cada rato, halando las pieles con pestañas y todo hasta volverse china. Se trataba de una mujer obesa, tan obesa, que hasta la nariz la tenía inflamada de grasa y aplastada como gorila. "Ay, Greta querida, qué lástima que esto no me lo pueda tratar también Kaminsky, ¿verdad? Ah, sí, y otra cosa, por si acaso, él no se llama *Schimansky* sino Kaminsky. Seguro que el doc tiene raíces eslavas, como muchos aquí en Dresden. Pero bueno, de todas maneras, si es posible, apenas me den de alta, igual le voy a decir que me transfieran a la sección de oftalmología. ¿O será mejor directamente a la de cirugía?... ¡Ay, qué martirio! ¡Ya no sé qué hacer!"

De pronto se oyó un sonido desagradable, repetitivo, similar a un ataque de tos convulsiva o algo parecido y que se multiplicaba por el eco en ese amplio salón rectangular de techo alto, que no era de vinilo sino de losetas. A Tilo y su compañero, que prácticamente ya se encontraban a cinco metros de la entrada del comedor les llamó mucho la atención. Se trataba de un paciente de unos cuarenta años que padecía del síndrome de Tourette; de apariencia física fornida, muy bien constituido, y sufría de unos tics crónicos bastante enérgicos: expulsaba involuntariamente el aire, produciendo unos estampidos tan fuertes y moviéndose siempre en forma brusca, casi agresiva, que parecía a un karateca cuando hace sus ejercicios de calistenia antes de romper una pila de ladrillos de un solo golpe. El fornido paciente, mientras removía el azúcar en su taza de té, sujetó involuntariamente con tal vehemencia la cucharita que simplemente la dobló como plastilina. Pero igual, continuó tomando (o mejor dicho trató, ya que volvió a fallarle todo) su té, profiriendo ahora gritos en un tono tan grave que su voz se parecía a la de un bajo de ópera cuando canta *O sole mío*, solo que en dos octavas menos; expulsaba el aire inflando el pecho como si se ahogara, emitiendo siempre un ruido muy desagradable, semejante a los que emiten esos monos aulladores del Congo. Con sus tics, que eran cada vez más notorios y frecuentes, volvió a poner su taza que también casi rompe sobre la mesa y comenzó de pronto a gritar compulsivamente palabras rudas y comentarios inapropiados, como: "¡CARAJO, MIERDA! ¡QUÉ TE CACHE UN BURRO! ¡CACA, CACA!" sus ojos vidriosos, casi llorosos, reflejaban una profunda vergüenza mezclada con impotencia de no poder hacer nada para evitar o contenerse en lo que decía. Miró luego al

paciente que estaba sentado a su lado (el vecino felizmente ni cuenta se había dado, ya que, aparte del lin-
foma cerebral que tenía, era encima sordo de ambos
oídos) y volvió a gritar descontroladamente, estirando
sin querer el brazo izquierdo con la mano bien extendida, como si intentara exorcizar ahora ese demonio que
llevaba adentro: "¡Y TÚ, CHÚPAME EL ANO,
CONCHATUMADRE!... ¡SAL, SAL DE AHÍ, CARA
DE CULO!...", siguió prorrumpiendo sin poder evitarlo
improperios, uno peor que el otro.

Al escuchar Tilo todas esas palabrotas, le guiñó
el ojo a su compañero y sonriéndole, le dijo en voz
baja:

"Qué buena, eh... seguro que está pensando
también en Kaminsky, jejeje", y rió irónicamente.

Ambos tomaban las cosas siempre con humor,
el viejo más que Tilo, ya que se acordaba que a él también a veces se le escapaban sin querer las cosas de la
mano o las rompía y requintaba como loco.

Ese día, en el comedor, se habían juntado pacientes muy especiales, además del hombre fornido que
sufría de perturbaciones por tics, había otros con Parkinson o con epilepsia, autistas, enfermos de Alzheimer, esclerosis múltiple, con neuropatías asociadas a
enfermedades sistémicas, mononeuritis múltiple, de-
rrames cerebrales, parálisis faciales, y otros con una
amplia gama de enfermedades crónicas con trastornos
neurológicos musculares incurables.

Al comer, como la mayoría padecía de insensi-
bilidades combinadas casi siempre con ataxias (fruto
también en muchos casos de los fuertes medicamentos),
casi todos movían sus manos y otras partes del cuerpo
en forma involuntaria, con reacciones torpes y lerdas;
se mezclaban también ruidos estrepitosos de tenedores,

vasos y platos que caían bruscamente al piso o que, a veces, aterrizaban con una velocidad sorprendente junto al vecino que tenían al lado.

"...*SCHEISSE, LECK MICH AM ARSCH!*", vociferaban algunos con cólera, como odiándose ellos mismos y con palabras también groseras, obscenas, proferían siempre lisuras referidas a lamidas de culo, excrementos o cualquier otro desperdicio orgánico, muy típico del alemán cuando algo no le gusta o le mortifica; había una viejita que de pura impotencia hasta se había orinado en su asiento.

En una esquina del comedor, justo al lado de esa ventana que se encontraba semiabierta para que entrara un poco de aire fresco, dos personas de aproximadamente la edad de Tilo y que padecían de esclerosis múltiple (enfermedad no exactamente la misma que Tilo pero sí muy similar en cuanto a sus síntomas y tratamientos), se consolaban mutuamente y hablaban en voz alta, o al menos trataban, ya que se les habían muerto casi todos los nervios de la lengua y parte de los labios, en consecuencia, emitían ruidos entrecortados, como si estuvieran masticando pasto, igual que los caballos. "¡Auuu mierda, me mordí otra vez!", decía uno y se tapaba toda la boca con la mano, y el otro, seguía ahí rumiando intranquilo los pedazos de carne de su sopa, acomodando su lengua casi muerta hacia un lado. De pura cólera, este triste episodio, por no decir de incapacidad de no poder comer como los otros, por supuesto que terminó con otra rabieta de esas, y ambos (como si se hubieran puesto de acuerdo) escupieron todo de nuevo dentro del plato, botando un espeso líquido marrón y mezcla de comida con saliva.

Pero lo más patético de todo ese enjambre de tullidos y lisiados, era ver a un joven (de unos veinte años aproximadamente o tal vez menos) atacado por una fuerte hemiplejia y acompañado con una severa distrofia muscular en todo el cuerpo, reducido prácticamente a hueso y pellejo y condenado probablemente hasta su muerte en una silla de ruedas eléctrica, observaba triste, con un ojo de mirada lacónica y el otro con el párpado algo caído, ya casi sin espíritu ni esperanza, con la cara algo ladeada hacia la derecha, y derramando por la comisura derecha de su labio un delgado hilo de saliva espeso y con su mirada delatadora, parecía gritar: *¡Auxilio, por favor, sáquenme, sáquenme de aquí!* Con sus ojos de contemplación reservada, daba la impresión como si buscara a alguien para que se lo llevaran a otro sitio, lejos, muy lejos de esa clínica de porquería y llena de misántropos quejumbrosos.

Justo detrás de la puerta de entrada al comedor, encima de una mesa metálica y cubierto con una lona color gris, se encontraba un electrocardiógrafo, probablemente lo habían dejado allí para llevarlo luego durante el día al sótano para su respectivo mantenimiento y control. A Tilo, por supuesto, en ese momento antes de entrar, no se le ocurrió mejor cosa que darle primero un pequeño vistazo a ese raro aparato y le guiñó el ojo al viejo, como diciendo: *Sí, ya sé, esto no está en el libreto, pero igual, tú no te preocupes que yo sé lo que hago*, y empujó nomás la mesita rodante con el electrocardiógrafo y entró rápidamente al comedor, y acomodó luego todo al lado de un gran estante con libros que estaba ubicado a la vista de todos los pacientes. Todos se habían sentado formando una gran U y se miraban siempre de frente y en dirección también a ese gran estante con libros. El viejo, siempre unos pasos detrás de Tilo, pisándole prácticamente la sombra y tratando de descifrar –para variar- siempre sus alocadas improvisaciones, cerró de un tirón la puerta del recinto de tal manera que la ventana semiabierta se cerró bruscamente.

Tilo y su compañero acoplaron dos mesas que habían quedado vacías y las trasladaron hacia el centro de esa gran U, habían unido ambas mesas y las habían cubierto con una frazada blanca de la cama de Tilo de manera que parecía una camilla; luego pusieron sus maletines encima y comenzaron frente a todos con calma a ponerse sus disfraces y a maquillarse las caras.

Quizá por la forma en que entraron, repentinamente y mirando siempre a todos tan seguros de sí mismos, que nadie en ese momento se atrevió a decirles algo. En el recinto reinaba ahora una densa atmósfera, casi fantasmal de incertidumbre. El joven paciente con hemiplejia, por más que casi no podía moverse, levantó un poco sus ojos tristes y caídos, también se escuchaba, especialmente entre los hipocondríacos, algunos tímidos cuchicheos y rumores; la viejita que siempre orinaba, volvió a hacerlo, pero esta vez de manera discreta, sólo un delgado chorrito amarillo se deslizaba lentamente por la pata trasera izquierda de sus silla; la mayoría de los epilépticos, neuropáticos y tullidos por el Parkinson, parecían como si hubieran recibido en ese momento una terapia especial: ya no convulsionaban como licuadora, sino que vibraban casi imperceptiblemente, como si estuvieran cargando nueva energía; había otros, los que mayormente se quejaban o lloraban siempre, que no dijeron nada.

En medio de todo ese cuadro de pacientes que observaban entre sorprendidos y curiosos, entreabriendo sus bocas con restos todavía de comida pegada en los labios, el septuagenario compañero de Tilo (ya disfrazado de *Dopamino Tembleque*, con su bata floreada de papagayo y embarrado con ese *make up* de color pálido que parecía anémico), se echó como supuesto paciente sobre la camilla y, fingiendo con la mirada perdida hacia el techo, comenzó a sacudirse exageradamente peor que un epiléptico. Tilo, ya convertido por supuesto también en su excelentísimo Profesor y Doctor de todos los doctores *Axón Neuropus*, con su peluca roja de mujer, una descuidada barba de puercoespín de cinco días, uniforme blanco de médico y un estetoscopio enrollado en el cuello, aprovechó entonces para entrar en escena diciéndole a su supuesto paciente, en voz alta y en tono imperativo:

"¡OIGA USTED, POR FAVOR, CUANDO LE HABLO DEJE DE TEMBLAR Y MÍREME LA CARA, SÍ!" Tilo gritaba, parodiando exageradamente hasta el más mínimo detalle todos los gestos del doctor Kaminsky; luego se pegó junto al viejo y se recostó torpemente sobre la supuesta camilla, apoyándose sólo con una nalga y con movimientos descoordinados por su polineuropatía, miró al público imitando las muecas arrogantes, de facciones duras, insensibles de Kaminsky.

Dopamino Tembleque (el viejo), había reducido especialmente para ese día su dosis del medicamento de dopamina, de manera que dramatizando aún más la escena, su tembladera no era teatralizada, el pobre temblaba peor que una batidora y con sus tics le hacía la competencia a ese otro paciente que sufría del síndrome de Tourette: saltaba a cada rato de la camilla, sacando y metiendo siempre la lengua más rápido que una víbora.

"Además, es usted encima un lengüetero... ¡META, META ESA LENGUA DE PORQUERÍA, ANTES DE QUE SE LA CORTE!", continuó gritando el doctor *Neuropus* (Tilo). Le halaba todavía un poco la lengua como un elástico. "¡Qué tal lisura! ¡Conque encima ahora sacándome la lengua, no! Grávese esto mejor en la cabeza, amigo: ¡Usted no tiene nada, carajo!... ¡Contéste, contésteme siquiera algo!"

"Sí, sí, su excelentísimo Profesor Cantropus. No tengo nada, no tengo nada...", repetía el viejo, llamándolo por otro nombre que el acordado y en un tono también cachaciento. Acostumbrado ya a sus sacudidas involuntarias, trató más bien de mantenerse tieso y fingió miedo, mucho miedo, como si estuviera esperando ahora su castigo.

"¿Cantropus? ¿Qué me ha dicho?... Graciosito, eh", dijo Tilo, y se sentó poniendo ahora las dos nalgas. Como era bajo de estatura, sus piecitos colgaban de la camilla igual que los de un niño y su peluca roja, que era de una horma mucho más pequeña que su cabeza, se le resbalaba a cada rato hacia un costado, impidiéndole la visión. En un momento, presionó con las dos manos de tal manera los cachetes regordetes del viejo, que la boca casi sin dientes de éste semejaba al culo de una gallina defecando. Tilo evitaba mirarlo ya que sino estallaría de risa y continuó diciéndole: "Por si no lo sabe, yo me llamo Neuropus, Axón Neuropus y no Cantropus, ¿me entendió?"

"Sí, sí, claro, Cantropus, perdón... digo Axón Neuropus, su excelentisisísima Excelencia", respondió el viejo que seguía zarandeándose de un lado a otro.

Entre los pacientes ya se escuchaban las primeras risitas tímidas, expulsaban miedosamente el aire como silbidos, muchos hasta ya habían dejado de comer su sopa.

"Le he dicho que no se mueva, carajo... ¡Es usted sordo o qué!" Le volvió a advertir Tilo, y apretaba como tuerca los cachetes del viejo, estirando siempre bien las palmas de las manos. "Perfecto. Así me gusta, quietecito nomás... ¿Y usted, cómo se llama?"

"Tembleque, su Excelencia" El viejo estaba a punto de reírse, pero felizmente una gruesa gota de sudor que cayó de la frente de Tilo justo sobre el ojo del viejo lo contuvo.

"¿Tembleque qué?...", insistió Tilo, presionándole siempre la cara con las dos manos. Como no podía medir bien su fuerza, a veces sin querer lo lastimaba.

"Dopamino, Dopamino Tembleque, su Excelentísimo" El viejo aguantaba y aguantaba para no reír.

En el comedor, ya casi la mayoría había dejado de comer y se concentraban ahora expectantes, como si estuvieran viendo una gran comedia de teatro. Tilo y el viejo habían estudiado tan bien la anamnesis de sus enfermedades, que sabían perfectamente cuándo, dónde y cómo podían exagerar todos sus síntomas y debilidades.

El doctor *Neuropus* (Tilo) arrimó rápidamente cerca de la camilla el electrocardiógrafo que había dejado y le ordenó a su paciente: "Quítese esa bata de floripondio que le voy a pegar ahora unos chupones." Intentaba siempre en vano bajar la frecuencia de su voz de vieja enfurecida, chillona. El viejo lo miraba como diciendo, *por qué mejor no la paras y concéntrate en lo que hemos practicado juntos todo este tiempo, sí...*

Mientras desataba Tilo todos esos cables del electrocardiógrafo que se habían enredado alrededor de la mesita metálica, murmuraba a propósito cn voz alta las cosas que había escuchado de esas dos mujeres hipocondríacas, cuando caminaban por ese largo pasillo:

"¡Y tú Greta, so pedazo de hipocondríaca!... Quédate tranquila nomás, que ya he hablado también con el doctorcito ese para que te encierren mejor aquí, en ésta, mi clínica, pero ya no una semanita, sino por lo menos seis meses y encima en cuarentena, jejeje" Y se reía, alzando su voz de vieja chillona. "Y no te preocupes que, aquí, mis carniceros, también te acuchillarán pero hasta el dedo gordo del pie, ya vas a ver, palabra que sí... ¿O crees acaso que yo amo esta profesión sólo por amor al enfermito, o porque te duele aquí o allá? ¡Tú estás loca, hija! Nada de eso. Aparte, claro, que me quiero siempre yo mismo y me considero el único, *the best of the best*, yo tengo que vivir pues también de mis bonificaciones, la cutra, el ensalado, este... ¿no sé si me entiendes?" Y se acariciaba la cara en una actitud narcisista.

Conforme más improvisaban ambos con sus locuras y payasadas, los veinticinco pacientes que se encontraban en el recinto se iban soltando también cada vez más. En el ambiente, poco a poco dejó de percibirse esa atmósfera tan negativa, casi conflictiva que había al comienzo.

El doctor *Neuropus* (Tilo), para que se le pegaran mejor los electrodos del electrocardiógrafo en la piel de su paciente *Dopamino* (el viejo), escupió las ventosas con su saliva y pegó luego todas pero en los sitios menos indicados: una en la nalga, otra en la frente, en la espalda, en el ombligo, en la planta de un pie, y así, hasta terminar con todos los electrodos del equipo.

"Listo. Analizaré ahora su corazón." Y volvió a imitar los gestos serios, de sabelotodo, pedantes, del profesor Kaminsky. Con la punta de su pequeño dedo índice, tocaba ahora desconcertado el vidrio del monitor del electrocardiógrafo como si no entendiera absolutamente nada: "¡CARAJO!... ¿Y esto, cómo se descifra ahora?" Sus inflamados ojos rojos sobresalían cada vez más de su cara. De pronto hizo una pequeña pausa y miró en dirección al fornido paciente que sufría el síndrome de Tourette: "Y tú, valientito karateca", le dijo "¿Qué es eso pues de estar diciendo siempre que te cache un burro o chúpame el ano o conchatumadre y esas cosas, eh? No pues, amigo, hay que hablar bonito, con propiedad y elegancia."

Y mientras terminaba de pegar bien las ventosas que, a pesar de la saliva, se le desprendían a cada rato de esa piel ya seca del viejo, el excelentísimo Profesor *Neuropus* (Tilo) siguió hablándole al fornido paciente y, con increíble soltura, lanzó también toda una batería de eufemismos, insultos y groserías, que hasta el mismo paciente que sufría de esa rara enfermedad de exclamar compulsivamente siempre palabras rudas, comenzó a matarse de risa. Esa alegría repercutió de tal manera entre los otros pacientes, que contagió rápidamente a todos los demás. Por el pasillo principal solamente se escuchaba ahora un eco distorsionado de carcajadas, el júbilo se multiplicaba cada vez más.

Como estos impromptus de Tilo no se encontraban en el libreto que habían estudiado juntos, el viejo tuvo también que improvisar o, mejor dicho, ridiculizar su rol de paciente con más muecas y otras poses graciosas, parodiando así la situación del enfermo y por ende desacralizar esa imagen siempre tan endiosada que le otorgaban al médico.

Cada escena, mímica o supuestos diálogos, imitando siempre al médico o paciente, producía una alegría desbordante que rápidamente se contagió a todos los enfermos. Afuera, por las inmediaciones del comedor, en la recepción y oficina central de la sección de neurología, ni las enfermeras, ni el personal asistencial se habían dado cuenta de lo que sucedía. Es más, la enfermera superior que se encontraba en su despacho anotando el plan de visitas de la próxima semana de Kaminsky, pensaba que esas risas que se escuchaban ahora entre los corredores y pasillos de la sección se debían probablemente a los resultados de la eficiente labor de su equipo de enfermeras o tal vez a las últimas reorganizaciones y cambios que su jefe, el Profesor y Doctor en medicina Kaminsky, había ordenado que se hicieran en la sección de neurología.

Volviendo a las peripecias del doctor *Axón Neuropus* (o sea, Tilo) y el examen que le estaba haciendo con el electrocardiógrafo a su paciente *Dopamino Tembleque,* se notaba que el viejo se movía más que nunca, pero no solamente debido a la ración esa de dopamina que le faltaba, sino porque, además, le preocupaba que su compañero Tilo se estaba saliendo cada vez más del libreto que ellos tan minuciosamente habían acordado y estudiado juntos. Como a Tilo todo eso le entretenía mucho, le hizo otra vez una seña con el ojo, como diciendo: *Ya pues, Emilito, quédate tranquilo que esto forma también parte de nuestro plan, sí...* Y volvió a hacerse el payaso, apretando ahora casi todos los botones y mecanismos que veía del electrocardiógrafo.

"¡Qué raro! Son tantos botoncitos verdes y rojos que veo aquí, que me parece que ya no funciona nada... ¡CARAJO, NO PRENDE, NO PRENDE ESTA COJUDEZ!" Y alzaba siempre la voz, simulando desconcierto. Simplemente no había enchufado el equipo, eso era todo. Y ponía ahora muecas de un Kaminsky perturbado, confundido, pero a la vez serio, muy serio. Pasaba a cada rato sus diminutas manos de niño sobre el teclado de color verde marino del equipo y pegó una oreja sobre la pantalla de vidrio, como si el equipo tuviera vida propia y respirara, sacudía y halaba acá y allá la caja del aparato, contando cada tornillo, rosca o dispositivo que encontraba. Cuando agachó la cabeza debajo de la mesita rodante para ver por qué diablos no prendía, se golpeó ligeramente la frente con uno de los bordes metálicos, que produjo una resonancia metálica bastante especial (muy parecido al efecto de un *Synthesizer*), y como le apasionaba todo lo que tuviera percusión, comenzó a lucirse cadenciosamente con los dedos, tocando sobre los bordes del armazón metálico un merengue como *Tito Puente* con sus timbales.

"¡OH, caramba! Para la próxima, propondré mejor una junta general de médicos para que me digan cómo diablos funciona este bendito aparato que... ¡no prende, no prende!" Y seguía golpeando con bastante ritmo la caja metálica: cambiaba a veces el *beat* del merengue tocando con gran destreza el vidrio del monitor, pegaba de vez en cuando también su cara en la pantalla, aplastando prácticamente más su nariz de hámster.

"Usted disculpe, su Excelencia, *Herr Professor Neuropus*, pero... ¿por qué no mejor lo enchufa?", habló por fin *Dopamino Tembleque* (el viejo) que estaba prácticamente desnudo, tenía puesto sólo un calzoncillo tipo bermuda, ridículamente estampado con un color amarillo pato con puntitos negros y tirado boca abajo en esa rudimentaria camilla y con todas las ventosas del electrocardiógrafo todavía pegadas al cuerpo.

"Verdad, tiene usted razón", contestó Tilo, rascándose la cabeza. Y cuando enchufó el aparato, lo primero que se prendió fue la impresora que desenrrolló lentamente un fino papel cuadriculado de ocho centímetros de ancho. Tilo lo olió y lo palpó con la mano, preguntándose en voz alta, como si se tratara de un buen papel higiénico: "¡Oh, buena fibra, eh!... ¿Se podrá limpiar también el culo con esto?"

Una risotada fulminante, casi explosiva, estalló en un extremo del recinto. Era el paciente que sufría del síndrome Tourette que no aguantó más y contraía el estómago a pura carcajadas; levantaba torpemente los brazos, gritando ya no amargo como lo hacía antes, sino al contrario, contento y muy feliz (quizás demasiado).

"¡SÍ, SÍ, CULO, CULO, DOCTOR... JAJAJA!" Repetía como loro, como si quisiera exteriorizar ahora todo lo que sentía adentro. Los otros enfermos lo seguían, los pacientes que padecían de esclerosis múltiple saltaban alegres, diciendo con sus lenguas colgadas, casi muertas, cosas que nadie entendía; las mujeres hipocondríacas a pesar de la flebitis, huesos dañados, hernias vertebrales o lo que tuvieran, saltaban de sus asientos con pequeños brinquitos y aplaudían eufóricas estirando sus encogidas manos. Todos, pero casi todos, palmeaban ahora fuerte, con alegría, mucha alegría, siguiendo el ritmo del merengue a lo *Tito Puente* que tocaba el doctor *Neuropus* (Tilo) La percusión le apasionaba de tal manera a Tilo que, a veces, se salía aún más del libreto que en verdad habían planeado juntos y, de puro entusiasmo, se ponía a golpear la mesa rítmicamente al son de congas, imitando también al gran *Giovanni Hidalgo* o al *Patato Valdés*.

Tocaba y tocaba, hasta que de pronto se detuvo y miró con sorpresa que unas lucecitas rojas del monitor en forma de corazón comenzaban a fulgurar intermitentemente, chispeaban con curvas y rayas que se iban dibujando desordenadamente sobre la pantalla. Quién sabe de dónde, quizá de la caja metálica o del monitor, comenzó a escucharse también un constante pipipi agudo. A *Dopamino Tembleque* (el viejo), como ya había estudiado página por página toda esa separata de cincuenta hojas sobre los efectos de la Dopamina para el tratamiento del Parkinson, por supuesto que no le costó mucho esfuerzo exagerar toda la batería de secuelas y deficiencias de su enfermedad, y ya no temblaba entre cuatro y seis *Herz* (frecuencia normal en reposo con la que acostumbran tiritar siempre los que sufren de Parkinson) sino casi en diez *Herz* y, para confundir aún más al público, se ponía a veces tan rígido que parecía uno de esos androides cibernéticos de una película de ciencia ficción; también provocaba que le saliera por la boca mucha saliva, tanta saliva, que parecía que tuviera rabia. Y así el viejo desorientaba también al público, aumentando notoriamente cada detalle, alteración o trastorno de su enfermedad.

Quizá porque miró de pronto hacia la puerta por donde habían entrado, el viejo se acordó del libreto que habían estudiado de memoria juntos en el cuarto y le insinuó a Tilo, hablándole despacito y sin que nadie se diera cuenta:

"Oye, hasta cuándo, pues... ¿Por qué no empezamos de una vez con el aforismo de ese Hipócrates y a zapatear el vals que hemos practicado todo este tiempo juntos, eh?..."

Pero nada. Tilo no le hizo caso y prefirió mejor hacerse el desentendido y seguir en lo suyo.

Con el afán de apagar ahora ese insoportable ruido pipipi... popopo... pupupu que emitía sin parar el electrocardiógrafo, Tilo presionó con más fuerza la ventosa que tenía pegada el viejo en la nalga y dijo en voz alta:

"¡Hmm, interesante, muy interesante!... Ya veo que su corazón sufre encima de flatulencias." Y simulando sorpresa, miraba sobre la pantalla del electrocardiógrafo esa figurita en forma de corazón que aumentaba y disminuía rápidamente", aplastó de nuevo su cara como un niño curioso sobre el vidrio del monitor, apoyando también los diez dedos. "A ver, voltéese un poco más hacía aquí que escucharé más de cerca los latidos de su bomba de sangre, sí..." Desenredó el cable del estetoscopio que se había hecho un nudo alrededor de su cuello y, en vez de colocar la membrana del estetoscopio en el pecho del viejo a la altura algo más abajo de su tetilla izquierda, se le ocurrió ponerla justo en medio de las dos nalgas.

Esa escena causó tanto alboroto entre los pacientes, que algunos hasta ya tenían calambres en la boca y en la barriga de tanto reír.

"Perfecto. Ahí, quietecito nomás... ¡NO SE MUEVA, NO SE MUEVA!", advirtió serio, muy serio y sin pestañear. Primero restregaba el sensible aparato sobre la flácida nalga izquierda del viejo y le sobaba la otra como si estuviera dándole palmaditas. Aprovechando en ese momento que al viejo se le escapó un pedo bastante sonoro, le dijo: "¡Oh, ese ruido sí que no me gusta!... ¿Comió frijoles hoy?"

"No, su Excelencia", contestó el viejo, mordiéndose los labios para no reír.

Entre los veinticinco pacientes que había en el comedor, prácticamente ya nadie pensaba en sus dolores, ni achaques ni nada. Las enfermeras que, por suerte, se encontraban todas reunidas en un pequeño cuarto de estar, justo al lado de la oficina de la administración de la sección, seguían aún sin darse cuenta y almorzaban tranquilas, conversando como cotorras.

"¡Qué raro, muy raro!... porque aquí escucho también algo remolón, mofletudo", dijo Tilo, mientras el viejo seguía tiritando a diez *Herz*, como un epiléptico. "¡CARAJO!... ¡LE HE DICHO QUE NO SE MUEVA, NO SE MUEVA!" Y sacó de un bolsillo el mismo pequeño martillo de goma que usaba el doctor Kaminsky para examinar los reflejos de sus pacientes; sus gestos eran tan graciosamente expresivos, movía en todas direcciones sus sobresalientes ojos rojos y fruncía la cara como si estuviera defecando, que a veces hasta él mismo tenía que hacer un gran esfuerzo para no explotar de risa. "¿O acaso prefiere que le tire con este martillo un solo porrazo en la cabeza?", le advirtió siempre serio, y tanteaba rítmicamente con el instrumento de goma las nalgas de su paciente, interpretando esta vez con una sorprendente sincronización en tres cuartos de tacto, la legendaria canción cubana, *Mi corazón hace Tic-Tac*.

De pronto se detuvo bruscamente, inhaló una fuerte bocanada de aire como si estuviera fumando una buena hierba, y volvió a analizar esas cosas raras con rayitas y curvas zigzag que indicaba la pantalla. Apretaba torpemente cada botón que podía del electrocardiógrafo, hasta que volvió a escuchar otro sonido agudo, intenso, como de alarma, acompañado de un penetrante olor a plástico quemado.

"Hm, no le digo señor Tembleque ¡Lo sabía, lo sabía!...", dijo, moviendo ligeramente sus aletas nasales. Se trataba de la impresora del electrocardiógrafo que como daba vueltas y vueltas sin el rollo del papel, comenzó a repiquetear y a quemarse igual que una cafetera eléctrica sin agua; por los costados salía también una ligera humareda azulina con un fuerte olor a jebe quemado. "Aquí, en esta curva con puntitos que sube y baja, según mis cálculos, se nota que a usted le gusta también el bailongo, los valsecitos cadenciosos, el Tan-Tan." Y otra vez, como niño curioso, volvió a

Tan." Y otra vez, como niño curioso, volvió a tocar la pantalla del monitor con la punta de su pequeño dedo índice.

Estalló otro ruido fuerte, repentino, como si alguien hubiera reventado una bolsa de plástico llena de aire. Esta vez se trataba de todo el equipo del electrocardiógrafo que se había malogrado por completo. Por supuesto que esto ocasionó también un cortocircuito que hizo que todos los fusibles saltaran y las quince bombillas cilíndricas de neón empotradas en el techo se carbonizaron.

A pesar de ese penetrante olor nauseabundo a plástico quemado, con la sala prácticamente en tinieblas, sillas tiradas en cada esquina, platos rotos en el piso, comida desparramada en el suelo, ventanas empañadas por el vaho de todos esos cuerpos enfermos sudorosos, la mayoría de los pacientes (algunos incluso sentados encima de las mesas) se abrazaban totalmente despreocupados, como si estuvieran unidos ahora por una gran causa, y se reunieron alrededor de Tilo y el viejo quien se encontraba en calzoncillos y embadurnado con el *make up* color amarillo. Todos aplaudían eufóricos y felices de la vida, motivando siempre al doctor *Axón Neuropus* y a *Dopamino Tembleque* para que no pararan nunca y siguieran actuando siempre así.

Aprovechando una pausa, Tilo se recostó en el filo de esa supuesta camilla, miró en su reloj que marcaba ahora las doce horas menos quince minutos y, como para cargar fuerzas e inspiración, pensó por unos segundos de nuevo en Morbo, su principal personaje y figura antagónica de su soliloquio: *Oye, sí que la estamos haciendo bien, eh. Jejeje...* Y se reía, registrando mentalmente todas las cosas que le parecían importantes para escribirlas más tarde en su pequeño cuadernillo: *Mira, yo sé que no te manifiestas, pero igual, seguiré pensando siempre en ti ya que tú eres y serás siempre mi fuente, el manantial de toda mi inspiración, ¿entiendes?...* Tilo intentó seguir convocando a su muso, pero la estruendosa bulla de los pacientes que aplaudían y aplaudían de júbilo, disipó la conversación con Morbo. Parpadeó, se frotó los ojos, se estiró, humedeció un poco sus labios con la lengua y, retomando de nuevo el papel de su Excelencia, el Profesor y Doctor de todos los doctores *Axón Neuropus*, le dijo, siempre con ese tono imperativo, dominante, igual que Kaminsky, a su supuesto paciente:

"Perfecto. Ya sé lo que vamos a hacer: Quítese esos chupones que ahora bailaremos. Sí, eso es, por fin bailaremos y nada menos que el Danubio Azul, ¿me escuchó bien?" Se acomodó la peluca roja que parecía un plumero y se le resbalaba siempre hacia un costado, la tenía toda mojada por el sudor y cuando se ladeaba le hacía cosquillas en el ojo y parte de la oreja.

El viejo suspiró, quizás no aliviado, pero al menos algo más tranquilo, ya que por fin hacían algo que en verdad habían practicado consecuentemente en todos esos últimos días: bailar por fin el famoso Danubio Azul.

Mientras el viejo despegaba cada ventosa del electrocardiógrafo adherida como pulpo a su espalda, poco a poco se dio también cuenta de todo el desastre que habían ocasionado en el comedor.

A Tilo se le doblaban las rodillas hasta con el peso de una mosca y a pesar de sentirse cansado, muy cansado, seguía proponiendo:

"¿Está usted ya listo, señor Tembleque?¿Bailamos?..." Y le extendió la mano, al estilo vienés, con una exagerada elegancia tal como lo hacían los caballeros casi a finales del siglo diecinueve; inclinó un poco su tronco ligeramente hacia adelante y el pie derecho algo hacia atrás.

Los dos bailaban y bailaban (o al menos lo intentaban), haciendo un esfuerzo casi sobrehumano: inflaban sus cansados pulmones y estiraban sus deformados esqueletos, tambaleándose como borrachos; se tomaban de las manos y juntaban sus tullidos cuerpos, siguiendo siempre el típico compás ese *un-dos-tres* del Danubio Azul. Mientras danzaban, o mejor dicho se movían, arrasaban como un ciclón con todo lo que encontraban en el camino: mesas, sillas, andadores, muletas, bastones, además de toda la inmundicia que había sobre el piso. El excelentísimo Profesor *Neuropus* (Tilo) miró fijamente los chiquitos ojos azules de su pareja y comenzó a cantar la primera estrofa del texto original de ese conocido vals vienés:

Donau so blau, so schön und blau,
durch Tal und Au wogst ruhig du hin,
dich grüßt unser Wien, dein silbernes Band
knüpft Land an Land und fröhliche Herzen
schlagen an deinem schönen Strand...

Sin despegarse en ningún momento del viejo, el doctor *Neuropus* giraba un poco su cabeza, ladeándola aristocraticamente (en realidad lo intentó solamente, ya que por el esfuerzo le dio hasta una tortícolis o un calambre o algo parecido) hacia el público y, como si esperara ahora también más participación de ellos que sólo aplaudían y aplaudían eufóricos, les dijo a todos:

"Y ustedes ahora, síganme también con el *TA-RA-RA-RA-RA-RÁ... RA-RÁ... RA-RÁ...*" Tarareaba con su voz de pito sin descuidar siempre los tres cuartos de tacto de la canción. A pesar de que *Dopamino* (el viejo) se salía a cada rato del ritmo, Tilo trataba siempre de orientarlo en el paso *uno-dos-tres* y lo jalaba como a un muñeco de trapo aquí y allá: hacia la izquierda, luego a la derecha, mirando arriba y abajo, inclinándose un poco aquí o allá, y otra vez hacia la izquierda, derecha. Y así, ambos se bamboleaban tiesos como tronco de un lugar a otro.

En el comedor, todos los que aún no se habían parado (a excepción de aquellos que no podían porque estaban condenados a permanecer atornillados por siempre a sus sillas de rueda), se pararon espontáneamente, inclusive los pacientes que sufrían de Alzheimer o aquellos magullados por sus distrofias, atrofias u otros trastornos neuromusculares, y, dejándose de apoyar por unos minutos de sus andadores, muletas, bastones, o lo que utilizaran, comenzaron a tararear todos al unísono y siempre con ese característico compás un-dos-tres, el *TA-RA-RA-RA-RA-RÁ* del Danubio Azul.

Se notaba que por las venas de la mujer que sufría de flebitis corría también algo de sangre austriaca, ya que se olvidó prácticamente de todos sus problemas y ahora se movía y movía cantando eufórica, soñando en sus viejos tiempos en Salzburg, las fiestas de baile en Viena y, claro, siguiendo también siempre el tradicional uno-dos-tres y *TA-RA-RA-RA-RA-RÁ*. Era tal el entusiasmo de esa mujer que hasta cogió de sorpresa a uno de los magullados por la esclerosis múltiple y empezaron también a bailar, el otro casi ni se movía, arrastraba nomás torpemente sus piernas sin levantarlas del suelo y totalmente fuera de tacto, que ambos terminaban casi siempre en el piso y con las cuatro piernas tan enredadas, que luego tenían que demorarse por lo menos cinco minutos para desatarse y volver a su posición inicial.

Entre los pacientes ya nadie se fijaba en nadie ni les importaba tampoco nada. Por el contrario, entonaban el valsecito siempre con el bendito *TA-RA-RA-RA-RA-RÁ* y bailaban, bamboleándose todos como un barco en plena tormenta: con saltitos de canguro hacia la derecha, izquierda, y otra vez a la derecha, izquierda, y así liberándose con ganas de todas las cosas malas que llevaban dentro (o como se dice comúnmente: en el alma); sentían que estaban ahora en un mundo en donde todos se sentían por fin libres de mortificaciones, sanos, vitales y felices, muy felices.

En medio de los enfermos, había también cuatro dementes (dos mujeres de aproximadamente setenta años de edad y dos hombres algo más jóvenes), que se juntaron para formar un trencito y en vez de seguir la melodía del Danubio Azul se cogieron de la cintura y comenzaron a dar vueltas y vueltas en círculo por todo el cuarto, cantando por su cuenta y bailando con unas levantaditas de pies que más parecían patadas el *Anton aus Tirol* (una alegre canción folclórica tirolesa que podía levantar el ánimo hasta al más muerto):

> *...Ich bin so schön,*
> *(Soy tan hermoso)*
> *ich bin so toll,*
> *(soy magnífico)*
> *ich bin der Anton aus Tirol...*
> *(soy el Antón de Tirol)*

En la otra esquina del salón, la mujer que padecía de flebitis que además sufría de fragilidad capilar, para evitar que le salieran más moretones, cada vez que se caía se frotaba duro las contusiones como si quisiera borrarlas; tenía ya tantas en todo el cuerpo y contrastado con la tonalidad pálida de su piel se parecía más a uno de esos pececillos leopardo de acuario.

Su Excelentísimo, el Profesor y Doctor de todos los doctores *Axón Neuropus* (Tilo), al darse cuenta de que todos se encontraban en el clímax de su alegría, aprovechó para decir en voz alta, según lo planeado y en un lenguaje metafórico, casi metafísico, el aforismo del gran filósofo y maestro en medicina, Hipócrates:

"¡Qué doctores, ni clínica, ni Kaminsky, ni enfermedades ni nada, señores! Ya lo ha dicho también hasta el mismo Hipócrates: Todas las enfermedades son una misma y sus causas es una misma en todas ellas aunque se manifiesten por medio de diferentes síntomas..." Y para que todos lo vieran y escucharan mejor, se ubicó bien en el centro del salón, encima de una mesa y haciendo equilibrio para no caerse. Como la peluca se le resbalaba a cada rato la sacó de un tirón para ponérsela al revés y con la funda hacia afuera (se parecía a una de esas gorras de plástico que usan esas señoras de edad para no mojarse el pelo cuando se bañan), y continuó diciendo: "Mis queridos tullidos y náufragos todos, tal como lo diría el gran Hipócrates, el padre de todos doctores: lo que ustedes en verdad adolecen es una crisis de purificación, de eliminación tóxica, y nada más. En vez de quejarse y llorar siempre como Magdalenas, ¿por qué no intentan construir mejor su nueva morada, la espiritual, con cosas sencillas pero útiles y que den alegría? Sólo así podrán salir de su naufragio y defenderse contra la tempestad y el mal tiempo..."

"¡SÍ, SÍ, MAL TIEMPO, MAL TIEMPO!", gritaban todos al unísono. Tilo escuchó que articulaba también por allí el joven hemipléjico unas cuantas palabras con sonidos expulsando el aire que parecía compresora; parpadeaba más seguido que de costumbre. Tilo se emocionó. A pesar de sus piernas que se le adormecían cada vez más y una tos seca con fiebre que le cerraba a veces el pecho, bajó de la mesa con bastante dificultad y se acercó donde el joven hemipléjico que se encontraba torcido hacia un lado en su silla de ruedas y con un hilo de saliva colgando por un costado de la boca, lo abrazó como a un hijo y, limpiándole la baba con una servilleta, no dejó tampoco de mirar a todo el público y continuó:

"Cojan mejor todas sus enfermedades con síntomas, dolores y todo eso y búrlense, sí, eso es... búrlense de sus achaques y háganse más bien amigos de ellas." Cuando volteó a mirar al viejo, pasó por unos segundos en su mente la cita que *Robinson Crusoe* también había mencionado en su diario, y siguió diciendo: "Cuántas veces, en el curso de nuestras vidas, ocurre que el mal que procuramos evitar y que nos parece terrible cuando nos enfrentamos a él, resulta el verdadero camino de nuestra salvación, el único a través del cual podemos liberarnos de nuestra desgracia..."

"¡SÍ, SÍ, LIBERARNOS, LIBERARNOS!", repetían todos. Algunos tambaleantes por el Parkinson, por lo que sudaban como chanchos de tanto moverse y de pura euforia, hasta intentaban quitarse las camisas, arrancándolas prácticamente con botones y todo. A nadie parecía importarle el desorden del comedor, oscuro y olores a sobaco y a quemado, la gente seguía bailando contenta y aplaudían riéndose.

Al pasillo llegó el sonido de las voces que pronto se habían convertido en un ruido insoportable y ese efluvio que podría anestesiar a una manada entera de elefantes, de manera que las enfermeras, que acababan de terminar su almuerzo, notaron que algo anormal estaba sucediendo. Los que trabajaban en la sección de oftalmología, justo en el piso de abajo, habían llamado ya varias veces quejándose y requintando hasta el cielo, preguntando por qué diablos movían los muebles y sillas de esa manera brusca y sobre todo durante la hora del almuerzo.

A Tilo le fascinó que los cuatro dementes siguieran en lo suyo, con su trencito, dando alegre y despreocupadamente vueltas y vueltas alrededor del salón y se le ocurrió decirles también a todos:

"Y ahora, conmigo, sigamos todos a esos cuatro el trencito…" Alzó los brazos y arengando al público, comenzó primero a empujar al joven hemipléjico en su silla de ruedas para acoplarse inmediatamente a la cola del trencito, atrás le siguió *Dopamino* (el viejo), y detrás de él todo el resto de los enfermos. Por inercia, casi todos (también los que se encontraban en sillas de ruedas, andadores, en muletas o bastones) se pegaron como pudieron a la cola, formando prácticamente una sólida y gran fila humana de casi cincuenta metros de largo. Los dos tullidos por la esclerosis múltiple y otros tres más que sufrían de trastornos paroxísticos prefirieron no juntarse, y se divertían más bien despejando el camino para el libre paso del trencito: arrimaban y halaban a un lado con una gran vehemencia y a punta de patadas, empujones, manotazos, todas las mesas, sillas, armarios, estantes y hasta el electrocardiógrafo malogrado, todo lo apilaron en un gran montículo que se parecía a los escombros después de un ataque de rebeldes musulmanes; de remate, todo el resto de pequeños desperdicios que iban encontrando en el suelo, lo tiraban simplemente por la ventana que había quedado abierta.

Volviendo de nuevo al trencito, casi todos cantaban también una y otra vez, felices, con saltitos aquí y allá que se mezclaban a veces con caídas, codazos, patadas y hasta cabezazos, esa alegre cancioncita tirolesa que ya habían iniciado los cuatro dementes:

> *...Ich bin so schön,*
> *(Soy tan hermoso)*
> *ich bin so toll,*
> *(soy magnífico)*
> *ich bin der Anton aus Tirol...*
> *(soy el Antón de Tirol)*

De un comedor limpio y ordenado, con muebles prácticamente nuevos y enseres recién comprados el año pasado, todo parecía ahora a un centro de acopio de cosas inservibles, o mejor dicho a un gran muladar. Todos seguían dando vueltas y vueltas con el trencito como infectados por el virus de la *Vaca loca*. Se reían, se jaraneaban, cantaban, se bromeaban, y hasta solfeaban en una forma muy especial; sobre todo las viejitas con Parkinson, incluida la paciente que siempre se orinaba, que coreaba la cancioncita tirolesa como si estuviera haciendo gárgaras y encima con hipo. Despreocupados totalmente, ya nadie pensaba en sus padecimientos, achaques, ni dolores aquí o allá. Muy por el contrario, ahora era más bien la enfermedad la que bailaba al ritmo de ellos.

Pero la gran fiesta no duró mucho, ya que por la estrepitosa bulla (similar a un Kindergarten con cien niños hiperactivos en plena hora de recreo), que se amplificaba y crecía cada vez más e inundaba ahora todos los pasillos, la sección de neurología estaba prácticamente en alerta total: casi todos los sensores de sonido electrónicos estratégicamente colocados en el edificio, indicaban con el persistente tititi que los decibeles ya hacía rato habían sobrepasado los límites correctos para un lugar de recuperación como ése. Felizmente, en ese momento, los registradores de humo no funcionaban, ya que sino, por la humareda azulina que todavía expelía la impresora quemada del electrocardiógrafo, hubieran alertado también a todo el escuadrón de bomberos.

El profesor Kaminsky con su escolta de médicos y asistentes, para cerciorase de qué tan cierto era todo ese gran tiberio que le había informado la enfermera superior, irrumpió de pronto en el recinto. Al entrar, el renombrado galeno se topó casi de narices con Tilo, quien se sentía tan agotado y adolorido que se había trepado como un vaquero a su caballo encima de los hombros del fornido paciente que sufría de Tourette, para seguir arengando a su público a continuar con el trencito, ahora por todos los pasillos de la clínica.

"¡POR FAVOR, SEÑOR MEDINA!... ¿Qué significa ahora todo esto?" Preguntó enérgicamente el profesor Kaminsky, en un tono que parecía dispuesto a denunciarlo legalmente. Tenía los brazos cruzados en forma de nudo sobre el pecho, su presión arterial había subido de tal manera que las venas del cuello le latían infladas y con sus ojos ya no parecían ojos, sino más bien un par de focos incandescentes de luz que quemaban.

Al fornido paciente que cargaba como caballo a Tilo, le dio tal ataque de risa, que involuntariamente botó un escupitajo que aterrizó justo en el impecable y recién lavadito uniforme blanco de su Eminencia, el profesor Kaminsky. "¡BAILAR, BAILAR, CACA, CACA, CACA!", gritó varias veces el fornido paciente, en forma descontrolada y con su característico vozarrón de cantante de ópera.

La enfermera superior, tal vez por miedo o perturbación (todo lo que sucedía y presenciaba ahora, nunca, pero nunca en sus cuarenta años de servicio le había sucedido), se mordía los labios y ajustaba fuerte sus manos haciendo un puño para no decir mejor nada. Los otros médicos, asistentes y estudiantes de medicina que acompañaban al profesor Kaminsky, observaban estupefactos y con la boca abierta, como el cuadro *Grito* de Edvard Munch. No podían creer que todos esos pacientes incurables y casi sin esperanzas, con atrofias musculares progresivas, trastornos extrapiramidales severos, dementes, miasténicos y hasta con accidentes cerebrales vasculares irreparables, habían abandonado sus andadores, muletas y bastones y se movían felices, totalmente despreocupados y tomándose de la mano como niños, aquellos médicos se golpeaban mentalmente el pecho, como diciendo: *¡Imposible, no puede ser! ¡Pero cómo!*

Tilo sudoroso, casi afónico y desplomándose casi como un trapo de agotamiento, volvió a poner los pies en el piso, dio un par de pasos adelante, se sacó la peluca y, tratando de estirar su corto cuello, miró fijamente los hundidos y fríos ojos del profesor Kaminsky y le dijo:

"Usted disculpe, *Herr Professor* Kaminsky, pero sólo trato que *sus* pacientes (y recalcó especialmente la palabra *sus*) pasen un buen momento, eso es todo." Las gotas de sudor que nacían de la calva de Tilo se deslizaban lentamente, mojándole la cara y como no tenía nada para secarse, se escurría nomás con los pelos de la peluca como un pañuelo. "Además, el otro día he leído que cuando nos reímos, se mejora también la digestión, se relajan los músculos, aumenta el tamaño de las arterias, se desarrolla mejor la circulación, duplicamos nuestra capacidad respiratoria y optimizamos el funcionamiento de nuestra bomba de sangre, este, perdón... quiero decir corazón."

El profesor Kaminsky, mudo y parado como un espantapájaros, juntó fuerte sus delgados labios y levantó una ceja como indicándole que, en ésa, su clínica, con sus casi treinta años de experiencia en medicina, con un título y dos postgrados, ni él ni nadie le diría que es lo que tenía que hacer con sus pacientes. Y Tilo, siempre con una sonrisa en los labios, continuó diciendo:

"Ah, sí, y otra cosa, *Herr Professor* Kaminsky..." Por su debilidad y efecto de la enfermedad, sus rodillas se doblaban a cada rato como si estuviera cargando un lastre de cincuenta kilos, ladeaba también a un lado la cabeza pero no paraba de hablar: "Reír varias veces al día también genera una sana fatiga que elimina el insomnio, refuerza el sistema inmune y segrega endorfinas que actúan como analgésicos y euforizantes y que desempeñan un papel esencial en el equilibrio entre el tono vital y la depresión." Y mientras hablaba, Tilo miraba toda la sala como invitando también a su Eminencia, el profesor Kaminsky, a ver cómo había quedado el comedor y, sobre todo, su muy preciado y sofisticado electrocardiógrafo. "¡Oh, sí!... otra cosa, *Herr Professor,* antes de que me olvide: si usted gusta, no se preocupe y envíeme nomás con toda confianza la factura de todo lo que está roto, incluso me parece, no estoy muy seguro, pero creo que ese aparatito suyo con pantalla y botoncitos con chupones de pulpo, también está *kaputt*."

Los veinticinco pacientes, al notar que Tilo y su compañero ya no bailaban ni los arengaban más, poco a poco se fueron retornando a su triste realidad y esperaron apenados, inmóviles, para ver qué sucedía. El viejo, también bastante agotado igual que Tilo, tosió un poco y, tambaleándose casi desnudo (seguía en calzoncillos), se puso el pantalón sin camisa, se cubrió con su bata floreada de papagayo y se arrimó a Tilo, como diciendo: *mein Bruder, tú sigue nomás que estoy contigo.* Luego intercambiaron discretamente señas y, antes de que el profesor Kaminsky les contestara algo, ambos se retiraron de la sala como si nada hubiera pasado.

Diez horas con Morbo

"¡Ah, no, esta vez te hablo en serio, Tilo! A partir de ahora dormirás solo en este cuarto tuyo de porquería, lleno de libros y polvo. Ya he juntado también toda tu ropa de cama con colchón y todo, ¿me entendiste? El papelón que has hecho con el viejo ese que bien podría ser tu padre y el gordo vividor de tu amigo Pocho en el consultorio del ortopedista, nunca, pero nunca te lo perdonaré. ¡Qué vergüenza, por Dios! O lo del doctor Kaminsky, que hasta ahora lo recuerdo, que tuviste hasta que pagarle treinta mil euros por todo lo que has destrozado tú y tu viejo compinche en el comedor de esa clínica... ¡Ya me cansé, me cansé de todas tus locuras! Nunca, nunca más haré algo por ti. Si tú mismo no te ayudas o dejas que te ayuden, yo tampoco lo haré. ¡NUNCA, PERO NUNCA MÁS!"

Palabras duras, frías, que Laura, la mujer de Tilo, le dijo antes de salir con su amiga para regresar, como otras veces, sabe Dios a qué hora. De pura cólera o quizá impotencia mezclada con compasión, no le arrojaba también en la cabeza uno de sus elegantes zapatos marca *Valentino* que tenía puesto y que Tilo le había regalado un día al salir del policlínico con un inmenso ramo de flores, aunque esa vez solamente de claveles.

Ya habían pasado como ocho meses desde que Tilo removió el ánimo de todos los enfermos, doctores y personal asistencial en el *Städtisches Krankenhaus Dresden-Neustadt;* además, por supuesto, de todas las otras ocurrencias que siguió cometiendo con el viejo Emilio y Pocho (su mejor amigo desde hacía más de diez años), en los consultorios médicos y en el policlínico donde hacía sus terapias. La constante era desacralizar a los médicos, bromear con los enfermos y sus enfermedades y reírse hasta de su propia dolencia, mostrando desvergonzadamente y sin tapujos las llagas o como se dice: sacando los trapitos sucios al aire de las clínicas, los centros de atención sanitaria, los monopolios farmacéuticos de un sistema de salud corrupto, con privilegios y diferencias entre los asegurados privados y los del fondo de salud obligatorio, y, en fin, luchando para él mismo y los otros enfermos, la sociedad y todos sus formalismos y reglas en general. ¿Sería acaso por eso que su mujer Laura se comportaba aún más dura de lo normal con Tilo, más intransigente y más fría que antes? O, quién sabe, quizás lo seguía queriendo y mucho más de lo que él pensaba y tal vez hasta admiraba en silencio su inteligencia y valor para luchar contra esa enfermedad que lo consumía cada vez más y porque en el fondo, muy en el fondo, Tilo nunca había perdido la esperanza de que a lo mejor un día pudiera volver a ser, ni tanto el mismo de hacía veinte años atrás, ya que la vida es dinámica y las personas también cambian, pero sí al menos algo más responsable con su salud y no hacer siempre todas esas locuras ni hundiéndose más y más en su propio mundo fantasioso. ¿O es que la frialdad era acaso un mecanismo de defensa de Laura contra la impotencia de no poder ayudarlo? ¿O podría ser que por esa rara enfermedad que iba consumiendo a

Tilo y que le demandaba cada vez un mayor cuidado es que ella sentía ahora miedo, sí, mucho miedo de aceptar esa realidad y perder quizá su libertad de no poder hacer más las cosas que le gustaba hacer? Lo cierto es que Tilo, conociendo en verdad como era ella, la *Luxus Lady* y *Shopping Queen* (como él siempre la llamaba para fastidiarla), le ponía a su mujer casi siempre el dedo en la llaga, haciéndole ver la realidad tras esa muralla de falso orgullo e impregnada siempre de materialismo que ella levantaba, cosa que Tilo no podía ni quería tolerar, entonces solía decirle que ella vivía prácticamente amargada, infeliz, y con esa aparente imagen de mujer perfecta que fingía ser o que pretendía ser y que tanto pulía diciéndole a la familia, a sus amigos y hasta a desconocidos cosas que en verdad nunca practicaba en casa ni menos con Tilo, y si las hacía, pues casi siempre con malhumor y desgano (como si estuviera haciéndole a Tilo un gran favor), haciéndose a veces hasta la víctima, la pobre esposa que tanto sufre por su amado marido enfermo, y sin embargo siempre tan bien arreglada, con costosa ropa, llena de lujos y embadurnada con productos cosméticos, que *Wellness* aquí, tratamientos de *Anti-Aging* acá y masajes allá, diciéndole a veces a Tilo: "¿Y, qué tal me veo ahora?", y no porque buscara la cercanía de él, sino porque se sentía más bien insegura con su nuevo *look*, y Tilo que sólo le respondía con tres palabras: "Bien, cariño, bien", siempre tranquilo, con buen humor, porque tolerar y respetar siempre a su mujer era su mejor carta, consintiéndola al comprarle siempre de todo y, paradójicamente, a medida que más empeoraba su salud, Tilo encontraba con *Morbo*, en su soliloquio, con sus libros y actividades (o *Planes* como él siempre los llamaba) que hacía con otros enfermos y su gente del *Grupo*, un refugio contra esa incurable enfermedad suya y eso a su mujer lo enervaba y se lo reprochaba colérica, como si ese miedo (¿o amargura?) que siempre tenía, estuviera ahora amenazando su propia voluntad, diciéndole a veces: "¡Tilo, tú estás loco, loco pero de remate!", y él, como siempre: "Sí, soy loco, ¿y qué?... Prefiero estar así, viviendo mi vida de la manera que yo sueño y no de la forma en que otros desean", porque Tilo con su manera tan peculiar de ver las cosas, metafísicamente, a base de metáforas y desconectándose fácilmente de su entorno, interpretaba las circunstancias casi siempre a su manera y dentro de su propio mundo.

Al margen de todas esas situaciones, la realidad era que, al menos con Tilo, Laura vivía ahora amargada y procuraba más bien zafar de todas esas presiones que la perjudicaban, saliendo siempre sola, con sus amigas, de compras y más compras, o dedicarse a los cuidados de su cuerpo, la facha, ir al cine, viajar, o simplemente distraerse y vivir la vida sin esa constante preocupación de estar siempre detrás de Tilo, cuidándolo como a un niño grande para que no cometiera barbaridades jugando con su salud, o viendo cómo se comportaba con una desopilante falta de vergüenza para todo, queriendo con sus teorías y sus libros cambiarlo todo.

Ya eran casi las siete de la noche y la mujer de Tilo seguía riñéndole:

"¡Te estoy hablando,Tilo! Y mírame siquiera cuando te hablo, ¿sí?...", y miró con repulsión todo el desorden de libros que Tilo tenía arrumbados en su apolillado escritorio. Encima de su sillón de cuero todo cuarteado y desgastado, había también enciclopedias y manuales, muchos manuales; el suelo, que felizmente era de vinílico, ya casi ni brillaba por la capa de polvo y pelusa que lo cubría, además de todos los pliegos arrugados de sus escritos desechados que botaba y quedaban desparramados como bolas sobre el piso, ya que la caja de cartón que usaba como basurero también estaba casi siempre llena de papeles y más papeles. "Con todos esos libros que metes ahora ahí, ¡sabe Dios, qué otra locura se te ocurrirá!", dijo mientras observaba a Tilo meter en una bolsa grande de plástico la Caperucita Roja, la Cenicienta, los Tres Chanchitos y otros cuentos clásicos para niños. Tilo los guardaba con sumo cuidado, como si se trataran de verdaderas reliquias y sólo con una mano, ya que tenía la otra ocupada con un bastón que usaba para reemplazar a esa pierna derecha ya casi insensible que arrastraba como un trapo. Se encontraba seleccionando en ese momento varios libros de cuentos para niños que llevaría a un asilo de ancianos: otro *Plan*, digamos que, para él, también muy especial y que estaba organizando con Pocho y su gente del *Grupo*.

"Somos todos tan limitados, que creemos siempre tener la razón. Proverbio de Goethe, por si acaso", contestó Tilo, reflexivo y filosófico, como siempre. Para Tilo estaba claro: su mujer se había vuelto egoísta y dura, mucho más que antes, y eso lo confundía. "Además, otra cosa cariño, sobre esos treinta mil euros que le he pagado a su Eminencia, el Profesor Kaminsky, sólo para que lo sepas: todo el dinero que tengo o los bienes que poseo, si no circulan, no sirven en verdad para nada." A Tilo cuando le hablaban de dinero se sentía incómodo, no le gustaba, ya que según él el dinero era la causa de todas las desgracias y males de este mundo. Por otra parte el dinero no era su preocupación, simplemente lo poseía y en altas cantidades gracias a esa gran fortuna que había heredado de su padre. Miró a Laura, movió la cabeza y, por más que le costaba, prefirió sonreírle y buscando la armonía, le dijo: "¿Laura, por qué no mejor te calmas?"

Tratar con personas malhumoradas y con estrés era para él como tomar veneno, lo hacía sentir mal. Pero como no pudo impedir que su mujer siguiera poniendo reparo a todo, vomitando cien palabras por segundo, por el débil estado en que se encontraba, de pronto le vino una contracción tan intensa en el pecho que le atravesó hasta los pulmones. Fue cuando instintivamente, como si quisiera abrir una válvula de escape, comenzó a repetir una y otra vez en voz alta la frase de Montaigne: "En cualquier caso es mejor cambiar un estado malo por otro incierto... En cualquier caso es mejor cambiar un estado malo por otro incierto... En cualquier caso..."

A pesar de todos los medicamentos que tomaba y la terapia especial de medicina física y de rehabilitación que recibía con aparatos ultra modernos, baños hidroeléctricos, masajes aquí y allá en el policlínico y todo prescrito especialmente por su médico de cabecera el doctor Rossmann, la enfermedad de Tilo seguía avanzando irreversiblemente. Cada día que pasaba se sentía más débil, sin fuerza, había perdido masa muscular en todo el cuerpo: prácticamente las dos terceras partes de su volumen normal según los últimos estudios, por eso lucía chupado y la atrofia de su cuerpo se incrementaba día tras día, sólo hueso y pellejo, con la boca siempre llena de aftas y una osteoporosis que avanzaba galopante a causa de la elevada dosis de cortisona que tomaba; a todo eso se sumaba una esclerosis marginal en las caderas, huesos y articulaciones notoriamente desgastadas en los hombros y rodillas y un endurecimientos de los tendones en los brazos y piernas; los pequeños vasos capilares se inflamaban y reventaban, por eso sus ojos estaban casi siempre rojos y congestionados; tenía también pequeños hematomas en todo el cuerpo que parecían tatuajes, especialmente en las extremidades, manos y pies, además de esa ligera fiebre que siempre le aparecía por las noches y esa tos seca que le dificultaba a veces hasta la respiración. A causa de esas crónicas infecciones bronco pulmonares, tenía también descompensaciones de su sistema respiratorio y por eso tuvieron también que hospitalizarlo dos veces de urgencia en un centro de neumología y cirugía torácica.

"¡CÓRTALA, CÓRTALA, YA!", volvió a estallar su mujer, gritándole "¿Conque limitados, eh? El único limitado eres tú, pero de la cabeza" Y sin importarle siquiera que Tilo estuviera ahora encogiéndose de dolor, continuó: "Y mira, si no tengo razón: otra vez estás repitiendo como tarado esa frase que la tengo hasta en la sopa... ¡YA ME HARTÉ, ME HARTÉ TILO DE TODAS TUS LOCURAS, QUE TE BURLES DE LOS ENFERMOS, LOS DOCTORES, TUS TONTAS FILOSOFÍAS, OCURRENCIAS, SUEÑOS, ALUCINACIONES, PAYASADAS, Y TODO, TODO!... ¿Sabes qué?, mejor haz de tu vida lo que quieras, que, igual, tú más caso haces a tus libros, escritos, al *Grupo*, planes y todas esas otras porquerías que los médicos o a mí. ¿A quién quieres convencer ahora? ¿A esos viejos del asilo, doctores, clínicas o enfermos? Para curar a los demás tienes que curarte primero tú, tú mismo, ¿entiendes? Y como siempre te he dicho: pisa mejor tierra. ¡TÚ ESTÁS LOCO, LOCO, LOCO!" Laura gritaba y pestañeaba, sus ojos se habían llenado de lágrimas. "Y a ese Emil, Emiliano, Emilio, o como se llame, vecino de tu cuarto de esa clínica, seguro que también ya le has lavado como a muchos otros el cerebro con tus chifladas y descabelladas ideas."

Al escuchar Tilo el nombre de Emilio, enderezó su tronco y sintió que el dolor que le oprimía el pecho se combinaba ahora con un fuerte sentimiento, tristeza, tanta tristeza, que sus ojos también se humedecieron.

"Laura, por si no lo sabes, Emilio murió, murió hace una semana", fue lo único que dijo. A él, que era optimista y trataba de ver siempre el lado positivo de las cosas, en ese momento le invadió una profunda pena, pero también se sintió confundido, incomprendido y, por primera vez, hasta desilusionado, sí, muy desilusionado por su propia mujer que lo atacaba injustamente.

El dolor físico que le exprimía ahora el pecho y le atravesaba como una lanza la espalda se mezcló tan intensamente con el sentimental, que lo único que deseaba ahora era buscar alivio con Morbo.

Tilo dejó todo lo que estaba haciendo y, como si no existiera su mujer, se sentó en su viejo escritorio de estilo Luis XV carcomido por las polillas y revisó primero su pequeño cuadernillo que siempre llevaba consigo y donde días atrás había anotado también unas cuantas cosas, luego encendió su computadora portátil y comenzó a escribir, escribir y escribir:

¿Por qué, por qué ahora, Morbo? Tenía planeado hacer tantas, pero tantas cosas con Emilio y ahora esto, con mi mujer. Sí, ya sé, pero tú ahora me dirás: Acuérdate, tú y yo hemos pactado una alianza y que todo esto que te sucede ahora forma también parte de esa alianza. Bueno, está bien, entiendo: lo que pasa que tú quieres que me enfrente mejor solo, solo contigo, ¿verdad?... ¡SOLO, SOLO, SIEMPRE

SOLO! Así me ayudarás seguro a encontrar más rápido ese estado incierto que yo tanto busco, ¿no es así?... CAMBIAR UN ESTADO MALO POR OTRO INCIERTO... CAMBIAR UN ESTADO MALO POR OTRO INCIERTO... CAMBIAR UN..."

Repetía ese pensamiento alzando la voz, como convocando ahora en clave a su aliado espiritual y figura antagónica de su soliloquio, Morbo.

Como ya ni caso le hacía, su mujer se cansó de cacarear y salió del cuarto, echando furia y dando un portazo de pura rabia e indignación, que por poco no tumbó también la pared. Salió del departamento y por el pasillo del edificio caminaba gimoteando, la cara roja y los ojos que se derretían en lágrimas, se la escuchó gritar: "¡Te advierto looo... (casi le decía otra vez loco, loco de porquería), recoge tus cosas, que cuando regrese ya no quiero verte más en mi dormitorio!" A los pocos minutos se escucharon, más fuerte que un zapateo flamenco, los puntiagudos tacos de sus finos zapatos de marca que golpeaban bruscamente el pavimento de la calle, mientras se dirigía al auto de su amiga que la esperaba afuera hacía un cuarto de hora.

Tilo, mientras tanto, escribía y escribía con gran soltura y sin pausa, sus dedos se deslizaban sobre el teclado de la computadora igual que el virtuoso *Arthur Rubinstein* con su Polonesa Heroica sobre el piano:

... Emilio, mein Bruder, por fin te embarcaste, o mejor dicho te embalaron en una caja de madera, este, perdón, digo pijama de madera. ¿Qué flete tuviste que pagar? ¿Fue caro?... No pues, Emilito, para qué

están los amigos. No, en serio: cuánto me
hubiera gustado pagártelo. Suficiente que
me dijeras cuál sería el puerto de destino y
la factura y listo, al toque te habría girado
un cheque. Espero nomás que el nuevo
puerto donde has llegado no sea como és-
te, el de la partida, siempre lleno de Ka-
minskys y Lauras, con tormentas y naufra-
gios. Sí, así es, y digo también Laura por-
que, a pesar de, la sigo queriendo y sigo
enamorado de ella o, como también dicen
por ahí: el amor es ciego, mein Bruder,
acepta nomás sin límites ni condiciones. Y
a ti Morbo como testigo también te lo di-
go, a ver si así de repente entre tú y yo la
salvamos de ese aislamiento que se ha le-
vantado tras ese muro tres veces más alto
y ancho que la Gran Muralla China. ¡Ca-
rajo, qué desilusión! ¡Me duele, me duele,
mucho! Pero bueno, mejor eso lo habla-
remos después y recordaré más bien ahora
cosas bonitas de mi gran amigo Emilio,
mein Bruder, el gran Dopamino Temble-
que, ¿te acuerdas?... Emilio, por favor, te
lo tengo ahora que decir y no me lo tomes
a mal, sí: estés donde estés, pero ya te he
reemplazado también por una alegre vieji-
ta de un albergue de ancianos que, ¡por
Dios, con qué energía se maneja la viejita
esa! Se llama Gertrude, sufre de Alzheimer
y a pesar de sus ochenta años y cerebro ya
casi perforado como queso por su demen-
cia, actúa con un optimismo y una energía
mejor que tú y yo juntos. ¡Qué demencia ni

Alzheimer ni nada!¡Increíble, palabra que sí! Recuerdo que cuando la conocí le pregunté: "Hola, soy Tilo, ¿y tú?", tuteándola igual que contigo, y ella, al toque, a secas y riéndose nomás me respondió: "Gertrude, llámame nomás Gertrude" Imagínate, mein Bruder, tanto me sorprendí que la asocie inmediatamente con la gran Gertrude Stein. "¿Gertrude?... ¿La gran Gertrude Stein?" Le pregunté, y mi efervescente cabeza (ya loca de remate, según mi amada mujercita Laura) recordó rápidamente, como uno es uno y dos es dos, ese perfecto y matemático aforismo suyo: "Rose is a rose is a rose" –Rosa es una rosa es una rosa-, del poema de la Stein que, por mera coincidencia, podría tener también relación indirecta con el Emilio de Rousseau, sólo que ella, como feminista y homosexual, este, digo lesbiana que fue, a ese niño Emilio prefirió mejor transformarlo con su "Sagrada Emilia" Sí, así es. Por eso ahora, mein Bruder, a la viejita Gertrude del albergue la llamo también Emilia. Emilita nomás con cariño, igual que lo hacía contigo cuando te llamaba Emilito. Jejeje ¿Cómo es la vida no, Emilito? Ahora hasta te comparo indirectamente también con esa otra gran personalidad que fue la Gertrude Stein: una conocida escritora y poetisa estadounidense, figura clave del ambiente artístico y literario de su tiempo, ¿sabías? Siempre fue muy precisa y matemática para decir las cosas. Sí

señor. Una hembra de carácter fuerte, tan
fuerte que, ¡carajo!, terminó reconocién-
dose lesbiana hasta el tuétano. Es curioso,
a Emilita, (o sea, la viejita Gertrude del
albergue), cuando le pregunté llamándola
por supuesto ya con su nuevo nombre: "¿Y
dime, Emilia, te gustan también las muje-
res?" ¿Sabes lo que me contestó ella? Me
contestó, matándose de risa: "Claro, ¿por
qué no?... Pero prefiero más las japone-
sas, se trepan mejor encima y con su
Shiatsu me masajean excelentemente por
todas partes. ¡Qué placer!" No, en serio,
la viejita es verdaderamente encantadora,
se ríe siempre de todo y eso es lo que me
gusta. Te cuento que, con la viejita Ger-
trude, el gordo Pocho y el cholo Quispe
del Grupo (el folclórico ese pues que toca
siempre con su quena y charango por to-
das partes), estoy organizando otro gran
Plan ahora en el albergue ese de octoge-
narios, después de lo que tú y yo hicimos
en el Krankenhaus Dresden-Neustadt, será
también todo un éxito. Ya le he dicho tam-
bién a Emilita que la próxima semana,
cuando les lea la Caperucita Roja, que se
deje mejor de vanidades y se disfrace no-
más de abuelita. Y al gordo Pocho, como
glotón que es, por supuesto que también
ya le he conseguido su atuendo de lobo.
Jajaja, será graciosísimo... Vas a ver co-
mo el libidinoso de Pochito me lo agrade-
cerá, ya que, de yapa, seguro se comería
también a la tierna practicante de enfer-

mería que he escogido para que se disfrace de Caperucita. Es riquísima, Emilio. ¡Se maneja unas tetas y tiene un trasero que para qué te cuento! Al cholo Quispe ya le he dicho, mientras camine la bella Caperucita toda campante, luciendo sus bondades por el bosque, que nos cante también en quechua con su charango y soplando su quena, "You are so beautiful" de Joe Cocker. A los setenta viejitos del albergue, perdón, sesenta y nueve (ayer murió uno), estoy convencido que les causará tanta gracia que seguro explotarán todos igual que una Supernova. Así están pues las cosas, mi querido Emilio. Hasta ahora tengo muy presente, como si fuera hoy, lo que hicimos ese día contigo y Pocho en el consultorio del huesero ese de traumatología y ortopedia, el doctor Eisen, ¿te acuerdas?... A todos esos que esperaban su consulta ya mucho antes que nosotros, sí que les hemos metido la rata, pero enterita... ¡Qué tal lisura, no! Que no solamente porque esos pacientes asegurados en forma privada le rompen la mano al doctorcito ese, pagándole siempre con una tarifa mucho más elevada, tenga yo, o mejor dicho los que estamos asegurados sólo por ese fondo de seguro de enfermedad obligatorio, que soplar ahora el turno esperando horas y horas en el consultorio... ¡Pipí, Cojones! Y esto ya lo ha insinuado también el Papa de los pobres Francisco (para mí, con cariño: Papalindo): "A todos *por igual, siempre por igual" ¡Carajo!, universalidad, solidaridad, unidad, integralidad y equidad es lo que se necesita en este mundo. Felizmente tú, Emilito y con Pocho, cuando les conté sobre este problema, aceptaron al toque acompañarme. Haz memoria, Emilito, ¿sí?... Como me tocaba otra vez que el doctor me hiciera el control de mis agujereados huesos, tú y el gordo Pocho, como para que no me aburriera, me acompañaron a ese consultorio atestado de pacientes donde tenía otra vez que esperar interminablemente mi turno en esa sofocante salita de espera, mirando las caras de todos esos enfermos malhumorados, fue en ese momento que se me ocurrió romper el hielo y, a una discreta seña mía, los tres comenzamos a tramar maquiavélicamente una conversación contra el mismo doctor Eisen. La idea te había fascinado, Emilio, acuérdate: tú por poco no te orinas en el asiento de la risa. En eso Pocho, con sus zalamerías al hablar y fingiendo por supuesto la nota, comenzó a hablar fuerte y a exagerar con esa voz aguardentosa que tiene: "No, pues, cómo es posible que a usted, Licenciado Medina, Director vitalicio de la Asociación Anticucho de Inspección para Clínicas (y mejor ni me preguntes cómo se le ocurrió el nombre ese de Anticucho), le hagan ahora esperar tanto" Y tú, Emilito, todavía le respondiste: "Kein Problem, para eso tengo una solución...", y te pa-*

raste, sí, te paraste y arrimaste donde no-
sotros esa mesita que estaba en el centro
del cuarto llena de revistas y periódicos,
luego sacaste un fajo de naipes y nos pu-
simos a jugar todos al póquer: "Oye, qué
bueno, tengo escalera" "No jodas, pues,
¿y el full este que tengo en la mano?"
"Miren aquí: trío de cocos"... Y cosas así
decíamos mientras tirábamos las cartas
sobre la mesa y comentábamos a propósi-
to en voz alta también cosas maliciosas
que inventábamos en el momento contra el
doctor Eisen para asustar a todos esos pa-
cientes que esperaban ahí. Tú, Emilio,
acuérdate bien, todavía me decías todo
dramático, aparentando como si no me
conocieras y llamándome encima con el tí-
tulo de profesor: "Usted disculpe, Herr
Professor, pero el otro día nomás, así co-
mo me ve, el doctor Eisen me sacó tanto
líquido sinovial de la rodilla y sin aneste-
sia ni nada, que ya ve ahora: la tengo to-
talmente seca y cuando camino me bambo-
leo peor que Stevie Wonder, sólo que Ste-
vie lo hace cuando canta y yo aúllo, sí, aú-
llo prácticamente, pero de dolor" "¿Ah,
sí?... Pues eso no es nada, señor Galeo-
to...", te respondí, llamándote con otro
nombre que se me ocurrió así de impromp-
tus, ya que aún tenía muy fresco al gran
Galeoto de José Echagaray que acababa
de terminar de leer; se bizquearon todavía
tus chiquitos ojos celestes, como diciendo,
¿y ahora, por qué Galeoto? Luego te gui-

ñé el ojo y continué con otro cuento aún más aparatoso: "Mire, eso no es nada, porque esto que me ha hecho a mí ya es el colmo, no se lo perdonaré nunca. Tengo la cadera porosa como colador y, este desgraciado, sí, desgraciado, ¿sabes lo que me hizo?... Ordenó para que, aparte de las caderas, inmediatamente me pusieran también implantes artificiales de titanio en tres vértebras lumbares y, de yapa, cerámica pegada con cemento para las cervicales. ¿Y sabes por qué?... simplemente para recibir a escondidas esas jugosas provisiones de la clínica, como recompensa de esas órdenes de hospitalizaciones de enfermos fresquitos que siempre firma sin que la compañía de seguro lo sepa. ¿No es eso acaso horrible, señor Galeoto? Por eso, por eso ¡maldita sea!, estoy también aquí, esperando y esperando ahora mi turno para el ajuste de mis atornilladas prótesis y el aceitito pues para las bisagras metálicas." El gordo Pocho, haz memoria Emilito, todo un campeón para esas cosas y jaraneándose de lo lindo, como para confundir aún más a los ya aturdidos pacientes que abrían cada vez más sus bocazas, asustados y estupefactos de todo lo que hablábamos sobre el doctor Eisen, aprovechó justo el momento en que bajó también sus naipes de corazones con su mano derecha mocha de nacimiento con solo cuatro dedos (Jajaja, creo que por eso se volvió también izquierdista), para decirnos: "¿Y a mí?, ¿qué creen ustedes?... Miren esta mano que, por culpa también de ese Eisen que me recetó una fisioterapia equivocada, se me coaguló el dedo índice, luego se infectó y ¡SASS! tuvieron que volármelo íntegro; todavía tengo mi dedo de recuerdo bien guardadito en un frasco con formol en mi casa." Y así, mientras seguíamos todos campantes jugando al póquer... "Gané yo, tengo otra vez escalera" "Anda, huevón, mira, cuatro de cocos aquí...", y cosas así que decíamos en voz alta, como si nada nos preocupara, nos dábamos también cuenta que la sala de espera, donde al comienzo no entraba ni un alfiler, cada vez se vaciaba más y más, ya que los pacientes huían prácticamente despavoridos del consultorio. Al final, los únicos que habíamos quedado en la sala fuimos nosotros tres. Y el doctor Eisen, con su cara de pocos amigos, como diciendo, ¿y este pobre mamerto qué hace otra vez aquí?, tuvo que atenderme a mí primero y sin que él ni sus asistentes se dieran felizmente cuenta de nada. ¡Te extraño, te extraño mucho, mein Bruder Emilio, Dopamino y gran Galeoto! ¿Por qué, por qué ahora?...

Ya habían pasado casi cuatro horas desde que se había ido su mujer. Con los ojos humedecidos de lágrimas y aún más rojos que de costumbre, Tilo se hacía una y otra vez la misma pregunta, *¿por qué, por qué?* Ya no era él sino su espíritu que se había fusionado nuevamente con Morbo, como si se tratara de otro cuerpo con energía propia. Se le hizo todo muy confuso, ambiguo y por primera vez hasta dudó también de lo que sentía por Laura, pero no porque ahora tenía que dormir solo, al contrario, eso le agradaba, sino porque por un momento se sintió incomprendido y desilusionado, sí, tremendamente desilusionado por su propia mujer. Mientras se concentraba mirando el texto que escribía proyectado en la pantalla de la computadora, una gruesa lágrima se deslizó lentamente por su pómulo derecho y, como no tenía nada con que secarse, la secó nomás con un papel sucio arrugado que había encontrado por ahí.

> *...¡Estoy llorando, Morbo! ¡Imagínate, yo llorando! ¿Y Laura? ¿Qué hago ahora con ella? Quiere que duerma aquí, solo, en este cuarto. Pues así lo haré, tendré entonces mucho más tiempo para conversar contigo, ¿verdad? Laura, por Dios, ¿qué tienes, qué te sucede? ¿Por qué es que te comportas así conmigo? Mira que lo que siento por ti ahora es hasta más fuerte que el dolor que tengo en el pecho, en la espalda y en todo el cuerpo. ¡Palabra que sí!...*

Transpiraba frío y tenía dificultades para respirar. La fuerte debilidad que tenía con dolores musculares se iba extendiendo también con un ligero hormigueo hacia las extremidades. Sin embargo, como en ese momento el dolor que sentía por su mujer era mucho más fuerte que el físico, todo lo que pensaba y escribía fluía ahora con gran facilidad:

> *...Menuda mezcolanza de sentimientos que me ha venido ahora, eh. Dolencia con sentimiento o sentimiento con dolencia. Igual que el huevo o la gallina o la gallina y después el huevo. Escucha bien, Laura: para Rousseau, y tal como se lo había dicho también un día a Emilio, según su doctrina, todo este mejunje de sentimientos tiene también una importancia capital en la filosofía de la moral, ¿sabías? O si quieres, distanciémonos por un momento del plano filosófico y entremos en el plano del psicólogo barbudo de Wundt, colega del tío Sigmund, quien sostiene que los sentimientos casi siempre andan, como se dice también de la manito, de a pares, igual que marido y mujer, vale decir: placer y desagrado, excitación y depresión, tensión y alivio, y así...*

Como comenzó a recordar algunas cosas que le hacía o había hecho Laura, le brotó de pronto la rabia y su soliloquio fue adquiriendo poco a poco un tinte más de diatriba; Tilo arrugaba su amplia frente igual que una cordillera y en la comisura de sus labios se almacenaba una saliva blanca pastosa:

> *...¡Basta, basta Laura de tensiones, por favor! Si tú quieres vivir amargada, pues*

*hazlo nomás, pero no me avinagres ahora
la vida a mí que ya suficiente tengo con mi
enfermedad, ¿sí? Y contigo también me
desfogaré Morbo confesándote toda la
mierda que llevo adentro, a ver si así con-
trolo mejor a mi espíritu del que emana
ahora más lava que el Sif Mons del planeta Venus. O como Wundt, que en paz des-
cansa a tres metros debajo de la tierra en
Leipzig, ya también lo ha dicho: hay en el
dominio del espíritu una síntesis creadora
que da lugar también a un nuevo camino.
¡Carajo! ¿O será acaso sólo el camino del
alivio, ya que la diferencia entre tensión y
alivio está precisamente en la distinta intensidad y cualidad de esos dos elementos
y que, por eso, justamente los sentimientos
forman también un todo coherente y en el
que a través de grados intermedios se
puede pasar también de uno a otro?...
¡Puta madre, qué complicado es todo esto,
eh! Ahora ni yo mismo me entiendo lo que
escribo. A ver, ayúdame pues, Morbo: ¿No
es eso acaso lo que tú y yo hemos pactado
juntos?... Está bien, te entiendo, dejaré entonces la psicología a un lado, que, para
eso, creo que los verdaderos locos son los
otros, o sea los que dicen estar normales y
todo lo saben siempre y mejor, y vayamos
más bien ahora directo al grano: ¿Por qué
mierda me haces esto, Laura? Mira, escúchame una cosa: está bien que esos ciento
cincuenta metros cuadrados de casa en
donde vivimos los haya comprado tu Hans,*

el papá de Karina y que hace ya un culo de tiempo que se despidió de la Tierra, pero aquí estoy y estaré siempre yo para que ustedes vivan contentos, cómodos (este, perdón, más que cómodos) y nunca les falte nada. Y todavía tú ahora, porque le di al Kaminsky ese los treinta mil euros, tienes la desfachatez de decirme que te da vergüenza. Pues discúlpame, pero es que esta alquimia que siento por ti se transforma ahora en una bomba que explota. ¿Quién es el que se preocupa de verdad para que te compres siempre toda tu ropita, la Luxus Lady y Shopping Queen? O a Karina, porque la quiero en verdad como si fuera mi propia hija, ¿quién le compra todos esos libros para su estudio, cubre los gastos de estadía y todo en los mejores seminarios para sus prácticas de gerencia y desarrollo en Estados Unidos, Inglaterra, Suiza y Austria? O a lo mejor ya se te ha olvidado cuando tú también un día me insinuaste chapándome las medias y pestañando con tus lindos ojitos calculadores: "Ay, cariño, cuánto no daría para que mi Karina saliera mejor de ese hueco de estudiantes donde vive ahora en Neustadt", y yo, calladito nomás, le compré sólo para ella un confortable apartamento de sesenta metros cuadrados en Weisser Hirsch (una de las zonas más caras de Dresden) y, de yapa, todavía le regalé un BMW 316i nuevecito descapotable, para que no tuviera problemas para movilizarse a la Uni.

Tal vez no recuerdes cuando tú, so gasta-
dora compulsiva, retiraste también a cuen-
ta todo ese dinero para todos tus cuidados
de belleza, viajecitos aquí o allá, o con la
pituca esa que tiene caca en el cerebro pa-
ra salir a divertirte. "Pobre Tilo, mira, él
está siempre tan enfermo y yo que lo cuido
y ayudo siempre tanto", te lo escuché
también decir un día por teléfono, mi que-
rida Luxus Lady, tú siempre tan Anti-
Aging, con tus Wellness y todas tus coju-
deces. "Ay, con mi pobre Tilo en casa, me
preocupo siempre tanto pero tanto, ¿no es
así, amor?" ¿Amor?... ¡Métete mejor el
amor en el culo, santurrona de porquería!
Sí, así es, porque así se lo dijiste también
un día hipócritamente a los Mulder, esa
pareja de Suizos que en verdad son más
amigos míos que tuyos y que vinieron un
día a visitarnos, haciéndote encima, como
siempre, la pobre victima y yo, por respeto
y porque te amo cariño, preferí mejor
quedarme callado. O cuando me pones
siempre esa cara de poto, toda desganada,
fría, como si nunca te alcanzara el tiempo
(Ah, pero para limpiar con la franela
horas y horas tus finos muebles de mierda
y todas esas otras cojudeces sí que te so-
bra siempre todo el tiempo del mundo,
¿verdad?), las pocas veces que te pido por
favor para que me frotes siquiera cinco
minutos la espalda con la crema Diclofe-
nac porque se me ha puesto dura como
piedra y me duele, y tú, toda fastidiada y

con muecas, torciendo la boca, me dices: *"¡Oh, nooo, otra vez tú ahora! Anda mejor donde un masajista que eso me maltrata y acalambra las manos y luego me duelen"* ¿Por qué siempre esas mentiras? Si tú sabes perfectamente que las cosas no son así, y que si te pido un día ayuda es porque verdaderamente ya no puedo más. Pero no, yo todo cojudo te miro nomás cómo te echas flores, ya que para eso sí que eres campeona. Recuerda ese día con la aburguesada de Susan, otro día con Uschi o Muschi o como mierda se llame, y así. *"Espérame por favor un tiempito más, ¿sí?, no seas malo Tilo que estoy donde Yosita."* ¿Tiempito?... pero si ese día te pasaste, so conchuda, casi todo el día en la sauna de esa masajista tailandesa y yo, hecho un cojudazo, esperándote todo inflado y con el estómago más duro que la coraza de una tortuga gracias a mis estreñidas tripas que ya reventaban de caca, para que me traigas de la farmacia el Ulcogant ese que me recetó el doctor Rossmann. ¡Ah, no! pero si eso todavía no es nada, Luxus Lady y Shopping Queen: ¿Y qué me dices de esas tres veces a la semana que te pasas siempre con el pedicuro, el curandero ese quita arrugas de Tongoy, o tu amiga la cosmetóloga, especialista en belleza y todos los demás esos de mierda? *"Ay, porque eso sí, el cuerpo y la imagen hay que cuidarlos siempre mucho, muchísimo"*, me dices siempre o casi todos los días. ¡Vete a la mierda, carajo! ¡Vanidosa de porquería! Sí, eso es lo que eres: una pobre vanidosa y encima mentirosa, primero yo, luego yo y al final yo. ¿Por qué no eso mejor me lo dices también delante de mi fea cara de mamífero cricétido y decrépito cuerpo de enfermo, eh? A ver, dime... ¿Crees que no me doy cuenta? O cuando Karina, tu hija, preguntó también un día por mí para ir al Flohmarkt (mercado de pulgas): "¿Y Tilo, por qué no viene con nosotros?" Y tú, Luxus Lady, con esas arregladas muecas de víctima, fingiendo pena, ya que ese día, para variar, querías estar otra vez sola porque mi presencia te enerva, no tienes paciencia, te apesta, le respondiste: "¿Tilo? Ah, sí, pobrecito, es que tú ya sabes, el cambio de clima y esos fuertes dolores que siempre tiene, ha preferido mejor quedarse en casa."¿En casa?¿dolores?... ¡Embustera! Pero si justamente ese día me encontraba más animado que un mono cuando se cuelga de las lianas para salir contigo y Karina a cualquier parte. O de esa otra cuando se trata de tu suegra o ex suegra o Mama Emma como la llamas siempre, la madre de tu difunto ex maridito Hansi, esa vieja sorda avara que no habla sino que casi siempre grita vomitando como diez mil palabras por minuto sin respirar ni nada y que nadie la pasa porque es roñosa, raja de todo el mundo y exagera magnificando sus achaques esos que en verdad cualquier persona a su edad los tiene y que por eso se orina ahora prácticamente de miedo a morir podrida sola en sus cuatro paredes, y tú la ayudas siempre con sus compras, pero no porque la quieres ni por respeto a tu Hans, sino porque más bien te da dinero para que tú, so aprovechadora y convenida, te compres siempre toda esa ropa y más ropa de los catálogos de moda Madeleine, Brigitte, Vogue y etcétera; o cuando te masturbas mentalmente ser Kate Moss, Heidi Klum, Linda Evangelista, Gisele Bündchen y, peor aún, quizá hasta mejor todas juntas a la vez: un poco de labios de Kate, el cuello liso de Heidi, la carita angelical de Linda y las largas piernas de Gisele. ¿O tal vez te comportas así con Mama Emma, sólo para esperar que quizá te regale un día toda esos asquerosos abrigos de pieles de visón, ratas almizcleras, chinchillas y mapaches que tiene guardado con naftalina en su ropero, o, a lo mejor, cambiando de categoría, por esa valiosa vasija de porcelana Meissen pintada con pajaritos y Budas calatos, ahí, bien custodiada que tiene en una vitrina de su sala? No, cariño. Por si acaso, yo no he nacido recién hoy, hace rato que me he dado cuenta. ¿Por qué, por qué siempre esas farsas? Me gustaría odiarte, maldecirte, desquitarme y todo junto a la vez, pero no, creo que es el amor que siento por ti que me frena y me hace reaccionar siempre de otra manera. ¿Quieres en ver-

dad que ya no duerma contigo y recoja
ahora mis sábanas, almohada, pijamas y
todo eso?...

Tilo sacó fuerzas de donde no tenía, quizá también porque era necesario moverse ya que comenzaban a entumecérsele los músculos de la cintura, de los brazos y piernas, el hecho es que puso la computadora en modo de espera, se dirigió al dormitorio donde hasta ese día había dormido con su mujer, recogió las cosas que tenía que recoger, al volver, tiró todo en una esquina sobre el polvoriento piso y como un zombi se volvió a sentar en su escritorio y continuó:

...Pues aquí están. Hoy mismo dormiré entonces en éste que será de ahora en más mi cuarto. Y no te reprocho, de repente esta quizás sea una buena solución, todo siempre bien separado y cada cosa en su sitio, ¿verdad?... "¡Ay, cuidado! mis ollas, no las uses, mi cocina, otra vez con tus frituras, la comida, siempre la comida (Claro, como no: pero si yo soy el único que en verdad cocina en casa los trescientos sesenta y cinco días del año y todavía con mis ollas baratitas de aluminio porque las caras tuyas, ¡ni cagando, míralas pero no las toques!, no sé para qué las quieres, si tú nunca las usas, es más, y si lo haces, lo haces solamente en mi cumpleaños y Navidad.)" O sino me vienes con que... "esta es mi sala, mi sillón, sal de allí, no te sientes, lo ensucias, no prendas mi televisor,

vete mejor a tu cuarto con tus libros de porquería, no hales las cortinas que las rompes, y mis plantas, cuidado con mi piso que se raya, que ya embarraste con tus dedazos la ventana, mi juego de porcelana china, el bonsái, mis adornos, déjalos ahí, no los toques, lávate las manos, no muevas eso, arrima aquí y acá, tus zapatos, que no juntes las sillas, mi linda mesa de caoba, que esto, lo otro, y tus amigotes bohemios, folclóricos de porquería, turistas sociales, Schmarotzer, zánganos, parásitos, comunistas, ¡qué asco, cómo los detesto!"... Y repites casi todos los días esas cosas que duelen, duelen mucho, cariño, como si todo lo que hago y mi entorno apestara. Es más, hasta pensarías que de repente estoy infectado con las siete plagas de Egipto. Recuerdo ese día tan bonito, sin lluvia y un sol radiante en el firmamento y yo me sentía bien, sin dolores ni nada, y te dije: "Mi amor, qué rico, por fin salió el sol, tengo ganas de caminar un poco, ¿vienes?" Y tú, amarga y desganada, como siempre, buscaste una excusa: "¿Salir yo, contigo? ¿Adónde? Ay no, cariño, mejor no (y figúrate: ese día hasta me dijiste todavía hipócritamente cariño), compréndeme: tú con bastón caminas siempre muy lento y eso me desespera y me lastima la cintura, además, acuérdate, después estás que ni puedes moverte porque se te adormeció todo y todo te duele." A los diez minutos, sí, así fue, Laura, te llamó Susan (la que

*tiene caca en el cerebro) y te fuiste con
ella toda conchuda a pasear en bicicleta;
ese día, hasta regresaste todavía más tarde que nunca. Y haz también memoria
cuando un día te dije: "¿Liebling, qué tal
si te invito al cine y de paso nos vamos a
comer esa rica berenjena rellena con pollo, cebolla, huevos, perejil, tomate y ajo
que tanto te gusta, a ese restaurante medi-
terráneo en el Altmarkt?" Y en ese momento (para variar) justo nos interrumpió
otra llamada telefónica de tu otra amiga
descerebrada esa Muschi, esa pues que le
gusta ponerse alhajas y adornos hasta en
el culo, y preferiste por supuesto mejor salir con ella a divertirte y me dijiste encima,
fingiendo estar como nunca muy preocu-
pada por mí: "¡Tilo, por favor, qué ocurrencia! Ya te olvidaste lo que el doctor
Rossmann te dijo sobre tu estómago y esos
fuertes medicamentos que siempre tomas:
es mejor que no comas nada pesado que te
puede hacer daño." Torciste luego tus ex-
traviados ojos (por eso, bien hecho, creo
que Dios te castigó más tarde y te dio en el
ojo izquierdo también estrabismo) y me
engañaste contándome otro de tus cuentos: "Es Muschi, pobrecita, quiere que la
acompañe en su casa. Ahora que se ha separado de su marido y su hija que ya no
vive con ella, la pobre se encuentra siempre tan pero tan deprimida, que creo que
voy a ir a acompañarla un rato." Y yo ya
no te dije nada, porque igual sabía que*

mentías y mentías también a los demás. Ese día todavía te perfumaste y te arreglaste tan bien, que parecías como si te hubieran invitado a una boda de reyes: fuiste tan descarada que te pusiste hasta el abrigo ese de cuero de cordero de Roberto Cavalli que un día te regalé; todavía recuerdo perfectamente que, cuando te lo obsequié, ese día hasta me dijiste, besándome de pura alegría y euforia: *"¡Oh, qué lindo, gracias mi amor, te quiero mucho!"* Pero no porque se trataba solamente de un diseño exclusivo de Cavalli, sino porque, aparte, y siguiendo tu principio de compra que todo lo caro es siempre bueno, estabas alegre porque ese trapo de porquería, ¡carajo!, me costó como cinco mil euros. ¿Por qué, por qué, Laura? ¿Por qué te cuesta siempre tanto trabajo ser siquiera algo más cariñosa conmigo? ¿Y el malhumor y ese desgano que siempre tienes? ¿A quién quieres engañar? ¿O es que estás solamente conmigo por el dinero y todos esos lujos que siempre te doy? Y aún, si fuera así, ¿por qué entonces siempre ese malhumor, como si la vida conmigo te repugnara, si tú tienes en verdad todo para ser feliz: salud, una linda hija, un marido que te ama, dinero, seguridad, todo, todo? A ver, contéstame... Son más de veinte años que vivimos juntos, Laura, y la verdad que no sé cómo aún te sigo queriendo. ¿Es así como me pagas? ¿Acaso pretendes ser así feliz? Tú misma te estás

haciendo daño, mi amor. Sí, lo sé, para ti
soy un loco, y probablemente tengas ra-
zón, ¿pero tú?... Al comienzo, o al menos
cuando estaba sano, tú también eras otra.
Mira, no pretendo ni pretenderé nunca que
ahora me cuides, ¡qué ocurrencia!, para
eso tengo a todos esos que les gusta vestir-
se siempre de blanco y a Morbo, sí, a
Morbo, mi único y gran aliado, felizmente.
Lo único que te pido, y creo que no es mu-
cho, es salir siquiera un día a pasear jun-
tos por el parque, dar una pequeña vuelta
en bicicleta, ir a comer, sentarse un día en
la sala para ver algo en la televisión, o
simplemente conversar, sí, eso es, conver-
sar y estar juntos, pero... ¡NADA, NADA,
NADA!

Por la ventana del cuarto entraba la oscuridad de
la noche, afuera, los faroles alumbraban las calles con
una pálida luz artificial. Ya eran las dos de la mañana y
en el cielo se divisaba una luna en cuarto menguante
que a ratos se ocultaba tras una tenue capa de nubes.
Tilo tosió y como no podía expectorar, se le encogió el
pecho, se atoró, le faltaba el aire: parecía como si le
hubiera dado una fuerte gripe por los dolores que sentía en las articulaciones y que sobrepasaba ya casi el
límite de su tolerancia; los pequeños puntitos morados
de hematomas que tenía en las extremidades, especialmente en los brazos, también habían aumentado.
Por la desesperación o quizá por la preocupación de
que a lo mejor ya no podría seguir escribiendo, abrió
una caja donde tenía todas sus medicinas y, como no

tenía paciencia de buscar el analgésico indicado, se tomó de un porrazo toda la ración química de medicamentos que correspondía para el día siguiente: mezcló analgésicos con corticoides, antiinflamatorios, gastrointestinales, antibióticos, antihistamínicos, contra flatulencia, osteoporosis, todo, todo lo mezcló. Mientras masticaba (sí, primero las tenía que masticar porque algunas eran tan grandes como bombones) todas esa pastillas y, en vez de pasarlas luego con agua, engulló todo con el líquido del analgésico Novalgina, pero como aún le quedaba un sabor medio amargo en la boca, se tomó de remate también todo el resto del jarabe para la tos con sabor a cereza que había sobrado por ahí. Tilo tiritaba de fiebre, sentía frío y cogió la frazada de plumas que había dejado tirada en el piso y se cubrió los hombros y la espalda, sujetaba las dos puntas de la frazada con la mano derecha a la altura de su cuello, como si estuviera ajustando el cuello de una camisa sin botón, y con la otra siguió escribiendo pero ya prácticamente en un transe onírico, casi catatónico y asociando, como siempre, sus pensamientos con todo lo que leía o estudiaba:

...¡Qué Novalgina, ni Katadolón, Prednisolon, Pantozol, Doxiciclina, ni nada, carajo! ¡Mierda, esto sí que sabe a detergente!... Sabes qué Laura, felizmente no soy sañudo, pero creo que lo que tú tienes es lo que el gran Jean Jacques Rousseau con su Emilio también dijo: para verdaderamente socializarte (o sea conmigo), tendrías primero que recluirte o aislarte de la sociedad, de sus clichés, la sociedad te ha

enfermado con sus patrones de conducta y
todas esas otras tontas reglas. Sí, eso es.
Pero en tu caso, encima, como te has con-
tagiado del vitriolo del doctor Igor, yo ya
no te haría leer mejor a Robinson Crusoe
como a mi amigo Emilio, sino más bien a
"Verónika decide morir" de Coelho. Y es-
cúchame, por favor, que esto ya te lo he
dicho también antes: ahora que ya estoy
prácticamente desmantelado, no pretendo
ni pretenderé nunca que me cuides o como
se dice, me cambies los pañales. ¡No, nada
de eso, Laura! Para eso tengo a todos esos
petulantes en las clínicas, ¿estamos? Y tú,
Morbo, qué tal si también me atiendes me-
jor como exorcista o curandero de todo lo
que te confieso, que estoy seguro que mi
mujer no solamente se ha contagiado con
el vitriolo ese, sino que además está ven-
diendo su alma a Mefistófeles, como Faus-
to, este, perdón, digo mejor Fausta con
"a", como para que haga contraste. Y otra
cosa, por favor, Laura: si tus conocimien-
tos son tan limitados para ser feliz en ésta,
tu vida, ¿por qué mierda entonces tienes
que irte siempre al limbo con el Diablo y
hacer con él un pacto? ¡No, no, cariño, así
no se hace!... Para eso me tienes pues a
mí, este pechito de acero inoxidable que
ya ha probado también de todo en esta vi-
da, hasta con Mefistófeles, Belcebú, Luci-
fer, Satán y todo ese clan de malignos;
además, acuérdate: Fausto fue un viejo
sabio insatisfecho con sus conocimientos

del bien y el mal, la moral, los límites de la naturaleza humana, cosas por las que en verdad vale la pena luchar, o mejor dicho cambiar ¿pero tú?, ¿qué cosa eres tú?... Sólo una Luxus Lady que se deja siempre regalar y comprar de todo por este feo y enfermo de su marido y, según tú, encima loco; incluyo también toda tu ropita, disfraces que usas para salir, ornamentos y adornos que tienes en los cuartos, sala, los muebles, televisor con pantalla gigante, la cocina ultra moderna con equipos empotrados de marca, tus adoradas bacinicas (este, digo ollas) que no usas nunca, platos, cristalería, etcétera, y todas esas otras huevadas que siempre te compro y que exhibes sólo como museo, de vitrina, míralo pero no lo toques. ¡No, Laura! Y te digo otra cosa: para lo que tú estás haciendo con Mefistófeles, creo que habría que pedirle primero permiso en forma póstuma al gran Goethe, para cambiar su magnífica obra universal "El Fausto", por "Luxus Lady" o "Shopping Queen", o sabe Dios qué. O si quieres, trataré de ser más matemático, preciso, "Rose is a rose is a rose", como la gran marimacha (apócope de María y macho, por si acaso) de Gertrude Stein: ¡TÚ, CARAJO, CONMIGO, YA NO TIENES PACIENCIA PERO PARA NADA! Es más, desde que se me cayó toda la quincha encima, hasta tienes miedo, sí, eso mismo, miedo, mucho miedo: miedo a aceptar la realidad y perder quizá tu libertad, miedo al qué dirán, miedo a que te discriminen o te digan algo tus amigos, tu entorno, la sociedad, miedo simplemente a vivir, a la sencillez, miedo a ser tú misma, natural, diferente, y no como los otros, miedo a todo lo informal, miedo a perder tus cosas, miedo a los problemas, miedo a enfermarte, a mi enfermedad, miedo a cuidarme, miedo a mí, miedo a hacer esto o lo otro, ¡miedo, miedo, miedo!... En esa clínica psiquiátrica llamada Villete de Coehlo para que te trate el doctor Igor, es donde deberías estar. Falta nomás que de puro aburrimiento y amargura, quieras también suicidarte como Veronika. ¡Caramba, Morbo!... ¿Mejor tú dime qué hago ahora con ella? Ya sé: ¿Y si la mandamos a la Academia de Ciencias de Eslovenia, cosa que se someta a un nuevo estudio con el doctor Igor? Sí, creo que eso sería lo mejor. Confiésalo, mi amor, que no me amarga, nunca nada me amarga y eso tú lo sabes, y por eso, por eso mismo creo que ahora ya ni pena siento, al contrario, eres más bien tú quien debería sentir pena por mí: pena por aguantar siempre tus majaderías, tu materialismo, fetichismo, xenofobia a mis amigos, tu maldito orden, el qué dirán, y por actuar siempre como quieren los otros o para los otros, en esta enfermiza sociedad de leyes y saturada de reglas. ¡Manda todo a la mierda Laura y sé tú misma, por favor! ¿Sabes en verdad

para qué sirve todo eso que haces, tu or-
den, tus cosas y todo lo demás?... Pues pa-
ra complicarte más la vida, ser infeliz,
alargar los problemas y hacerlos intermi-
nables y punto. ¡Puta madre, qué mal me
siento, todo me duele, me arde la cara, es-
toy mareado, voy a vomitar!....

Tilo tosió otra vez sin expectorar nada y el pecho se le contraía cada vez más, sintió un sabor químico agridulce que le bañaba el paladar, las ojeras de brujo brahmánico que siempre tenía se parecían ahora más a las de un oso Panda, su lengua se volvió porosa y ama- rilla, y comenzó a mezclar sus pensamientos de ese momento con los de la última internación que tuvo en el Centro de Neumología y Cirugía Torácica:

...¡Maldita sea, Morbo, otra vez esos infil-
trados pulmonares, Serratia Marcescens,
Moraxella Catharralis, protozoarios uni-
celulares, bichos o cómo se llamen!... Se-
guro que se han puesto de acuerdo de
nuevo contigo para tirarse otro banquete,
ahí, bien abrigaditos y poner sus miles,
millones de crías en los conductos fibro-
cartilaginosos de mis bronquios. ¡Sarta de
zánganos, parásitos gorreros, mogollones!
¿Doctor, no quiere por si acaso otra
muestrita de mi viscosa baba amarilla pa-
ra el antibiograma?... ¡Pues aquí le man-
do ahora este escupitajo! Y no le obsequio
mis heces, ya que hace como cuatro días
que no sale nada. ¡Bingo!... Apuesto que

también me recetará de nuevo ese antibi-
ótico de amplio, amplísimo espectro Tava-
nic que hará que el vientre se me ponga
como uno de esos chicos de Uganda con
tifoidea y toda mi churreta fluya después
por las cascadas de Murchison. ¡Carajo,
me siento morir, todo me da vueltas!...

Quiso pararse para escupir pero no pudo. Su respiración comenzó a agitarse, tenía un pulso de casi doscientos por minuto y una fiebre que volaba, todo le daba vueltas. Vomitó. Su cabeza estallaba de dolor, lo mismo que todas las articulaciones, en especial las de sus manos, brazos y piernas. Vaya a saber cómo, arrancó de su pequeña libreta de apuntes una hoja en blanco y comenzó a escribir con una letra que ya ni él mismo entendía:

"Laura, no sé por qué en verdad te escri-
bo, pero presiento que todo esto se ha jo-
dido ahora un poco más. Ah, y no te pre-
ocupes: por el momento tampoco dormiré
en este cuarto sucio y polvoriento como tú
quieres sino que seguro en una limpia y
desinfectada habitación en la clínica de
Dresden-Friedrichstadt.

Tu Tilo, el Loco"

Tilo cerró la tapa de la computadora, todavía con restos salpicados de su vómito, pegó encima la

nota con cinta adhesiva, marcó con las mínimas fuerzas que le quedaban tres números en su celular y,
arrastrando las palabras como un borracho, llamó al
servicio de emergencia. Al rato, apareció la ambulan-
cia.

La entrevista

"¡Por fin llega usted! Gusto en conocerla, señora Medina, soy la doctora Abigail Mangold, tome asiento por favor", le dijo la doctora a Laura, la esposa de Tilo, algo fastidia porque había llegado tarde. Algo que no le gustaba a la facultativa era la impuntualidad y sin disimularlo, con su pequeña mano bastante arrugada que parecía de minero, le indicaba a Laura dónde sentarse.

"El gusto es también mío, profesora Mangold", respondió la mujer de Tilo y le extendió su mano de uñas largas perfectamente arregladas, blanda como una medusa. Antes de sentarse, se acomodó también un poco el nuevo corte de pelo con ondulaciones que se había hecho esa mañana y estiró los pliegues de su fina blusa satinada de seda un poco arrugada. "Y por favor mil disculpas profesora Mangold por la demora, pero es que con todas las zanjas esas que abren siempre en las calles de Radebeul con dirección a Dresden, es imposible transitar, seguramente lo hacen para aumentar las líneas telefónicas o para instalar tuberías para cables de luz o sabe Dios para qué otras cosas, lo cierto es que el tráfico vehicular casi siempre se congestiona."

Con esa excusa, como para disimular su demora, la mujer de Tilo le había mentido ya que, como vanidosa que era, para que la doctora la viera especialmente bella y distinguida, ese día decidió de pronto ir a primera hora de la mañana a su peluquero, atrasándose así casi media hora.

La doctora frunció la frente, juntó los labios y pensó: *ese cuento cuéntaselo mejor a otro.*

"Hm, pues se hubiera venido entonces mejor en bicicleta", respondió la doctora con una risita sarcástica, intuyendo la mentira. Además, con sólo verla como había entrado toda perfumada y exageradamente elegante, tampoco le fue difícil deducir, o mejor dicho constatar algunos rasgos sobre su personalidad que ya había escuchado del mismo Tilo, ese mismo día mientras deliraba en medio de la fiebre en la Unidad de Cuidados Intensivos (UCI), hablando con un tal *Morbo* y *Laura,* a veces como borracho y otras en un lenguaje metafísico, abstracto, *por qué, por qué me haces esto, Laura, que son más de veinte años que vivimos juntos...,* y cosas así.

Mientras Tilo fantaseaba en esa sala de emergencia de la clínica, bastante trastornado y con todos los efectos de las sustancias que le inyectaban en las venas, la doctora Mangold había escuchado también que entremezclaba con una sorprendente inteligencia y soltura pensamientos de filósofos, psicólogos y pasajes de obras clásicas de autores del mundo literario, como Montaigne, Rousseau, Musil, Wundt, Defoe, Goethe; se imaginaba de pronto que era el tuberculoso de Kafka, sintiéndose a veces mitad escarabajo y mitad humano y condenado tal vez a morir en una hora o dos, apachurrado por un pie gigante; o veía en su fantasía a la lesbiana de Gertrude Stein con la cara fría de Laura, recitándole su poema *Rose is a rose is a rose* y regalándole azucenas, muchas azucenas grandes, tan grandes que parecían lechugas. En sus alucinaciones, sobre todo una noche, cuando se ahogaba por la tos y todo le dolía y enloquecía con cuarenta de fiebre en ese cuarto lleno de aparatos, Tilo movía la cabeza de un lado a otro como si estuviera negando todo, y mencionaba también al brasilero Coehlo, maldiciéndolo con su bendito *Peregrino de Compostela:* "¡A LA MIERDA CON TU CAMINO NI SANTIAGO NI COMPOSTELA NI NADA! ¡HUYAMOS, SÍ, HUYAMOS MEJOR TODOS DE EGIPTO! ¡AL MONTE, AL MONTE, CARAJO!..." Prorrumpía a gritos y le sacaba a la doctora Mangold una lengua seca y cuarteada por la fiebre, y como si también sospechara que ella fuera una seguidora de Moisés, le gritaba todavía aterrorizado sobre las siete plagas de Egipto: "¡CUIDADO, TENGAN CUIDADO!... ¡VEO SANGRE, RANAS, MUCHAS RANAS Y TAMBIÉN MOSQUITOS E INSECTOS, Y VACAS Y CABALLOS!... ¡CARAJO, SE ESTÁN TRANSFORMANDO AHORA TODOS EN OVEJAS MUTILADAS!... ¡CUIDADO, CUIDADO!" Y con la mano libre de sondas y agujas, se frotaba la piel del otro brazo, lleno de pequeños hematomas por la escasa resistencia de sus vasos capilares que se rompían con facilidad ante el más leve roce, le ardía. "¡CHANCRO, SÍFILIS! ¡EL GRANIZO, QUÉ HORROR, CUIDADO CON EL GRANIZO!", seguía diciendo, aludiendo siempre a las plagas de Egipto. Esa noche, cuando se quiso agarrar también la cabeza, felizmente la doctora Mangold y el médico de guardia de la UCI lo sujetaron fuerte, cada uno de un lado, si no hubiera tumbado hasta el monitor que le controlaba los signos vitales. De pronto, tal vez porque en su fantasiosa mente también recordó lo que había leído sobre la plaga de la *Oscuridad* de la Biblia, vio todo oscuro y por fin se durmió.

A veces, en esos únicos momentos en que Tilo abría sus ojos para ver y no ver, tirado como un trapo en la cama de la UCI, con máquinas que emitían ruiditos y lucecitas de color verde, amarillas y rojas por todas partes, se imaginaba también como una Fata Morgana a Flora Tristán, su única heroína y figura principal *del Paraíso en la otra esquina* de Vargas Llosa; también creía ser Paul Gauguin, pero vestido como astronauta y con un casco hecho de cáscara de coco, sudando peor que un esclavo negro en Tahití; fantaseaba con los autores más surrealistas y soñadores, como Juan Carlos Onetti en *La vida breve* y Julio Cortázar con su *Rayuela*, soñando ser a veces un *Medina Oliveira* o un *Brausen Medina*, allá en el pueblo de Santa María; o se masturbaba en sus sueños mentalmente con el maldito de Bukowski y consultaba al lujurioso cubano Pedro Juan Gutiérrez, para que lo aconsejara como hacerle, a punta de cachetadas y puñetazos, el amor salvaje veinte veces al día a su frígida y siempre malhumorada de su mujer Laura: la imaginaba en su delirio pícara y ninfómana, no haciéndole el amor, sino más bien fornicándola con la pose sesenta y nueve, la silla, el salto del fraile, y soñaba también con excitantes mamadas de pene como la de la fogosa y ardiente mulata Gloria de *Animal Tropical* (también del mismo autor libidinoso cubano Gutiérrez, por supuesto).

Volviendo de nuevo a la entrevista de la doctora con la esposa de Tilo:

Sobre su marcada nariz larga y aguileña, la doctora acomodó sus toscos lentes de carey de gruesos cristales que siempre se le resbalaban y, levantando ligeramente su ceja derecha, esperó que Laura se sentara, luego se quitó el estetoscopio que llevaba enrollado como chalina en el cuello y acomodó rápidamente algunas cosas que tenía sobre su amplio escritorio que más parecía la mesa de trabajo de un laboratorista: arrimó actas, historias clínicas de sus pacientes, apiló a un costado unos gruesos biblioratos con lomos de diferentes colores que contenían diagnósticos de laboratorio y resultados de diferentes análisis inmunológicos; en una esquina, hacia el lado derecho, ordenó también diferentes muestras de medicamentos que le regalaban siempre los visitadores médicos y, ocupando casi toda la otra mitad izquierda de esa inmensa mesa de casi dos metros cuadrados, acomodó apresuradamente en hilera varios recipientes de madera divididos por compartimentos con probetas que contenían muestras de orina y sangre, todas etiquetadas respectivamente con el nombre de sus pacientes y código de admisión; también había potes, muchos potes de diferentes tamaños, algunos de vidrio y otros de plástico con sustancias para pruebas de sensibilidad antimicrobianas, reactivos químicos, placas ya usadas de cromatografía de diferentes tamaños, un pequeño equipo de visualización de manchas, un tensiómetro, una lupa grande de diez centímetros de diámetro con mango de cuero, un microscopio electrónico, unos cuantos reactivos químicos, tijeras, pinzas y uno que otro instrumental médico que la doctora casi siempre usaba para sus estudios. Luego, para verle mejor la cara a la mujer de Tilo, como si iniciara una ceremonia litúrgica, prendió las siete velas ya algo derretidas y desgastadas de un candelabro judío de siete brazos (un Menorá Sefardí de bronce) que tenía en el centro de su escritorio.

"Por favor, no se sorprenda señora Medina por este desorden, es que, antes de emitir un diagnóstico final, me gusta constatar primero con mis cinco sentidos todos los hechos, eso es todo. Ah, y tampoco se asombre por este candelabro, como judía, cuando me entrevisto con alguien o trabajo en mi oficina, me concentro más cuando prendo mis siete velitas y así de paso le doy también siempre gracias a mi Melquiel, este, quiero decir Moisés." Y soltó una risita que no se sabía si se burlaba o hablaba en serio.

Laura se sorprendió y entreabrió ligeramente la boca casi asustada por la reacción de la doctora, que era la directora del departamento de Medicina Interna e Inmunología de uno de los hospitales más grandes de Alemania, de manera que Laura se había imaginado otra cosa.

"Una sugerencia: que tal si mejor nos dejamos de protocolos y llámeme nomás doctora Mangold, ¿le parece?", continuó diciendo "Aunque, para serle franca, preferiría mejor *Abiman* o señora *Abiman*, sin títulos ni rótulos ni nada, cortito y abreviado nomás, como lo hacen mis pacientes y todo mi personal, ya que lo demás no es más que pura pantalla." Mientras hablaba, la doctora tocaba los papeles que había en la mesa, abriendo bien las palmas de las manos. "Odio todos esos títulos, grados académicos y porquerías que me obligan a colgar sobre estas paredes en esta clínica y en todas las otras. A todos mis otros colegas les encanta, pero a mí no." Se refería sin duda al doctor Kaminsky, por cuyo informe se había enterado ya de todas las locuras de Tilo y de todo lo que había hecho en el hospital de *Dresden-Neustadt* y en el policlínico y consultorios de los otros médicos. "¿Qué le apetece, un café, té o agua?", le ofreció, cambiando el tono de su voz.

"Deme agua, por favor, agua nomás, doctora Mangold. Perdón, quiero decir, señora Abiman", respondió la mujer de Tilo, algo incómoda. Como persona siempre muy pegada a la imagen y pomposidad, le costaba llamarla sin su título y no dejaba de observar cómo se movían las siete pequeñas llamas de ese extraño candelabro, como si estuvieran bailando la danza del vientre: de sus puntas salía un hilo delgado de humo color grisáceo que se disipaba rápidamente hacia el techo.

El consultorio y a la vez oficina de la doctora Abigail Mangold quedaba en el piso número tres de los ocho pisos del edificio X (a cada pabellón o edificio lo identificaban con una letra que correspondía mayormente al área médica). Su oficina, a pesar de estar ubicada en el único inmueble aún no renovado de ese gran complejo de quince pabellones del hospital *Dresden-Friedrichstadt*, que parecía una ciudad por sus dimensiones, era no tanto acogedora como funcional, con muchas plantas, amplia e iluminada, una alfombra grande de colores ocres con estampados dorados de la *Estrella de David* cubría prácticamente las dos terceras partes del piso y, sobre la pared, entrando al lado izquierdo, colgaba una inmensa réplica en bronce del *León de Judá* (símbolo representado en el portal del Hospital Bikur Cholim en Jerusalén, donde la doctora había hecho sus prácticas profesionales de medicina). Sobre la otra pared más larga del cuarto, del lado derecho, enmarcados en madera de diferentes tamaños, había también muchos retratos de ella, se le veía más joven y rodeada siempre por otros médicos de otras nacionalidades (la mayoría de raza negra, orientales y mestizos). El escenario de aquellas imágenes mostraba lugares descuidados, casi abandonados, con calles sucias, terrenos descampados con basura, mucha basura, viviendas derrumbadas y destruidas como si hubieran caído bombas, se deducía que se trataba de zonas de extrema pobreza, hambruna, de desastres naturales y conflictos armados. La doctora Mangold y casi todos los que salían en esas fotos tenían puestos unos guardapolvos blancos y en el bolsillo, a la altura del pecho izquierdo, lucían el tradicional emblema de *Médicos sin Fronteras*.

Por su forma tan original de ser, con una basta experiencia en el campo de la medicina y su rico historial académico, convendría también hacer un pequeño paréntesis para mencionar algo más sobre esta excéntrica y renombrada doctora: Ella trabajaba desde hace un año y medio como Directora del Departamento de Medicina Interna, Reumatología e Inmunología del *Krankenhaus Dresden-Friedrichstadt*, y era muy querida, especialmente por todos sus pacientes, pero también por los doctores y todo el personal asistencial que trabajaba directamente con ella. La mayoría de sus colegas con quienes había colaborado hasta hacía poco en diferentes proyectos de ayuda humanitaria y de desarrollo para la *UNICEF*, *OMS* y *ONU*, la conocían como *la Abiman* (abreviación de las tres primeras letras de su nombre y su apellido), y así la llamaban también casi todos en el departamento médico que ella dirigía. Adoraba su profesión, como se dice: con corazón y alma, tanto que le gustaba supervisar siempre todo usando por supuesto sus propios criterios, inclusive en los procesos de selección del personal, compra de materiales y asuntos de índole administrativo. En ese sentido, ella no confiaba en nadie, ni en los reglamentos ni en la administración, sin duda por la mentalidad rígida, llena de patrones burocráticos y hasta de conveniencia y nepotismo de algunos funcionarios y médicos directores de su mismo rango en la clínica. Defendía celosamente su trabajo diciéndoles en doble sentido a sus colegas y siempre con su inconfundible risita burlona: "Miren, si quieren cocinar, pues háganlo entonces en su cocina, que aquí, en mi departamento, el fogón lo prendo yo." Por esa actitud, algunos también la detestaban, no podían verla ni en pintura, la llamaban *Hexe* (que en alemán significa bruja). Sí, y era cierto, físicamente en verdad se parecía a una bruja: baja de estatura, nariz grande, de contextura delgada como un alfeñique, encorvada y fea como un cuasimodo; tenía sesenta y cinco años de edad, judía por parte de padres, y como profesional, toda una eminencia reconocida internacionalmente en su campo. Tenía en su haber más estudios que su colega, el doctor Kaminsky: dos títulos de Profesora amén de los títulos honoríficos y cuatro doctorados de diferentes especialidades que debían figurar acompañando su firma y, por más que ella lo detestaba y odiaba como la peste, la obligaban también a exhibir las normas internas de los centros de salud. Cuando se trataba de su trabajo, como hacer estudios o diagnósticos de sus pacientes, la doctora era siempre muy meticulosa y consecuente, quizá demasiado, pero también sencilla, no le gustaba ostentar, de costumbres casi campechanas, pragmáticas, todo lo contrario al doctor Kaminsky y muchos otros de su clase. Siempre muy acertada con sus pronósticos y eso despertaba, en muchos casos, también la envidia y el celo profesional entre los de su gremio. Como vivía solamente para su profesión y la amaba por sobre todas las cosas, incluso más que a sí misma, la doctora comenzó también a cultivar ese tan preciado don suyo de leer fácilmente los pensamientos de las personas, en especial, los de casi todos sus pacientes: ella los llamaba con cariño *hijos putativos* y se acordaba siempre, incluso después de muchos años, de sus nombres completos, su procedencia y su historial; entendía y comprendía a sus pacientes y se ponía siempre en el lugar de ellos y, mientras trabajaba en sus diagnósticos, antes de iniciar un tratamiento para sus pacientes, le gustaba tomarse días, a veces hasta semanas, para estudiar su estado psicosomático, analizar el lado humano, su medio ambiente, con quién y cómo vivían, su vida en general. Según ella, para curar o aliviar a los enfermos, no bastaba solamente con aplicar los métodos habituales de la medicina y todas sus teorías, sino que, además, era importante tratar al paciente como parte integral de un todo, el holismo como sistema, por lo cual era imprescindible desarrollar y mantener también siempre vivo el binomio médico-paciente, vale decir, el humano-cognoscitivo, en muchos casos más eficaz que los mismos tratamientos convencionales y toda esa jungla de datos e informaciones que escupen las computadoras y esos sofisticados equipos con pantallas que tanto usan los médicos. Un día, la doctora Mangold, en plena asamblea general de directores, le dijo muy indignada al Director de Medicina General y Cirugía de Abdomen de la clínica: "Doctor, ¿sabe qué?... Usted, sin esa camarita suya de endoscopia, no ata ni desata, ¿verdad? En vez de meterle siempre a ese paciente suyo todos esos tubos por el esófago y el colon y envenenarlo con más medicamentos, cosa que seguro lo obliga a volver todos los meses a su consultorio, por qué no intenta mejor indagar primero algo sobre sus costumbres, su vida, qué come, si hace deporte o no, como, por ejemplo: caminar más, tomar menos café y no chupar tanto alcohol ni inhalar estúpidamente una inconmensurable cantidad de nicotina, ya que todo eso irrita las paredes del estómago, el esófago, desequilibra también la flora intestinal y punto, eso es todo. Yo en su caso, doctor, si fuera mi paciente y supiera que es un alcohólico que se queja siempre de dolores de estómago, lo primero que le diría: Mire, su problema no es el estómago, vaya a Alcohólicos Anónimos y trátese y, si después de un año sus dolores persisten, pues vuelva aquí que con gusto yo lo atenderé."

Retomando nuevamente el hilo de la entrevista, la doctora quiso estudiar mejor las reacciones de su interlocutora y le insinuó:

"El que da también recibe. ¿Ha escuchado alguna vez esa frasecita, señora Medina?" Y mientras esperaba una respuesta, rebuscaba entre los papeles de un grueso archivo de lomo color rojo el informe sobre el estado de Tilo que le había dado el jefe de la Unidad de Cuidados Intensivos (UCI).

"Sí, por supuesto, ¿por qué?" Contestó y preguntó la mujer de Tilo, dubitativamente, como si su conciencia supiera el porqué, y miró las decoraciones con símbolos judíos que colgaban de las paredes, el escritorio, la alfombra, todo, lo miraba todo.

"No, por nada...", dijo la doctora, levantando levemente una de sus cejas con una sonrisa casi imperceptible, como si ya supiera que tipo de mujer tenía enfrente; no paraba de rebuscar los papeles de su archivo. "Es que supongo que a usted también le gusta dar. ¿O me equivoco, señora Medina?...", volvió a insinuarle.

"¡Claro! ¡Qué pregunta!", contestó, incómoda y fastidiada.

"¿Claro?... ¿pues el *claro* ese suyo no me suena muy convincente, eh?" Insistió la doctora, pero esta vez en un tono mucho más irónico.

Poco a poco, toda la conversación comenzaba a enervar a la mujer de Tilo, frunció el ceño y ajustó los labios. Le amargaba que le insinuaran ahora con indirectas o rodeos filosóficos de cómo tenía que pensar o comportarse, tal como a veces lo hacía Tilo, pero era aún peor si se trataba de una persona desconocida.

"Doctora, discúlpeme que le diga esto, pero yo en verdad no he venido para que me pregunte si es que me gusta dar o recibir, sino más bien para saber cómo sigue mi marido. Además, otra cosa, él ya lleva más de una semana en esa unidad de atención de urgencia, de cuidados de emergencia, intensivos o cómo se llame, y yo, en casa, esperando siempre toda... (casi le decía cojuda), nerviosa y todo este tiempo sin poder siquiera verlo, tengo entendido que usted misma ha dado orden estricta para que nadie lo visite." Como tenía las piernas cruzadas, el pie de la pierna que tenía encima de la otra se le había adormecido y lo movía nerviosamente en círculos.

"Es curioso, muy curioso, ¿así que según me dice le gusta dar?", respondió la doctora, y pensaba, *así me gusta, quiero que te sinceres más.* Quería que perdiera de una vez los controles para cogerla por su lado débil: "¿Es usted así siempre tan impulsiva e impaciente, señora Medina? ¿Para qué, para qué quiere ahora verlo?", le dijo aún más punzante.

"¿Cómo que para qué? ¡Qué tonterías me está usted hablando!... *SO EIN STUSS!*" Explotó la mujer de Tilo, por poco no le decía también bruja de mierda. Por dentro ardía, todo le temblaba, movía el pie en círculos ahora tan rápido que parecía un helicóptero; cruzaba y descruzaba a cada rato sus brazos. "¡Él es mi marido, doctora Mangold o Abimel o Abiman, Blackaman o como se llame o la llamen!" Le habían manchado su orgullo y su indignación era tal, que hasta se imaginó tener ahora a Tilo al frente suyo, cuando siempre discutían o se peleaban. Por un momento se olvidó de que era la doctora quien tenía enfrente y comenzó a llamarla con otro nombre: "¡So Blackaman, qué se ha creído!"

"Abiman, aquí todos me dicen, A-bi-man...", le hizo recordar la doctora, deletreándolo a propósito, tranquila, como si nada hubiera pasado. Acomodó con el dedo índice sus pesados lentes de miope que se deslizaban por su larga nariz, parecida a la de un mono *Narsalis Lavartus*. "Es la abreviación de Abigail con Mangold, ¿sabía?... Pero bueno, no importa, si gusta, me puede llamar también Blackaman" Se rió con su risita de dientes pequeños y desparejos. Pero al notar que la mujer de Tilo no entendía bromas y se cerraba cada vez más, se puso más seria. "Está bien, está bien, cálmese, cálmese. Si quiere, le formulo entonces mi pregunta de otra manera: ¿Durante todo este tiempo de ausencia sin su marido, ha intentado alguna vez autoanalizarse? Ah, y por favor, no necesita contestarme ahora, es que me gustaría que, después de las cosas que voy a decirle, reflexione mejor un poco" Interrumpió la conversación para sacar de su grueso archivo las tres hojas del informe de la UCI. "¡Qué bien, aquí está, lo encontré!" Hablaba humedeciendo siempre sus labios con la punta de la lengua igual que una lombriz, y no dejaba de observar a la mujer de Tilo de reojo, con ojos clínicos, como si se tratara de un paciente.

Como a la doctora no le gustaba usar la computadora, en su oficina tampoco había monitores ni ordenadores ni impresoras ni cosas por el estilo, el contacto físico y comunicación escrita o por teléfono era mucho más eficaz para ella que todos esos equipos sofisticados de comunicación electrónica que usaban la mayoría de sus colegas y que, según ella, no hacían otra cosa que distraer la verdadera atención hacia los pacientes.

La doctora subrayó con un lápiz carcomido (tenía la mala costumbre de llevarse siempre los lápices o las cosas con que escribía a la boca) algunas cosas que le interesaban del informe, arrimó a un lado su candelabro de siete velas para observar mejor a su interlocutora, entrelazó los dedos poniendo sus pequeñas y arrugadas manos sobre el informe, y continuó hablando:

"Mire, sobre lo que podría pensar o piense, no se preocupe, su esposo se encuentra felizmente estable." La mujer de Tilo se calmó un poco y soltó un largo suspiro que casi apagó las velas del candelabro. "Por esa infección traqueobronquial que le ha venido o mejor dicho que siempre tiene y que me parece que ya se le ha hecho hasta crónica, estoy esperando nomás que mejor termine en la Unidad de Cuidados Intensivos con el tratamiento del *Cotrimoxasol* intravenoso y trasladarlo luego a Medicina Interna, mi departamento, para seguir observándolo bajo una medicación complementaria." La doctora inclinó un poco su cabeza, se quedó callada y, sin perder de vista a su interlocutora, estudió su fisonomía, sus reacciones, el movimiento y brillo de sus ojos y hasta la tonalidad de su piel. "Sí, así es, porque vea, el estado de su marido en verdad no es bueno, quizá ahora esté estable pero tiene las defensas bajas y su salud sigue siendo crítica, muy crítica. Una teoría sostiene que algunos microorganismos, como las bacterias, virus, inclusive hasta fármacos, podrían desencadenar también esos cambios, especialmente en las personas con genes más susceptibles a desarrollar trastornos autoinmunitarios, como el de su marido. Es ése un desorden que van destruyendo también poco a poco uno o más tipos de tejidos de su cuerpo. Me refiero, específicamente, a la *Polineuropatía Desmielinizante Inflamatoria Crónica* o *PIDC* con atrofia de los músculos que también tiene, además de su estructura ósea muy desgastada, las articulaciones débiles y el mal funcionamiento de otros órganos internos, como el corazón, pulmones, vejiga, riñones, bazo, hígado, intestinos, y todo lo que tenga que ver con los tejidos conectivos y vasos sanguíneos, que casi siempre los tiene inflamados. Por eso, sí, por eso he preferido que mejor ahora nadie lo visite, ni usted que es su esposa. Está muy susceptible a contraer en cualquier momento otra infección que, en su caso, por la elevada Proteína Reactiva (CRP) que tiene podría ser mortal. Por otro lado, y usted debería darse golpes en verdad en el pecho, con esa aguda fibrilación auricular o llamada también comúnmente arritmia de su corazón que encima le ha venido, su esposo francamente ha tenido mucha, pero mucha suerte de no enfriarse para siempre. Cuando lo recibimos en emergencia, casi de madrugada, tenía un pulso de casi doscientos y por sus descompensados valores de sangre con bajo contenido de potasio y elevadas plaquetas, eso podría haberle producido un accidente cerebro vascular irreparable. Menos mal, el doctor Bollinger de la Unidad de Cuidados Intensivos (UCI) y con quien felizmente me entiendo muy bien, por tratarse de un caso de urgencia le normalizó al toque el ritmo con electrochoques y aplicándole, con la ayuda de una bomba de infusión al tiempo que controlaba los signos vitales con una monitorización hemodinámica, electrocardiograma integrado, oxímetro y ventilador, un suero intravenoso electrolítico cristaloide mezclado también con un betabloqueante cardioselectivo y con su respectivo anticoagulante, por supuesto."

La cara de la mujer de Tilo comenzó a palidecer y el mentón se le encogió igual que una ciruela seca; cambiaba de postura las piernas, cruzándolas a veces a la izquierda, derecha o las mantenía separadas, moviéndolas como si estuviera ventilándolas.

"¡Imposible!¡Pero si él nunca ha tenido nada con el corazón!", interrumpió, sorprendida; entre sus cejas se habían formado dos profundos surcos.

"Sí, pueda que tenga razón, pero todo eso probablemente sea resultado de todas esas infecciones crónicas que siempre tiene, o tal vez por una intoxicación por exceso de medicamentos y, claro, podría ser también por un bajo nivel de electrolitos a causa, creo yo, también de un mal funcionamiento o disfunción de su vejiga. Es verdaderamente un milagro que haya sobrevivido", dijo la doctora, y como no le gustaba que le hicieran interrupciones, la miró como amonestándola y agregó: "Y, por favor, no me interrumpa ahora que aún no he terminado, luego podrá hablar o decirme todo lo que quiera, ¿le parece?" Con su desgastado lápiz, ya casi sin punta, subrayaba en el informe, casi perforando la hoja, algunos datos significativos de la historia clínica de Tilo: chequeos que le hicieron en emergencia, indicadores y parámetros importantes de sangre, su último recuento de glóbulos rojos y blancos, resultados del encefalograma, radiografías y ecografías del pecho y abdomen. Luego, como para que la mujer de Tilo lo viera, puso el informe de la UCI sobre la mesa y lamiéndose siempre los labios con la punta de la lengua, prosiguió: "Pero lo curioso de todo esto, aparte de su complicado cuadro patológico sobre el que no tiene ahora ningún sentido seguir profundizando porque usted tampoco los entendería, es que su marido lucha, lucha mucho para no preocuparla en verdad a usted, a su hija Karina y a todos los que tengan que ver directamente con su vida, su familia y amigos en general."

"Sí, y por eso mismo doctora, yo cuántas veces ya le he dicho que vaya donde el doctor Rossmann, su médico de cabecera, o al policlínico donde hace sus terapias pero él, como siempre, me ignora y, peor aún, hasta se burla de todos, de mí, de los médicos, de su enfermedad, de todo... ¡De todo, de todo se burla y no toma nunca nada en serio!" Interrumpió nuevamente la mujer de Tilo, abanicándose con las manos como si quisiera liberarse ahora de un gran peso.

"Usted no dice ni trata ahora de hacer nada, escúcheme nomás, porque sino me levanto y damos por concluida esta conversación, ¿estamos?", le contestó la doctora, algo enervada y amarga.

La mujer de Tilo se quedó fría, inerme, no supo qué decir, cómo reaccionar, de pura perplejidad hasta sus ojos iban adquiriendo ahora un matiz rojo y se humedecían cada vez más, quería llorar.

"Sabe qué, no quiero que me entienda mal, por favor, pero...", continuó la doctora, suavizando el tono de su voz "lo que tengo que decirle es algo muy privado, ya le he dicho, sería mejor que primero me escuche." Se acomodó en su asiento y volvió a humedecer sus labios con la punta de la lengua. "A veces, cuando uno pasa por esas fuertes pruebas que nos da la vida, como le sucedió a mi padre, por ejemplo, que murió asesinado en Berlín por los Nazis, o cuando me contó mi madre que cuando huyó a Tel Aviv fue también maltratada y violada por un soldado de la *SS*, no tenía más que una hoja adelante y otra atrás, y luego yo, después de muchos años, volví a esta desdichada tierra, a decir verdad no sé por qué volví, quizá porque era la forma más directa de enfrentarme contra ese diablo que siempre me perseguía, neutralizarlo y ganarme el pan como doctora en la tierra que expulsó a mis padres, sabe qué... uno como que se vuelve más tenaz y eso me da también más energía para dedicarme a lo que verdaderamente me gusta hacer, como ayudar a los que sufren y tienen dolor. Sí, y quizás esa sea la palabra exacta: *DOLOR* con mayúscula, porque encima de todo sufrí un cáncer agresivo que tuvieron que extirparme los senos. Cuando me detectaron el carcinoma lobulillar en las mamas en Tel Aviv yo estaba en mi séptimo año de medicina en la universidad, fue entonces cuando me dijeron si es que yo no conocía mejor a un buen cirujano para hacerme de una vez también los implantes de silicona. ¿Pero sabe lo que yo les respondí?... les respondí: Sí, conozco a muchos, pero para qué si ya nunca más van a cumplir su verdadera función. Yo quiero ser doctora y no una modelito con tetas de plástico. Sáquenme, sáquenme de una vez todo lo que tengan que sacarme y zúrzanme luego el hueco y listo, se acabó. Mire aquí..." La doctora desabotonó con tal vehemencia su guardapolvo que hasta un botón cayó rodando al piso, luego levantó de un tirón la blusa y, sin cortedad, prácticamente se desnudó enseñando su tórax plano, sin senos y con dos grandes cicatrices simétricas que se hundían ligeramente, formando una leve hendidura cóncava en cuya base todavía se notaban las formas de las costillas. "Y, por favor, no vaya ahora a pensar que yo soy una exhibicionista ni cosas por el estilo", siguió diciendo "Lo que pretendo más bien es demostrarle porque amo esta profesión y me identifico tanto con mis pacientes o hijos putativos, como siempre los llamo." Y se tapó de nuevo el torso y se acomodó la blusa, metiendo rápidamente los bordes dentro de su pantalón; como a su guardapolvo le faltaba ahora un botón, lo dejó abierto nomás y continuó: "Por eso que al señor Medina, o sea su marido, por tratarse de un caso no igual al mío, pero sí muy peculiar y digno de estudiar, le tengo también un cariño e interés muy especial. Pacientes tan valientes y optimistas como él son verdaderamente raros. Mire, en esta tierra redonda, sí, y digo redonda porque todo felizmente circula y vuelve al punto inicial, existe mucha incomprensión, frialdad y desigualdad, ¿sabía? Esa es una de las grandes razones por la cual elegí también esta noble y magnánima tarea humana que es la medicina, pero no para quedarme, ¡por favor!, encerrada en un consultorio, como algunos de mis colegas cuyos nombres me abstengo mejor de mencionar, con sus finos uniformes color blanco, un guardapolvo para invierno, otro para primavera, verano y otoño, mocasines de marca blancos, todos bien perfumados y esperando a que les toquen siempre la puerta los que ellos llaman enfermos, como si se trataran de simples consumidores en una feria de mercado. No, nada de eso. ¡Imagínese! Con decirle que hasta algunos de esos doctores entre comillas, me refiero a toda esa raza de médicos que dicen ser tan renombrados a quienes se les ha subido el humo a la cabeza, atienden a sus pacientes no más de quince minutos, recetándoles siempre todo catalogado económica y racionalmente según esta maldita lista..." La doctora hablaba rápido, sin pausa y sacudía indignada las hojas de su Vademécum (un grueso mamotreto de dos mil páginas empastado con una cartulina de color rojo), frente a la mujer de Tilo que recibía una ligera brisa de todas las hojas que con sus pequeños dedos pasaba una tras otras como si estuviera barajando naipes, y comenzó también a parodiar a algunos colegas, como si ahora quisiera desquitarse: "*REGRESS, REGRESS!...*", repetía en voz alta esa palabra, como si la odiara "Ahora me saldría de mi *budget* y la *Krankenkasse* seguramente subrogaría todo a nombre mío y yo sería quien al final pagaría los platos rotos de este enfermo de mierda. *UM GOTTES WILLEN!* Le recetaré entonces nomás como placebo estas pastillas que están en el Vademécum y así se quedaría tranquilo y lo acunaré con el cuento: Mire, por la dolencia que usted tiene, tengo que pedir urgente una radiografía de pulmones y una ecografía dúplex de los vasos, luego le haría una gastroscopia y de paso, qué tal si le metemos también otro tubo con camarita en el colon que creo que ya se le está sancochando... Sí, eso mismo le diré, y así creerá que me estoy preocupando por él, lo mantendría contablemente en mis registros y cobraría así más tarde también a la *Krankenkasse* mis infladas facturas trimestrales. Para comer buen pan, hay que ingeniárselas pues siempre, coleguitas, jejeje." Y la doctor reía sarcásticamente sin dejar de estudiar siempre todas las reacciones de su interlocutora. "Ah, sí...", continuó parodiando "y porque también gracias al dolor ajeno de mis no sé como cuántas otras víctimas, perdón, quiero decir quejumbrosos que siempre esperan afuera todos los días apachurrados como gallinas en la sala de espera de mi consultorio, yo nunca lograría cumplir mis metas de ganancia, ni tampoco comprarme todo lo que ostento: una mansión de cuatro mil metros cuadrados en Hamburgo, fincas con caballos en Ibiza y, claro, también mi pequeño juguete motorizado de dos ruedas *Harley Davidson Road King de 1600 centímetros cúbicos* que uso para pasear los domingos cuando cae el sol en compañía, por supuesto, de la enfermera más rica, tetona y culona del tercer turno del *Universitätsklinikum*, donde también trabajo dos veces a la semana como carnicero, o sea, cirujano."

La mujer de Tilo no podía creer todo lo que escuchaba, ya que hasta ahora había confiado ciegamente en cualquier doctor y peor aún si ostentaba el título de Profesor y todos esos otros estudios.

"Pero eso no es nada, señora Medina..." Y continuó burlándose de esos médicos de reputación dudosa, sacándoles más trapitos sucios al aire: "¡Qué tal lisura!, y encima, simplemente porque soy doctor, me tengo que soplar siempre horas y horas en mi consultorio, escuchando todas esas estúpidas confesiones de esos enfermos jubilados cansados, unos machacados crónicos, muchos de ellos hasta hipocondríacos entre setenta y ochenta años que ya no saben qué hacer con su renta, porque ya casi ni consumen ni comen ni nada y tal vez porque se aburren en casa o se sienten solos, necesitan ahora conversar también con alguien sobre sus padecimientos o de lo que probablemente adolecerían hasta que mueran, por lo menos unos veinte años más. ¡PIPÍ, COJONES! Todos son más que unos longevos reblandecidos, aburridos y hastiados de la vida, obedientes como siervos y que me escuchan siempre todas mis mentiras, como si fuera su vaca sagrada. ¡GRANDÍSIMOS IGNORANTES! Y yo, todo un cojudo poniéndoles hipócritamente cara de buen doctor, comprensible y preocupado, como si todas sus tonterías me interesaran... Sí, señora Medina, y no le miento porque así es como algunos de esos inescrupulosos médicos se aprovechan de esos pacientes y les meten siempre letra, recomendando chequeos innecesarios de sangre, que cuidado con la diabetes, la hipertensión, el colesterol, que usted está muy flaco, gordo, pálido, ¿no sufrirá también de anemia? ¿Y qué tal si le tomamos ahora unas plaquitas aquí y acá? ¿Ya se vacunó también contra la influenza, el moquillo canino, la triple

vírica, la tos ferina, neumococos? Y como si fuera poco, los más inocentes de ochenta años para arriba, o
sea, me refiero a esas viejitas viudas con caras desgastadas y arrugadas, tan cándidas ellas que confían casi
siempre ciegamente en todo lo que le dicen los otros, le
contestan inocente y crédulamente a su querido doctorcito: *Jawohl*, *jawohl*, *Herr Doktor*, meta, métame todas
las vacunas e inyecciones que quiera y, si gusta, también la del moquillo canino, la tos ferina y todas esas
otras cosas que aunque no entienda para qué... ¡Ay,
pero qué guapo es usted! ¿Por qué no se enamora de mi
nietecita Paulina que es también tan linda y preciosa?...
Así están las cosas, señora Medina. Y es que esos médicos creídos, muchos de ellos sacralizados por esos
ingenuos pacientes, estafan olímpicamente al Fondo de
Seguro Médico con sus retocados informes o reciben a
escondidas suculentas comisiones de los grandes consorcios farmacéuticos, hospitales, universidades y
otros, amén de regalitos adicionales para su esposa,
hijos y abuelitos incluidos. Ah, y para colmo, porque
todavía no he terminado, señora Medina: para el resto
de los enfermos, los menos privilegiados, como pepas
de mango chupadas, si quieren que se les atienda rápido, pues que me paguen entonces debajo de la mesa la
Komfortbestellung con un billetito de cincuenta euros y
listo, ya van a ver como los atiendo primerito y hasta
con caramelitos inclusive", la doctora reflejaba cólera e
indignación en su cara. Cada vez que hablaba de este
tema, como hipertensa que era, se le subía la presión, la
adrenalina y todo lo demás. La mujer de Tilo también
apretó de tal manera la boca, que sus labios prácticamente desaparecieron formando una sola línea; movía a
cada rato la cabeza de un lado a otro, hasta dudó por un
momento sobre la sinceridad y forma de trabajar de

muchos doctores que ella conocía o que la habían tratado.

La excéntrica facultativa ablandó en algo su sarcasmo y continuó:

"Pero quédese tranquila, señora Medina, mi intención no es estigmatizar a todos los médicos, ni menos a mis otros colegas. No, nada de eso. Al contrario, felizmente se trata sólo de una gran minoría. Sí, así es, una minoría, y discúlpeme si es que me he extralimitado con las críticas pero desgraciadamente estos falsos doctores se multiplican como plaga y alguien tiene pues que soltar las pulgas... Jejeje", se rió otra vez mostrando sus dientecitos.

La mujer de Tilo muy nerviosa se mordía las uñas, jugaba con sus dedos y se preguntaba: *¿Pero por qué, por qué me cuenta ahora todo eso y no va mejor directo al grano?* Bajó la vista, esquivando la mirada de la doctora. Esa mezcla de rabia y desesperación que sintió al comienzo, se confundía ahora con la impotencia o quizá hasta resignación.

"Y es verdad, señora Medina...", continuó y como vio que la mujer de Tilo bajaba la vista, la supuso vacilante, algo más blanda y ya no tan cerrada como antes, de manera que aprovechó para subirle un poco los ánimos y hablarle sobre Tilo: "Vamos, señora Medina, no se me hunda pues ahora. Yo no tengo en verdad nada contra usted ni contra los que ejercen esta bella profesión de la medicina, muy por el contrario, le cuento todo esto porque a veces, para que la gente reaccione y cambie de parecer, hay que atreverse a expresar lo que uno siente y dejar, si es posible, con las acciones huellas. Por eso, sí, por eso mismo admiro a Tilo, su marido. Con esa actitud algo torcida, o digamos especial que ha tenido y probablemente siga teniendo contra el doctor Kaminsky, su ortopedista, el doctor Rossmann, en los consultorios, o cuando se rebela contra algunos de esos otros colegas en el Policlínico y contra todos los que tengan que ver directa o indirectamente con su enfermedad, yo lo comprendo perfectamente y es más, hasta lo apoyaría incluso también en algunos casos. En ese sentido, creo que sería horrible si todos fuéramos iguales, pensáramos siempre lo mismo y, aún peor, si nos quedáramos encima todos callados, ¿no le parece, señora Medina?"

Interiormente, la mujer de Tilo entró en conflicto, arrugó las facciones y encogió los hombros. Por un momento pasaron por su mente también algunos recuerdos fugaces de Tilo: *"Anda, mi amor, manda al diablo todo y báñate mejor en aceite para que te resbale todo, ¿sí?"*, le decía siempre riéndose, alegre e irradiando ese optimismo y buen humor que siempre mostraba; también le afloraron escenas de cuando ella, con su acostumbrado malhumor y quejándose siempre de todo, le rezongaba a su hija Karina cuando le venía la pataleta como cualquier normal adolescente, y entonces Tilo la consolaba haciéndose siempre el payaso y, remedando a su mujer, a Karina y a todo el mundo, le levantaba el ánimo y lograba así una atmósfera de concordia y alegría. Recordó también que a Tilo le gustaba apoyar y ayudar siempre a todo el mundo: la familia, en casa, amigos y hasta a personas desconocidas que encontraba así nomás en la calle (mayormente, pobres desamparados que vivían en la calle o alcohólicos y drogadictos ya perdidos) *"Ven, brother, acompáñame que tengo una sorpresa para ti"*, recordó que le dijo un día a un borrachín melenudo que apestaba peor que el orín de toda una camada de zorrillos. Ese día hasta la dejó sola a Laura, olvidándose de ella por completo en la entrada de la *Altmarkt Galerie*, para recorrer mejor con el mendigo borracho todo el día las tiendas y las galerías más exquisitas de Dresden, y comprarle zapatillas gamuzadas de marca, camisas, polos, pantalones, una casaca deportiva de nylon y otra más gruesa afranelada, después lo invitó a almorzar en un hotel de cinco estrellas y, cuando terminaron, hasta le regaló también un billete de cien euros: *"Toma, brother... esto es también para las reservas de tu pan líquido. Ah, pero eso sí, prométeme una cosa, brother: no te lo chupes pues todo hoy"* Y el hombre, quien ya desde las seis de la mañana se encontraba prácticamente ebrio, casi sin dientes y con la piel toda porosa y marcada por el alcoholismo, comenzó a llorar de pura alegría igual que un niño.

La doctora vio de pronto que por el pómulo derecho de la mujer de Tilo comenzó a deslizarse lentamente una lágrima.

"Tenga, séquese mejor esa gota", le dijo, y le ofreció su pañuelo. "Llore, llore nomas, eso es bueno" Pero, pese a la lágrima, la doctora no cambió de parecer, seguía cavilando, escéptica, sospechaba que detrás de esa lágrima de cocodrilo la mujer de Tilo escondía algo. Y como le brotó otra y luego otra, y Laura escondía el rostro, la doctora la consoló palmeándole suavemente la espalda: "Calma, calma, ya verá como ambas, yo como doctora y usted como esposa, le daremos a su Tilo ese cuidado que tanto necesita, ¿no es así? Además, otra cosa, todo esto que le he contado ahora, señora Medina, insisto, se lo digo no para mortificarla ni menos para confundirla, al contrario, todo esto se lo digo para que usted misma se dé cuenta de cuán importante es el factor psicológico y ambiental en la evolución de la enfermedad somática de su marido. O, si quiere, se lo digo de esta otra manera: Yo sé muy bien, por otras fuentes y, claro, también por todo lo que he observado, lo que dice, cómo reacciona, que su marido es una persona muy inteligente y con un muy rico potencial de ideas, digamos que no muy comunes y que, por eso, en ese sentido, mientras más lo apoyemos, directa o indirectamente, haciendo que se sienta siquiera algo más a gusto, en una atmósfera placentera, positiva, responderá también mucho mejor a mi tratamiento. De lo contrario, toda situación en contra estimulará el agravamiento y cronificación de su enfermedad. ¿No sé si ahora me entiende un poco mejor?"

Por los hipos que le salían ahora para contener el llanto, a la mujer de Tilo se le había hecho un nudo en la garganta, le temblaba el cuerpo y se secaba desmañadamente las lágrimas, hundiendo en forma torpe los dedos en los ojos.

"Sí", fue lo único que respondió y se frotaba los ojos igual que una niña de cuatro años que no recibe su papilla.

"Créame, señora Medina, yo sé porque le cuento todo esto. Esta profesión, que bastantes años de estudio, dinero y dedicación me ha costado, la he elegido no para sentirme importante ni menos sacralizada como un Dios, como muchos otros, sino más bien para sentirla y amarla incondicionalmente y ayudar así a los que sufren y están enfermos, como su marido. Es así como me siento también feliz y satisfecha." La doctora hizo un pequeño paréntesis para ofrecerle otra vez agua. "Tenga, tome más agua. Y como le decía...", continuó, pero siempre dudando de ese llanto histérico, engreído y que parecía de todo menos sincero. *Por más que ahora me lloriquees, hijita, no impedirás que te diga lo que pienso,* pensaba "Para mí dar, y aquí va ese planteamiento que le hice justamente al comienzo de esta conversación, me retribuye mucha, pero mucha satisfacción, porque a cambio recibo casi siempre bastante cariño y afecto de mis pacientes, ¿entiende? Y me complace también mucho cuando siento que mi presencia sirve también de algo, como me sucedió con mis otros colegas en *Médicos sin Fronteras,* la *Cruz Roja*, y en muchas otras instituciones internacionales de ayuda donde he trabajado para combatir epidemias, pandemias, cepas de infecciones, contagios por virus y muchas otras enfermedades más" La doctora se rascaba la cabeza con su pequeña mano y miraba su candelabro de siete velas sobre la mesa. "O en Santo Tomé, uno de los países más pobres del planeta, ¿o era en Príncipe?... en fin, ya ni me acuerdo. O cuando también ayudé a las víctimas desplazadas tras el conflicto en Juba, a esos pobres atacados por los grupos rebeldes en los hospitales de Bangui, y en Mozambique y su difícil situación social, en las zonas rurales de Marruecos o en Kibera, el asentamiento informal más grande de Kenia, y todos esos niños y niñas supervivientes de los restos explosivos en Camboya, el dengue en Centroamérica, los enfermos de la favelas en Brasil, o simplemente cuando luché contra todas esas enfermedades, fruto de la pobreza y desnutrición en Panamá, Guatemala, la desnutrición infantil en Jamaica, la mortalidad materna en Asia del Pacífico, víctimas del tsunami en la costa de Sumatra y, en fin... muchas cosas más."

El teléfono de la doctora comenzó a sonar, pero ella no le hacía caso y orientó toda su concentración en la conversación, insinuándole ahora a su interlocutora con otra pregunta: "Algo que no entiendo, señora Medina, y me gustaría que me lo explicara: ¿Si usted goza en verdad de salud, el insumo más valioso para ser feliz, por qué diablos entonces se le hace todo tan difícil?"

Como el teléfono seguía sonando, lo descolgó fastidiada, se paró, abrió la puerta de su oficina y, congelando sus facciones, le dijo a su secretaria: "¡EVA, POR FAVOR!... llama a la central y diles que... no ves que estoy ocupada", luego regresó, tropezó con una silla y, murmurando cosas que ella solamente entendía porque las decía en hebreo, se sentó de nuevo en su cuarteado sillón de cuero con manchas oscuras de sudor y se excusó por la interrupción: "Por favor, discúlpeme, pero desde que trabajo aquí como directora, estas cuestiones administrativas ya poco a poco me están hinchando."

La mujer de Tilo ni caso le hacía, seguía conteniendo hipos, secando sus lágrimas y pensando sólo en sus cosas, lo que a ella le interesaba o mejor dicho lo que esperaba escuchar.

"Sí, pero doctora Mangold, hasta ahora habla sólo de cómo ayudó en esos países raros, sucios, destruidos, con esa gente ya perdida, enferma, cochina, y de los otros doctores y de lo que hacen y todo eso...", se atrevió por fin a decir, como si nada de lo que hasta ahora le había dicho le interesara.

"Abiman, llámeme mejor Abiman y, si quiere, me gustaría llamarla también Laura. Es un muy bonito nombre, eh... creo que etimológicamente proviene del latín. Tal vez por eso, por efecto de trasnominación, el significado de su nombre se asocia también con victoriosa o triunfante, ¿sabía eso?" La interrumpió, endulzándola un poco a ver si así soltaría todas esas cosas que sabía que escondía adentro. La doctora giraba a derecha e izquierda sobre su viejo asiento movible de cuero cuarteado, produciendo un sonido bastante molestoso.

"Está bien, si quieres llámame entonces Laura", contestó con soberbia y fue ella quien esta vez obligó, quizá por frustración o temor, a callarse, hablándole rápido y sin parar como una metralleta: "Quiero que ahora me escuches por favor a mí: Tilo no se deja influenciar, nunca se deja, ¿entiendes? Cuántas veces ya le he dicho que cambie, que deje todos esos libros de porquería que lee, o que no me ensucie todo lo que con tanta dedicación siempre cuido en mi casa, en mi sala, mis muebles..." Neutralizó todos sus temores, se olvidó de llorar, su cara cambió de color entre morada y roja y, con la garganta seca porque casi ni tragaba saliva, comenzó a vomitar sin parar todo lo que escondía adentro: "¡YA ESTOY HARTA, HARTA! Tilo mismo tiene la culpa cuando le digo siempre que tiene que ser más ordenado en su cuarto que parece un muladar, o que coma más verduras y fría menos carnes o todas esas otras porquerías que a mí no me gustan y que apestan. ¡QUÉ HORROR, YA ESTOY CANSADA, CANSADA! Siempre ensucia mi... (de cada diez palabras, nueve las acompañaba siempre con el determinante posesivo *mi*) cocina, mis hornillas, mi mesa, mi armario, mi piso" Se pasaba la mano por la cara como trapo, sus lágrimas ya casi se habían secado. "Y ese su amigo Pocho y todos esos asociales del *Grupo*, unos folclóricos vividores, siempre con sus planes, ridiculizando a los médicos e inclusive hasta a los mismos enfermos. ¡QUÉ PAPELÓN, POR DIOS! Además, con él nunca se puede conversar, como que se burla de mí, me habla en difícil y yo no lo entiendo y me desespera porque nunca me contesta concretamente, me enreda siempre con sus rodeos filosóficos, ideas abstractas, profundizando las cosas. ¡ES UN LOCO, LOCO! ¡HARTA, HARTA ESTOY!" Subió tanto la voz que hasta la secretaria entró para preguntar discretamente: "¿Pasa algo?"

La doctora le ofreció otro vaso de agua.

"Toma más agua, hija, eso te va a calmar, y tómalo mejor despacio antes de que te atores."

Y mientras servía pausadamente el agua con su pequeña mano que se confundía con el mango de la jarra, la doctora se acordó también que Tilo, en sus momentos de delirio, su segundo día en la sala de la UCI, pálido, ojeroso y con el corazón palpitando rápido, hablaba seriamente, como repitiendo un discurso de memoria o como si lo que decía le estuviera escribiendo a Laura, buscando siempre lo intangible, lo sobrenatural: "En cualquier caso es mejor cambiar un estado malo por otro incierto", frase que repetía siempre incesantemente entre cada pregunta o afirmación que se hacía. "¿Quieres en verdad que ya no duerma contigo y recoja ahora mis sábanas, almohada, pijamas y todo eso?", y otra vez la frase esa: "En cualquier caso es mejor cambiar un estado malo por otro incierto. Estoy llorando, Morbo ¡Imagínate, yo, llorando! ¿Y Laura?... ¿Qué hago ahora con ella?", y de nuevo: "En cualquier caso es mejor cambiar un estado malo por otro incierto…" Y así se pasaba horas y horas, diciendo siempre lo mismo hasta que la doctora y sus asistentes tuvieron que calmarlo con un somnífero para que por fin se durmiera.

Mientras la doctora recordaba y Laura terminaba de hipar, afuera, por los largos pasillos de mayólicas con techos altos, se escuchaba rodar los contenedores del concesionario que traía la comida para los pacientes. Ya era la hora del almuerzo. De pronto, se oyeron tres golpes en la puerta que aumentaban gradualmente de intensidad hasta que se abrió lentamente y, atravesando el umbral temerosamente, asomó su cabeza la secretaria para disculparse avisando que se retiraba a almorzar.

"Anda, anda, nomás, hija...", dijo la doctora. "Por nosotras no te preocupes, que seguramente nos vamos a demorar un poquito más, ¿verdad?..." Y miró a Laura, levantando una ceja como haciéndola cómplice.

La mujer de Tilo no dijo nada. Inhaló una porción fuerte de aire como borrando todo lo que hasta ahora había dicho, y se llenó de valor para preguntarle algo que le inquietaba prácticamente desde que la doctora comenzó a hablarle sobre todos esos asuntos privados que en verdad no le incumbían.

"Abiman, ¿cómo sabes tanto sobre Tilo y todas sus cosas y de nuestros problemas, eh?" Y la miraba, como diciendo, *¡A ti qué puta te interesa ahora mi vida!*

"Muy sencillo, porque Tilo mismo, en sus momentos, y sí que eran frecuentes, en que alucinaba en la UCI, comenzó a hablar solo y a decir también cosas sobre ti que no sé si serán ciertas y de un tal Morbo, entremezclando siempre todo con nombres de filósofos, psicoanalistas, literatos y cosas por el estilo. Si quieres, te las puedo repetir también clarito, porque algo que he aprendido en todos estos años es a escuchar y retener muy bien todo lo que me dicen mis pacientes. Me decía, por ejemplo, mirando al techo como si estuviera descifrando un acertijo o sabe Dios qué... *Ah, y te confieso Morbo que seguro mi mujercita Laura ya ha vendido su alma hasta a Mefistófeles, como Fausto*" La doctora miraba también hacia el techo imitando a Tilo y, como para sorprender más a su interlocutora, abría y cerraba a cada rato también los ojos, como si estuviera poseída ahora por su espíritu.

Laura se quedó atónita, juntó la boca y arrugó tanto la frente que parecía otra.

"También mencionaba...", prosiguió la doctora, acordándose siempre de todo con su memoria de elefante: "*¡Y tú, cuando no Laura, la Shopping Queen y Luxus Lady! Conque acomodándome siempre, para variar, esas muecas de víctima, fingiendo pena o preocupación ya que seguro mi presencia te huele a podrido, eh... A mí no me engañas, ¡carajo!, porque casi siempre te escupo la verdad en la cara. Cómo será el amor que te tienes sólo a ti, so presumida, que te gusta que te alaben y te digan siempre cosas lindas, ¿verdad? No aceptas pero ni un carajo de críticas ni opiniones contrarias pero de nadie, ni de Karina que es tu propia hija. Límpiate ahora mejor los oídos, Madame Fifí, que te voy a decir una cosa: por más que te quiera, conmigo no puedes jugar así. Tú tienes un gran, grandísimo defecto que es como una verruga en la cara, y eso se llama: VANIDAD.*"

Cuando la doctora descansó los brazos encima del escritorio, entrelazando sus pequeños dedos, se dio cuenta de que la mujer de Tilo encogía los hombros, y no sabía por dónde mirar, qué hacer, qué decir, evidentemente aquella mujer se sentía como si le hubieran quitado ahora la ropa.

"Y discúlpame, Laura, pero esto te lo tengo también que decir textualmente, ya que palabras como aquellas no se olvidan tan fácil, con decirte que ese día hasta tuve que reírme, menos mal que Tilo no se dio cuenta, porque hablaba con los ojos cerrados y casi ni me escuchaba." La doctora seguía imitando siempre a Tilo en voz alta, emulando sus propias palabras y gestos: *"¡QUÉ TE LA META UN BURRO, LAURA! ¡CONMIGO, CARAJO, YA NO TIENES PACIENCIA PERO PARA NADA!...* Y me lo decía todavía muy en serio, frunciendo el ceño igual que un juez cuando dictamina la sentencia de un acusado. Luego, moviendo la cabeza de un lado a otro, empezó con una larga lista de cosas que, curiosamente, coinciden con lo que tú me acabas de confesar y que seguramente también siempre le dices, como: *¡Vete, vete mejor a tu cuarto con tus libros de porquería y déjame tranquila!* Y también estas otras majaderías que me parecieron graciosísimas: *¡No toques mis cortinas que las rompes!¡Cuidado, que rayas mi piso! ¡No hagas ejercicios ahí que levantas polvo y me dañas con tu sudor mis finos muebles italianos! ¡Otra vez embarraste con tus dedazos mi ventana! ¡Ay, mi lindo florero de porcelana Meissen! ¡Ya te he dicho: no quiero que prendas el televisor que es mío, ya! ¡Mi bonsái! ¡La jarra de Mama Emma déjala ahí, no la arrimes! ¡Oh, mis preciosas muñecas, no las toques y siéntate mejor en el piso, entendiste! ¡Scheisse, arrimaste de nuevo mis plantas, el sol les hace daño!...* Y muchas otras sandeces de niña compulsiva engreída que prefiero mejor no decírtelas, porque ni yo misma las puedo creer".

El rostro de la mujer de Tilo parecía petrificado, como si hubiera zambullido la cara en un balde de cemento, parpadeaba insegura y sus piernas que las había mantenido casi todo el tiempo cruzadas, se le habían adormecido.

La doctora hizo adrede una pequeña pausa para que Laura recapacitara y luego continuó, pero suavizando un poco la situación:

"Ahora entiendes Laura porqué es que te he dicho que antes de decirme cualquier cosa mejor me escuches primero un poco. Yo sé que para ti toda esta situación no es fácil y hasta quizá embarazosa, pero por todo lo que he observado y por cómo reaccionas, quizá haya también algo de verdad en esa fantasía de Tilo, o mejor dicho en esas confesiones algo exaltadas suyas. ¿No sé, o quizá me equivoque, tú qué opinas?"

Mientras la observaba detenidamente, esperando una reacción, la doctora le ofreció otro vaso de agua, pero ella se negó tapándolo con sus dedos de uñas largas y con el esmalte ya algo desgastado de tanto comérselas (tenía esa costumbre cada vez que se encontraba intranquila o insegura).

"¡Increíble!... ¿todo eso te dijo?" Fue lo único que respondió sorprendida y, escondiendo su cólera, soltó una carcajada histérica, ruidosa y desprovista de la menor alegría. "¡Veinte años casados, pero esto, esto te juro que ya es el colmo!" Tenía la boca entreabierta y sintió que la conciencia le remordía. Calló un rato y, por temor a que la doctora descubriera más cosas sobre ella, le esquivó la vista, mirando el suelo. Se sentía delatada, incómoda, muy incómoda, otra vez la habían ofendido. Trató de ocultar esos sentimientos, pero de pura impotencia o vergüenza estalló otra vez en un llanto descontrolado.

"¡Por qué, por qué!... ¡Veinte, veinte años de casada, Abiman, y ahora esto! ¡Ya no sé qué hacer, qué decir!"

"Cambiar, simplemente cambiar. Eso es lo que puedes hacer. Y ojo, no solamente tú, sino también Tilo", contestó la doctora, y la consoló sin ganas porque sabía que ese lloriqueo no era sincero, sino una pose. Laura gimoteaba, soltando mocos y un hipo tras otro. "Él no te dice nada ni nunca te lo va a decir, porque te quiere, te respeta y porque además no quiere preocuparte." De tanto hipo que soltaba, a la doctora le daba ahora hasta miedo de que se atorara, así que le apretó la cabeza contra su pecho plano, sin senos, como para tranquilizarla un poco.

"¡Te odio, te odio! ¡Por qué, por qué!... ¡Dime, dime!", balbuceaba Laura despacito, compungida y con los ojos cerrados.

La doctora la separó de su pecho y para despertarla de ese trance de conmiseración, le cogió firmemente su cabeza con las dos manos y le apretó la cara como un acordeón y mirándola fijamente a los ojos, le dijo:

"¿Por qué mejor no te calmas, sí?" Pero ella nada, seguía soltando lágrimas, hipos, se atoraba con su propia saliva y, atribulada, fruncía de tal manera su frente que las dos cejas parecían una sola. "¡Mírame por favor bien a los ojos y para de una vez de llorar que pareces una Magdalena, ya!", insistió la doctora, desesperada por su histeria. *Te guste o no, pero igual te lo voy a decir*, pensó, y siguió diciéndole: "No quiero decir que seas así, después de todo, en el fondo, muy en el fondo, cada uno es también algo egoísta, pero eso sí, admítelo: eres bastante intransigente y fría, muy fría, diría hasta calculadora en tu forma de pensar. Además, escucha, y aunque no te guste te lo voy a decir: te crees tan perfecta que no aceptas nunca tus errores o una idea contraria, ni consejos de nadie, ni siquiera una crítica constructiva, ni de tu propio marido, o de tu hija, familia, amigos, de nadie, inmediatamente te resientes y lo tomas como una ofensa. Aparte, y creo que no me equivoco, te obsesiona tanto el lujo, las cosas materiales, la pomposidad, la elegancia y todas esas... (casi le dice cojudeces) cosas suntuosas que te rodean y te aprisionan en un mundo de apariencia, falso, artificial, que no te permite ver la realidad, tu única realidad. Para que Tilo te haga caso, te escuche y ceda, este, no quiero decir que en todo pero sí al menos en algo, porque él es así y así también lo has conocido, tienes que aprender a ser menos vanidosa, más humilde y tolerante con él. ¿Me entiendes ahora, Laura?"

"Sí, pero...", contestó, como siempre, ofendida y en un tono como defendiéndose y pensando solamente en sus cosas; quería decirle algo más, pero por la tensión de su llanto las palabras ahora casi ni le salían.

"Pero él ya no se comporta como antes... ¿Es eso lo que querías decirme?", le ayudó la doctora para que terminara de decir la frase.

"Sí, eso, eso mismo"

"¿Pero y tú, acaso también ya no eres otra?", le insinuó con otra pregunta. "Tú, yo y todos en verdad siempre cambiamos. Acuérdate que la vida es dinámica, de lo contrario tampoco habría evolución en este mundo. El problema no es ese, es otro y se llama narcisismo, Laura. Y en tu caso, específicamente, por esa importancia excesiva que le das siempre a tu aspecto, tus actitudes y facultades, te has olvidado prácticamente de dar cariño, de brindarle más atención a Tilo, saber escuchar, conversar con él, y lo más importante: respetar también sus cosas, lo que le gusta hacer, sus pasatiempos o, como tú siempre le dices, sus locuras y planes. No olvides que en ese sentido tú tienes en verdad mucho más ventajas para ser feliz que él, porque te encuentras gracias a Dios sana, vital y con energía. Por eso seguramente él menciona también como válvula de escape a su *Morbo* y le gusta leer siempre todos esos libros. Un caso muy similar he tenido también con un paciente que traté ya hace muchos años, cuando hice mis prácticas en el Hospital *Bikur Cholim* en Jerusalén, sólo que este paciente mencionaba en sus sueños el nombre de un Dios mitológico griego que no recuerdo ahora bien su nombre."

"Sí, verdad, tienes razón", admitió Laura por fin en algo, se atoraba siempre mientras hablaba nasalmente con la boca pastosa. "A Tilo le apasiona tanto la lectura, que todo su cuarto lo tiene siempre repleto de libros, libros y más libros: libros en la cama, en su escritorio, en el suelo, en todas partes los tiene. Con decirte que un día hasta había encontrado encima de la máquina lavadora cuatro textos traducidos del autor depravado y maldito ese de Bukowski. También había otro con una carátula amarilla en el suelo del baño, al costado del retrete, creo que de un tal Gutiérrez, y cuando comencé a hojearlo, vi que había marcado todavía con rojo un párrafo que me dio miedo, mucho miedo. Me acuerdo clarito, decía: *La libertad es como la felicidad: nunca se llega. Nunca se tiene completa. Sólo es el camino. Uno camina en pos de la libertad y la felicidad. Y así se vive...*" La mujer de Tilo levantó la cabeza pero sin mirar a la doctora y comenzó a moverse nerviosamente, jugaba con sus dedos, movía sus brazos y los hombros igual que un mono enjaulado. "¿Y sabes lo que hice con todos esos libros?... Pues los arrojé, sí, los arrojé todos de pura cólera a la basura. Tilo no me habló por supuesto durante una semana."

"¿Pero y eso, por qué lo has hecho?", contestó la doctora, cariacontecida "Si lo que ha escrito ese tal Gutierrez es la pura verdad: la felicidad es solamente una ilusión, un ideal de vida. Es una pena, a mí también me hubiera gustado leer ese sabio libro."

"Sí, pero espera, aún no he terminado...", dijo, seria y sin mover un músculo de la cara, se concentraba en sus dedos y se mordía las uñas. "Cuando seguí hojeando ese libro de Gutiérrez que llevaba como título, este... no estoy muy segura, creo que decía algo de *Animal Tropical* o *Bestia Ardiente* o algo así, vi que había marcado también en una página con amarillo, subrayando el texto tan fuerte que hasta traspasó la hoja, barbaridades como: *Que se jodan los hijos de puta. Que no les quede más remedio que soportar mis libros y cagarse en mi madre. Después ya veré qué hago. A lo mejor tampoco me doy un tiro. Y vivo por mis cojones, alegremente. Hasta los noventa años. O hasta los cien...*, supe que a partir de ese momento algo diabólico estaba sucediendo también en la mente de Tilo"

"¿Diabólico? Jajaja... Qué gracioso, me haces reír, Laura. Mañana mismo creo que compraré ese libro." La renombrada galena, como no podía contener la risa, disimulaba su risita cachacienta, dejando escapar suspiros cortos, como si estuviera tosiendo. "Pero si eso es totalmente normal, hasta diría que profiláctico. Mira, te explico: para él, que está enfermo, leer todas esas cosas es bueno, lo mantiene mentalmente fresco y dinámico. Además, a las personas inteligentes y tan inventivas como él, les gusta estar siempre al tanto en todo, inclusive con ese tipo de lecturas, ¿sabías?" Y se acordaba también de cuando Tilo le hablaba como zombi en la UCI: "*¡Ay, Laura mía! lo que leo es cultura, conocimiento, y no esos catálogos de mierda Madeleine, Brigitte, Vogue y todas esas otras cojudeces que siempre lees, imaginándote ser quizá una Gisele Bündchen o Helen Fischer, esa artista retaca que la veo hasta en la sopa...*" Como ya casi ni podía aguantar la risa, la doctora escondió nomas su cara detrás de la hoja del informe de la UCI, simulando estudiar algo.

"Sí, pero...", contestó Laura, torciendo la boca y arrugando la frente, "cuando Tilo escribe, porque también escribe, escribe siempre muchas cosas, se encierra horas y horas en su cuarto y, mientras registra todo en su maldita computadora, habla en voz alta, cambiándola a veces como mujer, otras como un viejo, imitando siempre a médicos y enfermeras. ¡Imagínate! cómo será su obsesión, que un día hasta lo encontré disfrazado de diva con una peluca roja, todo pintado con mi lápiz de labio color rojo y vestido con mi mejor traje de *Christian Dior.* Creo que quería imitarme o cosas así o no sé. Sí, y no te miento, porque es verdad: Él puede quedarse encerrado horas y horas en su cuarto y cuando sale, que puede ser después de cuatro, seis y a veces hasta diez horas, lo noto aún más ido, trastornado, como si estuviera en otro mundo o sabe Dios qué. Ah, y otra cosa, tú tienes razón: también habla siempre de un tal *Morbo* y me confunde con frases como, *es mejor cambiar un estado malo por otro inseguro, incierto...* y cosas así, como si presintiera siempre algo."

"¿Y por eso se te hace ahora todo tan difícil, Laura?", le dijo acentuando todavía bien la palabra *difícil.*

"¿Difícil?, ¿me has dicho difícil?... ¿Qué me insinúas ahora?" La mujer de Tilo endureció tan fuerte sus gestos, juntando los labios que su rostro se parecía ahora a una de esas esculturas monolíticas de la cultura *Chavín.* "¿O sea que yo soy la idiota, una ignorante, o seguramente ese Mepistóles que has escuchado decir también de él?"

"Mefistófeles, se dice Mefistófeles sin *p* y con dos *f*", le corrigió a propósito la doctora.

"Bueno pues, Mefistófeles" Otra vez se sintió insultada, ofendida, y le brotó esa rabia y gritó:

"¡MENTIRA, MENTIRA, ESO ES MENTIRA! Tú hablas como si yo fuera siempre la culpable de todo, una egoísta y desconsiderada. Lo que pasa que no me gusta, detesto como se comporta Tilo, eso es todo. Quizá sea por todo lo que toma, los medicamentos, su enfermedad o qué diablos, pero vive siempre en otra galaxia, como autista, y habla y hace cosas que sólo uno que está mal de la cabeza haría." Sus lágrimas hace rato que ya se habían secado y comenzó de nuevo a vomitar más cosas suyas: "Además, sí, es cierto... Yo salgo con Susan y Muschi, mis mejores amigas y me visto como él siempre dice, una *Luxus Lady* y salgo de compras, compro, compro como una *Shopping Queen*: ropa, zapatos, vestidos, muchos vestidos. Sí, y también odio que me desordenen las cosas en casa, y me gusta que se vea siempre todo limpio y arreglado y todas esas otras cosas que seguramente has escuchado de él en esa sala de emergencia *OCI, USA, UCI* o como se llame, porque así quiero ser, otra, diferente, anestesiarme con cosas que me gustan y me hacen olvidar, sí, olvidar y salir de la rutina y buscar mi tranquilidad. Sí, eso es: mi tranquilidad y no pensar siempre en problemas. ¡MALDITA SU ENFERMEDAD ESA QUE TANTA DESGRACIA ME HA TRAÍDO Y ME SIGUE TRAYENDO!" Hablaba fuerte, casi sin parar, amargamente, y sus ojos irradiaban furia pero también desesperación. "Tal vez pienses que sea una cobarde o que tengo miedo o cansancio de esta situación, pero ya no puedo ni quiero enfrentarme más con él, ni con su enfermedad ni con nada. Ya todo me da igual. Te juro que, antes de pasar otro momento bochornoso con Tilo en la calle o en la clínica, con los médicos, mis amigos, conocidos y hasta desconocidos, prefiero estar mil veces sola, salir de casa y estar con Susan o Muschi y que, según él, también tienen caca en el cerebro. ¡CACA, SÍ, MUCHA CACA!, pero no cavilan ni filosofan felizmente tanto como él. Así me distraigo y que haga de su vida como le dé la santa gana. Tilo ya no es un niño, Abiman, y si él ya no toma conciencia de su enfermedad y de todo lo que le rodea, cagándose de todo el mundo, pues discúlpame que te lo diga con estas palabras: ¡PUES QUE SE PUDRA SOLO!"

Palabras duras, muy duras, a la doctora se le hizo un nudo en la garganta. *¡Increíble, cómo puedes pensar así! Tilo tiene razón: a ésta sí que la ha satanizado Mefistófeles,* pensó, maldiciéndola. Pero como la psicología y el autocontrol eran su fuerte, mejor se contuvo para no botarla a patadas de su oficina y le habló más bien bonito, lanzándole otra pregunta clave: "Laura, me gustaría saber una cosa: ¿Tú amas en verdad a tu marido y dímelo con toda franqueza, ya que, si no es así, pues tampoco sería nada malo?" Ladeó su cabeza a un lado como haciéndose la comprensiva y, parpadeando, continuó: "Porque, claro, después de veinte años de vivir siempre juntos todo te podría llegar a... quiero decir, que el amor a veces también se puede enfriar."

La mujer de Tilo no contestó nada. Los músculos de su maxilar latían como si se desprendieran de la cara y su mentón se arrugó otra vez como una ciruela seca. Fue cuando por su mente pasaron como relámpago también muchos recuerdos con subidas y bajadas, ilusiones y desilusiones, pero también momentos alegres y románticos, como ese día en que se encontraban de vacaciones, disfrutando el mar en la isla *Barbados*, y Tilo, como si ya sospechara algo, siempre muy enamorado de ella, le dijo: "Amorcito corazón, sabes: Tú eres y serás siempre la mujer de mi vida, mi todo, y nadie, pero nadie nos separará nunca, ¿verdad?" Y comenzó a cantarle, muy romántico, besándole las manos con una elegante genuflexión, igual que un príncipe a su amada, el bolero *Amorcito corazón* de los Panchos:

...Amorcito cora-
zón, yo tengo tentación,
de un beso,
Que se prenda en el ca-
lor, de nuestro gran
amor, mi amor,
Yo quiero ser, un
solo ser, y estar contigo,
Te quiero ver, en el que-
rer, para soñar,
En la dulce sensación,
de un beso mordelón,
quisiera,
Amorcito corazón, de-
cirte mi pasión, por ti,
Compañeros, en el bien
y el mal,
Ni los años nos podrán
pesar, amorcito corazón
serás,
mi amor...

"¿Qué tienes, Laura, te sucede algo?", se sor-prendió la doctora, porque la notó de pronto vacilante y pensativa, muy pensativa.

"No, nada, es que...", tartamudeó, las palabras no le salían y nuevamente ese llanto descontrolado; mor-disqueaba otra vez sus uñas y su cara se veía conges-tionada.

"¿Otra vez, Laura?... ¡Contrólate, contrólate!", le molestaba que llorase siempre tanto, y le dijo: "¿Por qué no me dices mejor todo lo que sientes?"

Pero ella nada. Se tapaba nomás la cara, pero no porque se sintiera arrepentida, no, nada de eso, al contrario, sino porque otra vez era su conciencia que le incomodaba y le rascaba el orgullo.

"No sé, creo que estoy confundida o desesperada, eso es todo. Tienes que creerme, Abiman: yo no soy así como tú piensas." Se defendía, acomodando como siempre la situación.

"Sí, lo sé, Laura...", mintió la doctora, siguiéndole la corriente. "Lo supe desde el primer momento en que te desfogaste. A mí no tienes porque mentirme, ni menos hacerte la fuerte." Como sospechaba que Laura no era sincera, le costaba trabajo hablarle bonito. *Las siete plagas de Egipto todas juntas son las que deberían en verdad de darte. ¡Teatrera de porquería! Si ya no lo quieres porque está enfermo, o mejor dicho, nunca lo has querido, pues entonces dile de una vez en su cara que, tarde o temprano, la verdad quedará tatuada en tu frente y así todo el mundo ya sabrá quién eres,* pensaba, maldiciéndola.

"¡Por qué, por qué ahora, Abiman!¡Ya no sé qué hacer, qué decirle, cómo comportarme!", seguía lamentándose y sollozando. Su orgullo y vanidad eran tal, que se sentía ahora víctima, una incomprendida, la pobre mujer que sufre. Se le atragantaba a cada rato la saliva y se tapaba el rostro con las manos, golpeándose una y otra vez la cara con las palmas de las manos bien abiertas, igual que una sadomasoquista.

"¡No pues, Laura, así no! ¡Te estás haciendo daño!" La doctora ya se estaba cansando, por no decir hastiando de todo ese teatro de conmiseración e histerismo. Le sujetaba las manos para que no se hiciera más daño. *Cómo estará de podrida tu conciencia que ahora ni el valor tienes de mirarme, ¿verdad?,* pensó y le apretó de nuevo duro la cara con las dos manos. La miraba tan cerca a los ojos que hasta su larga nariz aguileña rozó con la de Laura, y le dijo: "Mírame ahora bien a los ojos y escúchame por fin lo que te voy a decir: Eso que estás haciendo con Tilo, y espero que ya no lo hagas más, es malo para ti y para tu propio marido, ¿entiendes? Huyendo y escondiéndote siempre con esa falsa apariencia, lo único que estás ocasionando es que te coman por dentro los gusanos. Tilo no es sonso, él también se da cuenta. Pero felizmente, y como tú ya lo has dicho, a Tilo le gusta también escribir y eso es bueno."

"Sí, y por eso analiza siempre tanto las cosas, a tal extremo que casi ya ni te escucha y repite siempre eso de que *es mejor cambiar un estado malo por otro incierto*", contestó la mujer de Tilo. Ya se había calmado otra vez un poco, pero igual seguía soltando hipos.

Cada una se sentó en su sitio. La mujer de Tilo respiraba ahora pausadamente y se secó unas cuantas lágrimas que todavía se le deslizaban lentamente por la mejilla izquierda con dirección a sus labios.

"Verdad, eso yo también lo he escuchado", afirmó la doctora, siguiéndole la corriente; puso luego siete velas nuevas en su candelabro y repitió también mentalmente: *En cualquier caso es mejor cambiar un estado malo por otro incierto.* "Interesante frasecita, ¿no te parece? Encierra en verdad un gran pensamiento. Creo que eso lo ha escrito un filósofo francés que no recuerdo muy bien su nombre. De los aforismos que más me acuerdo y que a veces me ayudan a comprender también mejor la realidad, son los del médico homeópata y humanista iconoclasta peruano Leopoldo Tamaral, ¿sabías? Él decía, por ejemplo: Que los que escribimos somos grandes mentirosos, pero siempre con la sinceridad por delante. No sé, quizá haya también algo de cierto, ¿tú qué dices?... O esta otra suya que me parece excelente y que coincide, creo yo, perfectamente con el caso de Tilo: Ahora que me estoy quedando ciego empiezo a descubrir más claridades. A propósito de claridades, Laura... ahora que escucho lo que me dices, no me extraña de que Tilo reaccione así" La mujer de Tilo pestañaba y movía en círculo sus ojos, su cara tenía una expresión deformada, algo ridícula. "A veces, cuando uno se encuentra afectado, tan afectado como Tilo, y ojo, esto te lo puedo confirmar también yo misma que he tenido cáncer, inconscientemente se desarrollan también otras cualidades, las intelectuales, o mejor dicho filosóficas y que inducen a uno a profundizar más sobre su realidad, analizar el porqué de las cosas, o como tú dices, cuando Tilo se masturba mentalmente con su *Morbo* y sus fantasmas y, aún más, si le gusta también leer, navegar en su océano de libros, libros y más libros. Escúchame ahora bien, y esto no te lo digo para fastidiarte..." Ya hace rato que la doctora había sacado también sus conclusiones y más bien se contenía para no decirle, *hijita, sabes qué: si yo fuera Tilo, ya hace rato que te hubiera tirado una patada en el culo*, y orientó el tema más hacia el plano reflexivo, humano: "Tú deberías en verdad dar gracias que tienes salud y poder hacer todo lo que te plazca en la vida. Así son desgraciadamente las personas, no sé, quizá se deba por el rápido cambio, dinamismo, modernismo, automatismo o qué diablos, pero después de un tiempo se vuelven incomprensibles, impacientes, materialistas, fríos y hasta insensibles, muy insensibles. Por eso, sí, por eso es que quizá la mayoría de los pacientes que yo trato se aíslan como ermitaños en sus casas, resignados y deprimidos, porque los que dicen haber sido sus amigos y hasta su propia familia, ya hace rato que les han dado un puntapié en el trasero, *como el que tengo ahora también ganas de tirártelo, Madame Fifí*", pensó execrándola. "Y, por favor, discúlpame que también te hable ahora así, porque así es la gente: mientras se encuentran todos vitales y sanos a ninguno les gusta juntarse con los enfermos, o sea, la chusma, porque tienen miedo, sí, miedo, mucho miedo como tú y huyen poniéndose siempre una máscara."

La mujer de Tilo dilató sus ojos como lechuza. Hasta se olvidó de todas sus presunciones, engreimientos y se frotó duro la cara con su fina blusa de seda; con la pasta de maquillaje derretida por sus lágrimas que tenía en la cara, dejó una gran mancha color marrón en la tela.

"Quizá como doctora esto en verdad no te lo debería de decir, ya que mi deber es sólo diagnosticar la enfermedad y tratar más bien de curar al enfermo..." Se quedó un momento callada. Las sombras de las ondeantes llamas del candelabro se reflejaban en los rostros de las dos mujeres. Ya había transcurrido una hora más desde que se había ido a almorzar su secretaria y la doctora miraba a Laura como si le leyera ahora los pensamientos: "La posibilidad de que Tilo viva tres o, con suerte, quizá hasta cuatro años más son muy limitadas. Según los resultados acumulativos de las pruebas de laboratorio que hasta ahora le hice: anticuerpo I y II, infección de serología, parámetros C3, C4, CRP, electroforesis, linfocitos B y T, leucocitos, eritrocitos, células asesinas naturales, todo el abecedario de inmunoglobulinas, y uno que otro indicador que todavía me falta hacer unas comparaciones más, aparte por supuesto del diagnóstico ese sobre el *PIDC* que ya le hizo mi otro colega, el doctor Kaminsky, es casi ya un hecho que se trata de un defecto inmunológico con una marcada deficiencia de la Inmunoglobulina del tipo *G1*. Sí, y digo hecho, porque en verdad detesto escribir en los diagnósticos las palabras *Verdacht auf* (bajo sospecha) que a mis otros colegas casi siempre les gusta escribir con las siglas *V. a.*, pero no para favorecer a sus pacientes, ¡no, no, qué va, por favor!... sino para asegurarse más bien ellos mismos la prescripción de esos largos, innecesarios y costosos tratamientos que lo único que hacen es prolongar el suplicio y sufrimiento de los enfermos y asegurarse ellos quizá una fuente adicional de ingreso y, de yapa, seguir haciendo también sus truculentas investigaciones a lo conejillo de Indias con los grandes consorcios farmacéuticos. Sí, tal como lo escuchas, porque así es como algunos de esos ¡grandísimos perros! no creen pero ni en su madre." Cada vez que la doctora tocaba ese tema, se le crispaban los nervios, inclinó un poco la cabeza, juntó las manos entrelazando sus pequeños dedos que parecían ollucos y las puso encima de la mesa, como para calmarse un poco: "Por eso y sin esperar mucho, mañana mismo le aplicaré una infusión de Gammaglobulina, llamada también *IgG* y que está hecha sobre la base solamente de anticuerpos obtenidos de la sangre de donantes sanos."

"Perdón, ¿cómo has dicho... Gomulina, Insulina?" Como Laura estaba en otra y fijaba siempre la vista en su blusa que ella misma había manchado con el maquillaje cuando se había frotado la cara, ya no le prestaba tampoco el debido interés a la conversación.

La doctora, por más que sabía ahora que con ella estaba gastando pólvora en gallinazo, se esmeró en explicarle todo de nuevo: "Olvídalo mejor… Te lo explico de esta otra manera, y préstame por favor ahora un poco más de atención, sí: la sangre de esos donantes, las llamadas *Inmunoglobulinas*, son filtradas en varios pasos y luego purificadas en grandes concentraciones, es así como se le puede suministrar al paciente igual que una vacuna un buen número de diferentes anticuerpos que en este caso no tiene o le faltan, como a Tilo. ¿Me entiendes ahora mejor?"

"Ah, ya...", respondió Laura soltando un gemido extraño, y seguía mirando la aureola de color marrón sobre su fina blusa. *¡Mi blusa, mi linda blusa, como ha quedado!*, pensaba, como si más le interesara ahora eso y volvió a preguntar por preguntar nomás algo: "¿Y crees que así, con ese tratamiento, aplicándole esa *insulina*, *lobulina*, este, perdón, digo *gamainsulfina*, Tilo pueda por fin curarse y ser todo como antes?" Y se acomodó mejor en su asiento para estirar bien la tela y ver mejor esa mancha que ella misma había ocasionado. *¡Qué idiota, cómo se me ha ocurrido hacer esto! ¡Qué tal mancha!*, pensaba consternada, se odiaba ahora ella misma.

"¿Cómo antes?, ¿a qué te refieres?... Habla claro. Ah, y otra cosa: no es insulina ni lobulina ni gamainsulfina, sino In-mu-no-glo-bu-li-na", le corrigió la doctora fastidiada, deletreando bien cada sílaba.

"Como antes, pues, o sea...", y pensó, *no ese loco ni volado como es siempre,* "fuerte y sano, entiendes."

"No. En ese sentido y como te he explicado antes eso sería bastante difícil, porque en el caso de Tilo se trata más de un defecto inmunológico que ya ha dañado su sistema nervioso y el de otros órganos y que, si ahora te explico, seguramente no me vas a entender...", y pensó con una rabia contenida: *Ya veo que a ti ahora sólo te interes esa maldita blusa. ¡Materialista de mierda!*

"No, dime nomás", dijo por contestar algo y frotaba con saliva ahora la mancha de su blusa y sin mirar siquiera a la doctora.

"Está bien...", respondió la doctora, y antes de soltarle un par de carajos se quedó mejor nomas observando las probetas y pipetas que había en una esquina de su inmenso escritorio "Como tú sabes, la inmunidad adquirida o adaptiva se funda en el organismo después de un primer contacto con el intruso, o sea, todo elemento extraño al cuerpo como bacterias, virus, parásitos, etcétera, y hasta que todo eso se normalice, constituyéndose adecuadamente en el sistema inmunológico, ya que las células inmunes apropiadas como linfocitos B, T y células plasmáticas también tienen que multiplicarse, podrían pasar días, a veces hasta una semana. Pero como en el caso de Tilo este complejo sistema de defensa ya no le funciona bien, o al menos no en la forma esperada, sería necesario suministrarle siempre, o mejor dicho de por vida esa infusión que es obtenida principalmente de las células plasmáticas de la sangre de los donantes sanos." De pronto se le filtraron a la doctora pensamientos de cómo algunos consorcios farmacéuticos comercializaban inescrupulosamente este producto, y continuó hablando, pero desviándose ahora de la conversación inicial: "Es sólo una injusticia y me da rabia que, esta sustancia que está hecha esencialmente de sangre humana, la procesen solamente unos cuantos laboratorios que se aprovechan vilmente de esa gente donante que ofrece su propia sangre, pagándoles sólo unos cuantos míseros euros y comercializarla luego en las clínicas y centros de salud a precios realmente exorbitantes." Por principio, algo que no podía consentir la doctora era que se hiciera tir la doctora era que se hiciera injusticia a costa de los más necesitados y enfermos, como lo hacían esas empresas farmacéuticas. "¡Para colmo!...", continuó aclarando, enérgicamente: "Cómo será este negocio de rentable, que en Estados Unidos e inclusive aquí en Alemania y en Europa en general, algunos proveedores de este plasma ya han descubierto también un magnífico nicho de mercado, abriendo sucursales por todos lados. Ellos lo llaman: *Centro de donación de Plasma*, algo así como un establo ordeñador de vacas lecheras, desde donde proveen este insumo humano a los grandes consorcios farmacéuticos para que estos, ¡sarta de mezquinos!, y discúlpame que te hable así, lo transformen en infusiones, vendiéndolas luego a precios altísimos y con unos elevadísimos, por no decir exagerados márgenes de ganancia."

"Sí, pero dime... ¿y ese líquido o infusión con qué frecuencia tendría entonces que tomarlo Tilo?", interrumpió la mujer de Tilo. No suficiente con la mancha de la blusa, tocaba ahora como fetichista su brazalete de casi medio kilo de oro (también otro regalo de su querido y amado esposo) que tenía en el brazo derecho, como si se tratara de un amuleto o lámpara de Aladino.

"Cada tres o cuatro semanas. Eso dependerá del grado de deficiencia de su *IgG* que aún debo evaluar con más precisión" La doctora tenía que hacer cada vez más esfuerzo para controlar su paciencia. "De todas maneras, como creo que en el caso de Tilo, en vista de su deficiente cuadro diferencial de sangre y bajo valor acumulado de sus linfocitos B, que ya es bastante notorio, y aparte de la miolosis funicular que también tiene, pienso que con una dosis de cada cuatro semanas de trescientos mililitros de infusión y su botellita adicional de suero glucósido mezclado con dos ampollas concentradas de 1000 µ de *Cianocobalamina*, podría ser suficiente como para que su enfermedad ya no avance tan rápido. Y bueno, por esa Polineuropatía desmielinizante inflamatoria crónica (*PIDC*) que encima desgraciadamente padece, tendría que seguir tomando también siempre todas las mañanas *Prednisolon*. Todo el resto de analgésicos, tabletas y preparados que le recetó el doctor Kaminsky los suprimiría y le aplicaría solamente una terapia basada en lenitivos opiáceos que le reducirían esos fuertes dolores crónicos que lo martirizan siempre tanto." La doctora hizo un pequeño paréntesis, tomó agua y agregó: "Ah, y por favor, no te asustes, pero este tratamiento con opiáceos podría o no también ocasionarle un cierto estado de confusión, euforia y hasta alucinación. Pero bueno, sólo así, como lo suyo de todas maneras ya es irreversible, lograríamos que su vida sea siquiera algo más placentera, con más calidad y menos sufrimiento" Observaba enervada y casi por explotar a su interlocutora, como diciendo, *¡Carajo, hasta cuándo!, deja de hacerte la estreñida con tu blusa y todos esos colgajos y préstame de una vez atención, ¡narcisa de porquería!*

La mujer de Tilo, con sólo imaginar que con esa nueva medicación su marido podría alucinar y volverse quizás más trastornado que antes, se asustó de tal manera que hizo un movimiento tan brusco con sus brazos llenos de perifollos, que con la brisa nomas del movimiento apagó una vela del candelabro.

"¿Quiere decir entonces que Tilo se volverá más loco que antes? ¿Es eso?" Interpeló, no pestañaba y los músculos de la mandíbula le vibraban.

"Este, bueno, no necesariamente, o sea, quiero decir... no como antes, ya que lo notarás más radiante y feliz. Sí, eso es, feliz, será un loco lindo y feliz, sin presiones ni sufrimientos ni nada." El color de la cara de la mujer de Tilo cambió como si fuera un camaleón y su mirada dio la impresión de satanizarse, se enfrió por completo, no supo qué responder, cómo reaccionar, y agregó la doctora: "Además, como tú ya sabes, por su forma tan especial y optimista de ser, vas a ver que ni cuenta te darás. ¿O prefieres acaso que se hunda y sufra cada día más con sus dolores?"

"No, claro que no...", contestó balbuceante. *Ya me jodí, creo que ahora yo también me volveré loca*, pensó y mordisqueaba tan fuerte sus uñas que hasta le salía un poco sangre.

"Escúchame bien, lo que pasa, el problema que tengo con pacientes como Tilo...", dijo la doctora, humedecía sus labios con la puntita de la lengua "es que mis otros colegas como Kaminsky recetan y recetan nomás cosas sin darse cuenta que, en muchos casos, puede ser hasta contraproducente y en vez de calmarle los dolores empeoran aún más su situación. En pocas palabras: cada médico, a pesar de que ya sabe que su mal es irreversible, le receta lo que se le antoja o lo que aparece en el Vademécum, sin preocuparse siquiera por su estado anímico en general. Por eso, sí, por eso..." Y palpó inconscientemente de nuevo su tórax mutilado, plano, sin senos y, por un momento, le vino otra vez ese aluvión de recuerdos, como el cáncer que había tenido, de lo que le habían hecho a sus padres y de todo lo que había visto y hecho en esos lugares de miseria en Asia, en los suburbios de la India, en África, de cómo a los enfermos y damnificados desnutridos se les acumulaban los fluidos en el cuerpo, el vientre se les hinchaba, la piel seca, se les caían los pelos y sus huesos iban perdiendo también consistencia, sus intestinos se atrofiaban y sus sentidos fallaban, luchando y luchando solamente para sobrevivir, sufriendo emocionalmente, ya que, para muchos, la esperanza de vivir quizá en un mundo mejor, sin sufrimientos, hacía rato que se les había acabado, y continuó hablando: "...quiero ayudar así también a Tilo a que mejore siquiera en algo su vida y continúe en su mundo fantasioso o, no sé, talvez logre un día encontrar también ese *Estado incierto* como él siempre menciona y tú, Laura, como esposa deberías también apoyarlo."

La delgada cortina de humo que expelían las velas del candelabro generaba en el ambiente una atmósfera mística, oculta y enigmática.

"Y también te puedo decir otra cosa...", sentenció la doctora, muy segura y apuntándola con su dedo índice derecho como una lanza. "Como doctora y bastante observadora que soy, Tilo de loco en verdad no tiene nada. Con su *Morbo* ese, quiero decir esa *Mórbida Fascinación* en mayúsculas que siempre lo alcanza o quizá con sus planes, sus sueños, cuando escribe o cuando lee, que lo negativo lo transforma en positivo y es así como obtiene felizmente fuerza para neutralizar su enfermedad y todos esos dolores y sufrimientos que siempre tiene. Quizá por eso, con todas esas figuras y personajes que se le aparecen en la mente, te transfigura también a ti Laura que eres su esposa y el ser más querido, ¿entiendes? Porque eso sí, él sí que te quiere. Te lo puedo asegurar."

"Sí, claro...", fue lo único que respondió la mujer de Tilo en un tono dudoso y algo arrogante; observaba sin pestañear las velas del candelabro como si se viera ahora ella misma reflejada en el humo.

"Laura, si tú verdaderamente amas y quieres a tu marido", continuó diciendo, y miró rápido su reloj porque ya se le había hecho tarde, tenía que ir urgente a otra reunión. "Pues dale entonces por favor esa única oportunidad que todavía tiene para vivir la vida, a su manera, sin quitarle sus sueños o locuras como tú también dices, y apóyalo más bien tú misma moralmente. Es todo lo que te puedo decir."

"Pero, ¿cómo?... ¿Qué puedo hacer yo si tú eres doctora y conoces en verdad mucho mejor cómo tratarlo?", contestó, como pasándole ahora la bola y tomó el resto de agua que había en el vaso.

"Mucho. Y quizá hasta mejor que yo. Como te dije antes, si tú verdaderamente lo quieres, tú sola tienes que solucionar el conflicto que tienes con Tilo, abriéndote más con él. Si mis propios pacientes se abren todos los días de alma cuando los visito casi desnudos y embarrados con sus jugos corporales en sus camas, ¿por qué no entonces lo puedes hacer tú, que eres su esposa y te encuentras sana y vital? Para aliviar o curar hay que abrir puertas y mayormente el principal psicógeno son los acontecimientos o dificultades ambientales, vale decir, el entorno, la familia, aspecto social y cultural y que desempeñan un papel importante, importantísimo en la génesis del trastorno del paciente. Para mí toda enfermedad es considerada también como una enfermedad psíquica."

"La verdad no sé si es que pueda. Todo esto se me hace muy difícil...", dijo, y se levantó para frotar de nuevo su blusa con saliva a ver si así desaparecía la mancha.

La paciencia de la doctora esta vez había llegado a su límite, o como se dice vulgarmente: a las pelotas.

"Pues te lo diré ahora de esta otra manera y por última vez: ¡Carajo!... deja en paz a Tilo con sus cosas y ya no lo jodas más con tus engreimientos de narcisa estreñida y que se ría nomás si quiere de su enfermedad y parodie también con sus gracias a los enfermos y doctores que, la verdad, algunos sí que lo necesitan" Por fín se lo dijo, totalmente arrebatada, con ganas de estrangularla, y sin pelos en la lengua le gritó en su cara y con los ojos tan abiertos que por poco no se salían de sus orificios: "¡Y OTRA COSA, *LUXUS LADY* Y *SHOPPING QUEEN*!... ¡COMPÓRTATE UNA VEZ EN TU VIDA COMO UN SER NORMAL, NATURAL, COMO DIOS TE HIZO CUANDO NACISTE Y DEJA DE MIRAR ESA BLUSA DE MIERDA, LA CACA ESA DE TU BRAZALETE, EL QUÉ DIRÁN, TUS IMBECILIDADES, TU ROPITA, LAS COSAS MATERIALES, QUE CUIDADO CON MIS MUEBLES, LA COCINA, MI TELEVISOR, MIS MUÑECAS, LA POSE, LA APARIENCIA, QUE TODO, PERO TODO LO QUE POSEES ES SOLAMENTE PRESTADO, HASTA INCLUSIVE TÚ MISMA QUE, AL FINAL, CUANDO TE MUERAS, IGUAL APESTARÁ A DESCOMPUESTO PORQUE SÓLO SERVIRÁS PARA ALIMENTAR GUSANOS!..." Tomó aire y miró hacia todos lados menos a Laura, porque ya ni ganas tenía de verla. "Y para terminar, *Madame Fifí*, porque ya tengo que irme: como doctora en inmunología no quisiera acabar esta entrevista sin antes decirte también algo que un día leí sobre Henry Miller y que Tilo, tu esposo, creo que ya hace rato lo ha captado muy bien: El principal enemigo del hombre no es el microbio ni la enfermedad, es el hombre mismo, su orgullo, codicia, presunción, vanidad, arrogancia, los prejuicios, la estupidez. Contra eso, sí, contra eso no hay hasta ahora ninguna clase social inmunizada, ni sistema alguno que pueda ofrecer un remedio..."

La doctora se levantó de su asiento como impulsada por resortes y, sin siquiera extender la mano para despedirse, se retiró dejando sola a Laura en su oficina y con la boca ridículamente abierta.

Estado incierto

"Sí, aquí debe ser... *Haufbergstrasse 2*, cifra postal 01445 *Radebeul*", se dijo la doctora Abigail Mangold, cogía con una mano un bello ramo de doce claveles. Sabía que en esa dirección vivía Tilo, quería visitar a Laura, su mujer, para disculparse por la forma en que la había tratado el día anterior al dejarla sola, plantada en su propia oficina.

Ese día, la mujer de Tilo también no pudo dormir en toda la noche, los pensamientos de lo vivido con la doctora no la abandonaban y casi no pudo cerrar los ojos. Hacía un rato que acababa de regresar del supermercado toda mojada porque llovía a cántaros, había ido a comprar una bolsa de café para tomar su desayuno.

"¡Doctora Abiman, usted!", exclamó al verla parada en la puerta del edificio "¡Qué coincidencia, yo quería también llamarla! Pase, pase, adelante por favor...", dijo sorprendida y la invitó a entrar en su casa. Sin quitarse el abrigo mojado, ayudó primero a la doctora a colgar su saco y la chalina en el gancho que había a un costado detrás de la puerta de entrada.

"Gracias, muchas gracias", contestó la doctora temerosa y, antes de que Laura siguiera hablando, agregó: "He venido sólo para disculparme, yo sé que ayer me he portado mal, muy mal, he sido una desconsiderada contigo." Como no estaba acostumbrada hacer ese tipo de cosas, ni menos ir a las casas de sus pacientes, se sintió incómoda y, por primera vez, escondió también su mirada. "No tengo en verdad ninguna autoridad moral para juzgarte, ni menos decirte que has hecho mal o bien", agregó "Me siento mal, muy mal. ¡Caramba!, creo que la culpa la tienen todos eso hijos putativos míos, quiero decir mis enfermos, con todas sus problemáticas que a veces me ponen así. Por favor, entiéndeme Laura, eso me altera mucho, por eso luego a veces suelo lamentarme por todas las cosas que digo o hago. ¡Perdóname, perdóname!", evidentemente arrepentida, inclinó un poco la cabeza hacia un costado. "Como doctora yo sé que eso no está bien, tengo que aprender a no ser tan sensible sino más neutral con el sufrimiento de otros, ¿entiendes? Es que simplemente no puedo tolerar el modo en que sufren mis pacientes, eso es todo. Por eso tal vez se me hace también tan difícil, muy difícil ponerme en el lugar de otros que están sanos, como el caso tuyo que eres su esposa. Créeme que no ha sido mi intención herirte, diciéndote todas esas barbaridades y dejándote plantada sola en mi oficina como si fueras cualquier cosa." La doctora sacudió sus zapatos en el felpudo de la entrada y, apresuradamente, hasta con torpeza, le entregó a Laura el ramo de claveles, cada uno de un color diferente porque sabía que esas flores le gustaban. "Toma, son para ti..."

"¿Para mí?... ¡Ay, gracias, son bellas, lindas de verdad! Nunca he visto unas flores tan grandes y con esos colores", dijo Laura asombrada, sus manos temblaban. Miró cada flor y acarició delicadamente unos cuantos pétalos, como preguntándose: *¿y esto por qué?* "No Abiman, tú te equivocas, soy yo en verdad la que tiene que disculparse y no tú. Es por eso que quería también llamarte. Tú tienes razón en todo." Sus ojos comenzaron a humedecerse y la abrazó llorando, apachurrando el ramo que hasta a la doctora le salieron también unas cuantas lagrimitas. "¡Ay, qué idiota, otra vez llorando como Magdalena!", dijo Laura y soltó una risita misericordiosa, como disculpándose. "Pero por qué no entras, estaba por desayunar. Ven, entra, entra, te invito..." La doctora se sonó la nariz, haciendo ruido con un pañuelo sucio que parecía un paño de cocina. Ninguna se atrevía a decir nada, se quedaron paradas como estatuas, estupefactas, mirándose como hipnotizadas, como si el silencio ese les dijera ahora todo.

Mientras caminaban por el amplio corredor iluminado con pequeñas luces halógenas artísticamente empotradas en el techo, y sobre una alfombra que parecía una esponja por su suavidad, la doctora se sorprendió por el lujo y esplendor que había en la casa.

"¡Qué linda tu casa, qué lujo! Ahora entiendo porque te preocupas siempre tanto", insinuó la doctora sonriendo, ya que todo ese esplendor deslumbraba sus patrones de vida de mujer sencilla y práctica, acostumbrada a estar siempre entre enfermos, a embarrarse y ensuciarse para ayudar a los más necesitados y dolidos sobre esta tierra.

"Ven, sentémonos mejor en la sala, ¿te parece? Quiero que te sientas como en tu casa, ponte cómoda", le dijo Laura y tomó la iniciativa de sentarse; olió y tocó el capullo del clavel más grande. "¡Son bellas, bellas! Las pondré en el florero de porcelana que me regaló Mama Emma. Es mi suegra o ex suegra en realidad, la mamá de Hans, mi primer esposo que ya murió."

La doctora también ya había escuchado algo sobre Hans y una tal Mama Emma, una vieja infeliz y enfermizamente egocéntrica que hablaba siempre tan fuerte y solamente sobre sus cosas sin dejar nunca hablar a nadie, ni tampoco le interesaba lo que decía el resto, por boca del mismo Tilo, justamente por lo que sabía, no quiso tocar el tema y prefirió no decir nada.

"Pero no te hubieras molestado, Abiman", volvió a decir la mujer de Tilo, se paró, abrió su elegante vitrina y sacó la fina vasija de porcelana *Meissen*. "Espérame unos minutos que voy a la cocina a ponerles agua y a preparar el desayuno. ¿Qué te provoca: un té, café, café con leche, o leche nomás? ¿Si gustas, te preparo también unos huevos revueltos?" Laura le hablaba como si se conocieran desde hace años.

"Gracias, si no te molesta, dame un jugo nomás que ya he tomado un café antes de salir. Ah, pero los huevos sí te acepto. ¡Mm, qué rico, me encantan los huevos, y revueltos, mejor todavía!" Mientras hablaba la doctora tocaba el fino cuero blando de becerro del sofá, como si estuviera acariciando una piel viva. "Muy buena calidad, ¿eh? Creo que yo también cambiaré mi vetusta silla de cuero que tengo en la oficina. ¿Sabes cuántos años hace que la tengo?... por lo menos veinticinco" Y se rió porque sabía que no iba a cambiar la silla y menos por algo tan costoso como ese cuero.

"Sí, es finísimo, me costó, perdón, quiero decir a Tilo le costó porque fue él quien lo compró, como diez mil curos. Y todo hecho especialmente a mano en Italia, tú qué crees" Laura inflaba el pecho.

La doctora estaba maravillada ante todo ese lujo y ostentación, pero también tenía que hacer un gran esfuerzo para no comparar con todo lo que había vivido en los asentamientos humanos en el África, al lado de todos esos niños y niñas supervivientes de los restos explosivos en Camboya, o en tantos otros lugares donde la gente no tenía nada, más que dolor, pobreza y tristeza. Mientras Laura preparaba el desayuno en la cocina, la doctora paseaba la vista por cada rincón de la sala, sin perderse ningún detalle, como esa gran vasija de porcelana china con dibujos de budas desnudos y dragones que había en el centro de una gran mesa ovalada; o el bonsái en una esquina, al costado de una inmensa pantalla de televisor del que tanto había escuchado hablar por boca del mismo Tilo en la UCI; también se dio cuenta del impecable brillo del suelo que parecía un espejo, la elegante vitrina italiana de caoba, artísticamente tallada y la que Laura acababa de abrir para sacar el florero de Mama Emma; o esos carísimos cuadros originales de pintores contemporáneos renombrados, como *Hessam Abrishami, Bernhard Heisig, Tim Barton,* que colgaban como si fueran una muestra de museo sobre la pared más grande empapelada con corcho de un color marrón oscuro; o esas dos pesadas estatuillas de marfil de elefante y otros ornamentos de madera africano, que se encontraban sobre una gran repisa redonda de vidrio de un metro y medio de diámetro y que colindaba con la ventana principal. Tanteó también disimuladamente con el pie la calidad de esa inmensa alfombra gruesa persa de lana de cabra que cubría prácticamente todo el piso de la sala. *¡Por Dios, qué derroche!, ¿cuántos euros le habrá costado este felpudo... cien mil, doscientos mil o trescientos mil?*, se preguntó mirando la alfombra mientras movía la cabeza, abrumada por semejante derroche sabiendo que en el Congo hasta se mataban por un pedazo de pan. Miró también, entre sorprendida, incómoda y fastidiada esas elegantes cortinas de color melón moderado que dejaban filtrar discretamente la luz que entraba por las ventanas, o esas dos muñecas de colección *Zwergnase* de casi un metro de alto, todas bien vestidas y hechas con un material especial que parecían de carne y hueso, sentadas en el otro extremo de ese cómodo sofá de tres cuerpos. *¡Caramba, si así es la sala, cómo serán los otros cuartos!,* pensó como embobada al ver tanta pomposidad junta, y así constató con sus propios ojos todo lo que también había dicho Tilo aquel día en que deliraba por la fiebre.

Las dos mujeres se sentaron a tomar el desayuno y se confesaban emocionadas de todo lo que habían hecho mal o que lo hubieran querido hacer mejor el día anterior, disculpándose siempre una de la otra. A medida que profundizaban en la conversación, Laura tomó confianza y tuteándola le confesó a la doctora: "Créeme, te lo digo en serio: tú tienes razón, mejor te haré caso sobre lo que me has dicho ayer, me esforzaré en cambiar. Sí, cambiaré, cambiaré", repitió varias veces, mientras llenaba el vaso de la doctora con más jugo y sonriendo tímidamente, como si todavía estuviera escondiendo algo. "Ya no lo criticaré tanto, es más: hasta lo apoyaré, sí, lo apoyaré también con sus *planes*, con su *Grupo* y todo eso" Hasta que no pudo aguntar más y comenzo de nuevo con sus prejuicios e insultos: "Sólo que a ese chancho degenerado de su amigo Pocho y al cholo Quispe ese con su quena simplementa ya no los paso, los veo hasta en la sopa, *Schmarotzer* folclóricos, a vender tamales en la calle es lo que deberían. Gringuita, Gringuita, me dicen siempre los muy imbéciles, como si yo fuera no sé qué cosa. El esperma, sí, el lechoso esperma es lo que se les sale hasta de los ojos... ¡Aguantados de porquería!" Después de su ex abrupto contó en silencio hasta diez, inhaló aire y se calmó.

Pues quién como tú que te miran así porque eres guapa y atractiva, pero yo, ¿qué cosa soy yo?... Más que una bruja fea jorobada. Pensó la doctora con algo de envidia.

"Por favor, discúlpame, pero esto tenía que decírtelo", se disculpó Laura "Creo que es un problema de mentalidad, no me acostumbro a ese tipo de gente. Por eso le dije un día a Tilo, cuando recién nos conocimos, que nunca, ni aún muerta iría al Perú a vivir con él. Pero, bueno, ahora tengo que aprender a ser más tolerante y comprender mejor a sus amigos, ¿no te parece?"

La doctora abrazó a Laura y se contuvo antes de decirle: *Mira, no creas, yo tampoco soy perfecta y me lamento como una cojuda después de las cosas directas, sin tacto que siempre digo y que para muchos son hasta hirientes. Por eso quizá también muchos me odian y no me toleran...* y miraba de reojo el cuerpo perfectamente formado y con curvas bien proporcionadas de Laura, y siguió pensando: *Y sí que te envidio, hija, porque tienes dos senos completos y ese cuerpo bien formado, pero bueno, no importa, por eso elegí felizmente esta profesión para que me quieran mejor los enfermos ya que, como maltrecha que soy, nunca me he atrevido a estar con un hombre que verdaderamente me quiera como mujer, como en tu caso...* se contuvo, apretó fuerte los labios y prefirió mejor no decirle nada.

"He sido muy egoísta y desconsiderada con Tilo, lo sé...", continuó Laura. "El es un pan de Dios, siempre ha sido muy bueno, cariñoso, dadivoso y muy abierto conmigo y con todos, quizá hasta demasiado. ¡Palabra que sí! Siempre nos ha complacido y ayudado en todo, a mí, a mi hija Karina y a todo el mundo. ¡Son más de veinte años que vivimos juntos, Abiman! Conozco hasta todas las pecas que tiene en la espalda, sus reacciones, gustos, como piensa, todo, todo lo conozco. Felizmente tú me has ayudado ahora a abrir más los ojos, Abiman. Por eso, y lo reconozco, quizá por mi vanidad y egoísmo sé que lo trato a veces muy mal."

"Está bien, basta ahora ya de lloriqueos y melodramas, Laura, hoy es también mi cumpleaños y esto hay que ahora festejarlo", sugirió la doctora, como siempre, a su manera. Y era además cierto, porque ese día, efectivamente, la doctora cumplía sesenta y seis años. "¿Por qué no apagamos mejor este incendio con un buen trago? ¿O prefieres acaso que mejor llame a los bomberos?", dijo riéndose, quería cambiar mejor de tema; luego se paró y, como no podía con su genio, fue donde estaban las estatuillas de marfil de elefante y siempre acordándose de lo que había vivido en el África, le soltó otras de sus indirectas sarcásticas: "Linda decoración, eh... ¿No entiendo por qué la gente desea y busca siempre los colmillos de estos pobres animales, si los chinos, que todo lo imitan, los podrían hacer también perfectamente de plástico? Hm... ¿no tendrás por casualidad por ahí también unos cuantos *diamantes de sangre?"* Y se rió sola.

"Yo sé que...", siguió confesando Laura, como si el comentario de su invitada ahora no le interesara. "Desde que se enfermó Tilo me he comportado como una cobarde, un vil cobarde, ¿entiendes?..." Se acercó donde la doctora y le cogió la mano como si quisiera transar ahora un pacto. "Por eso mismo, como sé que esos medicamentos de todas maneras le distorsionarán más la mente, creo que lo más sensato sería actuar como tú dices: más abierta y aceptar nomás pues todas sus chifladuras" Se reía tímidamente, como arrepintiéndose por un momento lo que acababa de decir; la miraba con un ojo resignado y el otro como aliviada, más tranquila. "Quiero decir, estar más con él, apoyarlo en las cosas que le gusta hacer, sus pasatiempos, estar más juntos y ya no tan distante como hasta ahora. Sólo así creo que me sentiré también más tranquila y ya ni cuenta me daré de cómo esa maldita enfermedad lo va consumiendo cada día más."

Y así las dos mujeres no sólo acordaron salomónicamente un pacto, sino que además terminaron también festejando hasta el amanecer el cumpleaños de la doctora, con cuatro botellas de champaña y pegadas casi como siamesas con una resaca madre en el sofá de la sala.

Casi dos años después de ese inesperado encuentro, la doctora y Laura terminaron, no tanto como íntimas amigas, pero se entendían, o mejor dicho, trataban, ya que al final era la doctora que por ética casi siempre cedía.

Una mañana, Tilo parecía como si estuviera descansando una profunda y placentera siesta, sentado en su silla de ruedas eléctrica en su cuarto; tenía su mano derecha estirada, tiesa, y los dedos bien separados sobre la palanca de mando de la silla: hacía como cuatro meses que ya no podía mover su mano izquierda, al igual que prácticamente todo su cuerpo, también había perdido el habla y respiraba sólo con ayuda de una botella de oxígeno que llevaba siempre colgada en el respaldar de su silla de ruedas. Esa mañana, Tilo ya había fallecido hacía cerca de media hora. Estaba ladeado, los ojos cerrados como si se hubiera quedado dormido y sus facciones reflejaban una gran serenidad, paz, satisfacción, como si por fin hubiera acabado esa larga conversación con Morbo que había crecido y crecido obsesionadamente en su interior y que nunca lo dejaba tranquilo. A su lado derecho, sobre una mesita rodante, había cinco cuartillas impresas que él acababa de terminar de escribir y que quería revisar y adosar a las otras doscientas hojas también impresas de su soliloquio que se encontraban en un archivador marcado con el nombre de *Estado incierto*; en las cuartillas sueltas, decía:

Oye Morbo, creo que hoy sí me he pasado de la raya. Me siento ligerito, volátil, como si todo mi cuerpo se evaporara. Y tú, Abiman, aunque prefiero llamarte Abi, cortito nomás, como esta vida que seguro hoy se me va de la mano, te confieso que este aerosol antiespasmódico que me has recetado sí que está rebueno, eh. Esta vez no te he hecho caso con la nueva dosis esa que me recetaste y me he volado al hilo este último envase de Cannabis, además, claro, de los cuatro supositorios esos de morfina que también me los he metido en el culo uno detrás del otro como torpedos. Es que Morbo me está jodiendo otra vez, parece que ya quiere romper la tregua y yo, al decir verdad, ya estoy cansado, muy cansado, o se va él o me voy yo. Sí, sí, ya lo sé, según tu última prescripción yo hace rato que yu tendría que estar donde los matasanos esos del Universitätsklinikum Carl Gustav Carus (¡Coño, vaya con el nombre ese! ¿Por qué no lo abrevian mejor con las siglas CGC? Aunque, mejor no: paradójicamente podría significar en inglés Certified Guaranty Company, cosa que no cuadraría para nada), y según tus recomendaciones es necesario que me saquen urgente como anticucho una biopsia muscular del deltoides, ya que tú sospechas que se me está cocinado otra cosa rara en las pocas fibras esas que aún me quedan. Pero bueno, lo cierto es que estoy esperando esa hospitalización, internamiento o como se llame, hace como tres meses y sin recibir hasta ahora ninguna confirmación, te juro que todo esto ya me ha llegado hasta el mismo culo por donde me he metido ahora esos cuatro proyectiles de morfina. Seguramente, como enfermo crónico, les soy menos rentable que a uno que debieran serrucharle la cadera para ponerle una prótesis con bola de titanio o, no sé, talvez más complicado que cualquier otra víctima a quien tuvieran que abrirle un tajo de treinta centímetros en la barriga y extirparle un bulto. Ah, sí, y de seguro se preocuparían también de hacerle el corte bien profundo para cobrarle así también más al Seguro Médico y justificar lo que esos doctores llaman modestos honorarios de cinco cifras. Ojalá nomás que no lo zurzan después tan rápido y se olviden a lo mejor de una tenaza, cuchilla o cualquier otro instrumento quirúrgico por ahí. Y pobre de la víctima esa también si es parte del festín ese de gérmenes resistentes que siempre se arma en algunas salas de operaciones por falta de higiene, o por esa barbaridad de antibióticos que unos doctorcitos como Kaminsky o el melenudo de Rossmann les gusta recetar siempre y por más que me metan también el cuento que las operaciones en algunas clínicas ultra especializadas (como en la Carl Gustav Carus, por ejemplo) las hacen ahora los robots, prefiero cerrar mejor mi pico y ya no decir nada. Y tú Morbo, como para cambiar de tema, no vayas a creer que me siento así de volatizado y feliz sólo por el efecto ese de la marihuana, es que estoy así de high, happy, súper happy porque por fin mi amada mujercita Laura está, no digo que menos majadera ni tan pegada siempre a las cosas materiales que antes (al contrario, hasta creo que eso se le ha acentuado mucho más), siempre ella tan fifí, fina y exclusiva, pero sí un poquito (y mejor lo recalco: poquito) más abierta y tolerante; lástima que sólo conmigo y no con los de piel cobriza y negra de mis amigos. Desde que Pocho, por ejemplo, mi fiel compañero y aliado, se dejó la barba hasta el pecho, su xenofobia le ha subido tanto que ahora hasta forma parte del movimiento social ese de protesta contra asilados políticos, refugiados de guerra y zonas de conflicto PEGIDA en Dresden. "¡OH, qué miedo! Pero si se ve igualito al autoproclamado califa ese del Estado Islámico. Seguro que se ha vuelto ahora hasta terrorista", me dijo el otro día, generali-

zando como siempre las cosas. A propósi-
to de mi querida mujer: por ese maldito
par más de zapatos ahora número dos-
cientos, sí, doscientos que mi compulsiva
Cenicienta se compró, tuve hasta que re-
galarle encima otro armario más grande
porque el que ya tenía simplemente le
quedó chico y yo, para evitar líos, todavía
le dije: "Compra, compra nomás cariño
todos lo que quieras y no te preocupes:
como tú no quieres que se desordene nun-
ca nada en tu lindo dormitorio perfumado
y siempre bien ventilado, salvo, claro,
esas otras dos hijas tuyas de colección de
mil euros, este, quiero decir muñecas de
plástico Zwergnase que cuidas siempre
tanto, mete todos tus zapatos, carteras y
perifollos que ya no usas tanto en una bol-
sa y guárdalas mejor aquí en mi cuarto,
debajo de la cama."... Así están pues las
cosas, Morbo, y creo que seguirán así.
Como mi padre siempre me decía: "El
mono, aunque se vista de seda, igual se-
guirá siendo un mono." Y creo que algo
de cierto hay también en eso. Ah, pero los
que sí han cambiado, como la noche y el
día, son todos esos lindos viejitos del al-
bergue. El Photo Shooting que hicimos en
ese asilo de ancianos con autorización de
la doctora Abiman y, aunque sé que al
comienzo le costó, también con ayuda de
Laura, fue todo un éxito. Con decirte que
Madame Fifí, o sea mi linda y preciosa
mujer, siempre ella tan In, también cola-

boró con sus ideas cuando le pusimos a la vieja esa malhumorada cascarrabias que parece hombre, casi sin pelos en la cabeza, esa peluca con rulos largos empastados con goma y luego le embadurnamos la cara con betún para que se pareciera a Bob Marley. ¡Jajaja! fue graciosísimo. Laura hasta ahora se acuerda y se orina de la risa. Eso me entusiasmó tanto, que al toque me puse a dirigir sentado en mi súper silla de ruedas eléctrica ultra moderna a propulsión turbo y encogido como ese genio y heredero de Einstein, Stephen Hawking (yo por supuesto ese día todavía podía mover un poco más las dos manos y decir siquiera algunas palabras con mi inconfundible voz de pito), y le convidé a escondidas a esa viejita cascarrabias también unas cuantas inhalaciones de Cannabidiol (o sea, Cannabis) ¿A que no sabes, Morbo, lo que hizo después?... Difícilmente me lo creerías: pues nos cantó con un perfecto inglés jamaiquino "No woman no cry" y con los ojos rojos e inyectados por la marihuana, nos dijo después con una increíble fluidez de idioma: "Smoking herb is freedom. If you want to be free, just smoke herb." Cómo la ves, creo que hasta se convirtió más adelante también en una adicta prematura a la morfina, ya que más tarde se zampó también en el culo uno de mis supositorios soporíferos. Lo cierto es que su entusiasmo repercutió de tal manera en el salón que, después de que aparecieron la doctora Abiman, Laura, Pocho y el cholo Quispe (con su quena colgada en el cuello y charango en el hombro, por supuesto), inmediatamente nos pusimos a arreglar un cuarto que se encontraba vacío, para hacer el mejor Photo shooting de todos los tiempos. Ese día hasta instalamos proyectores con luces especiales que yo había comprado antes y una lona color verde papagayo de tres por tres metros para el Greenscreen; además, claro, de mi súper cámara digital con un visor especial pentaprisma y enfoque con encuadre de lectura del exposímetro y todo. Me asesoró también el gran Mario Testículo, perdón, quiero decir Testino, pero, por supuesto que no gratis, ya que, por más de haber sido mi compañero de estudio en la Universidad del Pacífico en Lima, tuve que romperle primero la mano con ochocientos euros. "Tarifa fija solamente para los amigos, brother", me dijo todavía el muy tacaño. Ese día, acuérdate, Morbo: hasta habíamos preparado el ambiente con una decoración especial, y todo gracias a mi Laura, porque eso sí, para gustos y colores ella es campeona. Y como era de esperar, fue la misma doctora Abi, después de hacerles su respectiva anamnesis, con control de azúcar, presión arterial y todo, quien se encargó de escoger especialmente a los viejitos psicosomáticamente más dañados como modelos para las tomas, *inclusive de nuevo a la viejita esclerosada Gertrude a quien siempre recordaré con cariño como Emilita. Pero antes, y aquí viene lo interesante, Morbo, yo reuní, por supuesto a escondidas de la doctora, a todos los escogidos para que me abrieran sus tembleques bocas y recibieran así cada uno también la milagrosa dosis de tres inhalaciones de cinco miligramos de Delta 9-Tetrahydrocannabinol (o sea, marihuana pura y súper concentrada) ¡Jajaja! Todos se pusieron súper happy. El cholo Quispe quería también su ración, y le dije: "Tú, ni cagando, cholo. Para ti tengo otra cosa...", y le di nomas unas cuantas hojas sueltas de coca con un poquito de cal que él mismo me había regalado un día cuando regresó del Cuzco, para que las masticara. "Mastica, mastica ahora mejor tu alfalfa, Cholo", recuerdo que le dije "Y ahora ven y acompáñame con tu quena y charango que vamos a cantar todos juntos unos cuantos himnos de Bob Marley" Y así terminamos interpretando todos alucinados y contentos, Get up Stand Up, Three Little Birds, Love I Can Feel, Ba Ba Boom, que el reggae aquí, el reggeaton Cubano acá, Peace and Love, I'm so happy... y cosas así. Como al cholo Quispe le invadió de pronto una profunda nostalgia de su Perú, quiso imitar también a la Pastorcita Huaracina, Picaflor de los Andes, Jilguero del Huscarán y bueno, soplar también otra vez con su quena el bendito*

Condor Pasa, pero yo me negué tajante-
mente: "Cholo, ¡puta madre, otra vez! Yo
sé que las raíces autóctonas te llaman, pe-
ro ahora estamos en Alemania. Si quieres,
te regalo ahora tres toques también de
marihuana y canta en quechua mejor una
HipHop de Bushido, sí", le dije, peñis-
cándole por supuesto con cariño su abul-
tado cachete, lleno de hojas de coca y cal
mezclada con saliva que todvía tenía en la
boca. Y recuerdas también, Morbo, aquel,
un viejo gordo, bastante corpulento que
había vivido casi toda su vida en Nueva
Zelanda y al que le entró la añoranza,
aunque parecía más un paranoico digno
de ser tratado por un psicoanalista, me re-
fiero al vejete ese pues que se había retra-
tado vestido de guerrero Maorí y que ca-
lato nomás, en calzoncillo, sacó su len-
guaza, y abriendo la boca más grande que
vi en mi vida gritó en maorí "¡TAMA A
TE UWHA!" (traducido, significa: Maldi-
ta mierda) Recuerdo que hasta se le aca-
lambró la mandíbula y no pudo cerrarla y
tuvimos que llamar a otro médico, porque
ni la doctora Abi, ni mi mujer, ni Pocho,
ni nadie pudo cerrarle la boca. Pero esta
historia no termina ahí, Morbo, y mejor te
la cuento rapidito nomás, antes de que
con tu voraz apetito me succiones estos
pocos minutos de vida que aún me que-
dan, dado de que siento como si se apaga-
ran ahora poco a poco cada uno de mis
órganos y, de pura debilidad, raquitismo,

o sabe Dios qué, se me cierran también los ojos, y parece que volviera a ver a Gertrude (o sea, Emilita), a quien tanto le había gustado su disfraz de Abuela de la Caperucita Roja, que ese día durante el *Photo shooting* tampoco quiso sacárselo, y así vestida le tomé también unas cuantas fotos con su pijama de florecitas y gorra con bolas en su cama. "Si me muero ahora, Tilo Tilín Tilín...", me dijo clarito, repitiendo todavía mi nombre como ruido de campana, toda china de alegría, como si se burlara de mí "como abuela de mi querida nietecita Caperucita, pues lo haré mejor aquí, bien acurrucadita y escondida en mi cama. ¡Jajaja!..." y se reía, enseñándome los únicos tres dientes torcidos que aún le sobraban, hasta se tapó todo el cuerpo con la frazada, lo único que se veía eran sus arrugados ojos de tortuga. "Ah, y otra cosa, Tilo Tilín Tilín: He sido yo en verdad quien se ha tragado al lobo feroz, ¿sabías?...", me dijo, y así me tomaba siempre el pelo. Fue muy curioso además de gracioso, porque esa poética deformación que la viejita Gertrude hizo del cuento de los hermanos Grimm, lo asocié inmediatamente también con "La vuelta al día en ochenta mundos" del cronopio de Cortázar. Por eso, sí, por eso me siento ahora más orgulloso que nunca por haber cumplido también con éxito este último plan mío. Ha marcado un verdadero hito en la historia de ese albergue de an-

*cianos. ¡Sí señor! Con decirte que hasta
en el pasillo principal, claro, que ya bastante retocados por todos esos pinchazos
de veneno de culebra (o sea botox), que la
cosmetóloga y directora de escenario, mi
mujer Laura, les hacía siempre en sus
arrugadas caras, se pueden apreciar ahora todos los retratos de esos lindos viejitos, imitando a sus ídolos: Clark Gable,
Audrey Hepburn, Humphray Bogart, Greta Garbo, John Wayne, Marlene Dietrich,
Bette Davis, entre otros. Los más antiguos, por ejemplo, me refiero a los de noventa años para arriba, paradójicamente
y por más que hemos tratado de conven-
cerlos que mejor no, igual hicieron el intento por parecerse uno a un Michael
Jackson con guantes blancos y una túnica
igual a la de Jesucristo; otra en cambio
quiso ser Lady Gaga, aunque con aquella
corona en la cabeza se parecía más a la
estatua de la Libertad; había otro que
quiso imitar a un Karl Lagerfeld, pero
como era calvo y encima sufría de Parkinson, tuvimos que hacer verdaderos artifi-
cios para que saliera siquiera en la foto
con su cola de caballo acomodada: "Oye,
quédate tranquilo pues y no me tiembles
ahora tanto que te vamos a pegar este felpudo de plumas de pelícano en la cabeza,
¿te parece?", le dije, lo recuerdo tan bien
como si fuera ayer. También no faltó un
Boris Karloff disfrazado de momia; y ese
otro viejo, más pálido que un fantasma,*

que se puso un casco para montar motoci-
cleta: "Soy Neil Armstrong y viajaré, claro que después de una segunda visita cor-
tita nomas a la Luna, al lado más caliente
del rocoso mundo de Mercurio, a ver si
así me tuesto también un poco", y me lo
dijo todavía muy en serio. Más tarde también me enteré que ya varias veces quiso
quitarse la vida, sólo que nunca lo logró,
porque escogía siempre una soga tan larga para ahorcarse que aterrizaba siempre
más vivito y coleando que una lagartija en
el piso. Los veteranos más rebeldes, ex-
céntricos, idealistas y revolucionarios, por
ejemplo, no dudaron ni una sola vez en
acicalarse para verse siquiera por un día
como el Che Guevara o Evita Perón con
su no llores por mí Argentina o cosas por
el estilo; también apareció en escena un
Mahtma Gandhi, y como el viejo era encima pelón, flaco y descuajeringado, se
podría decir que se veía igualito. Entre
todo ese original elenco de modelos veteranos, había tres viejitos que se parecían
mucho a los Tres Chiflados, y eso me ins-
piró también para decirles muy entusias-
mado: "¡Hey, ustedes, los Tres Chiflados!... Al toque, júntense un poco más,
muy bien, no tengan miedo que les voy a
tomar ahora una como Moe, Curly y La-
rry" Tampoco faltó uno que quiso parecerse a la extravagante Nina Hagen, otro
a Alice Cooper, Salvador Dalí y así; había
uno que hasta tuvo la osadía de pregun-

tarme si es que podía ser *Adolf Hitler*, y le dije: *"Sí, claro, cómo no, pero antes te apaleamos y te hago bañar con cianuro en la ducha."* Todo fue muy gracioso, porque en el fondo, muy en el fondo, así somos todos: cada uno, nunca contento con lo que es, quiere ser siempre otro, o al menos parecerse. Con decirte que hasta hemos llorado de pura alegría y, por un momento, nos hemos olvidado también de todos nuestros achaques, penas y sufrimientos. Este acontecimiento le había gustado tanto a la doctora *Abiman*, que me dijo muy sorprendida: *"¡Increíble Tilo, no lo puedo creer!... A todos, pero a todos sin excepción, les has devuelto la felicidad. Figúrate, hasta yo misma, que soy doctora, para ayudarlos, creo que nunca, nunca se me hubiera ocurrido esto"*, y en mi interior pensé: *"Sí, pero todo gracias a esta hierba alucinógena que siempre me recetas"*, y le sonreí nomás, algo culposo. La doctora me abrazó tan efusivamente, que a *Madame Fifí* (o sea, mi mujer) le entró hasta un ataque de celos. *"Es más..."*, continuó diciéndome *"yo misma me encargaré para que este tipo de actividades se hagan también en el Krankenhaus Dresden-Friedrichstadt y en el Universitätsklinikum Carl Gustav Carus, donde dicto también mis conferencias a los estudiantes."* Y así fue, porque a los ocho meses no solamente se organizaron este tipo de recreaciones para enfermos en esos dos hospitales, sino que, además, se extendió por todos los albergues y asilos de ancianos en Dresden. Yo mismo me sorprendo que haya podido hacer todo eso, ya que ahora me siento hasta menos que un mojón de vaca (el estiércol al menos sirve de abono), moribundo y casi desahuciado, esperando nomás ahora en esta bendita silla de ruedas la muerte. Pero, bueno... eso ya no importa porque igual me siento feliz, muy feliz, por haber cumplido también con éxito esta última tarea mía. ¿No es eso acaso lindo? ¿Para qué entonces seguir viviendo, Morbo, si ya he logrado todo lo que he querido en la vida? A todos los que me han acompañado siempre los quiero y querré siempre mucho. Creo que si no me hubiera enfermado, tú y yo, Morbo, nunca nos hubiéramos encontrado, ni tampoco nunca me habría dado cuenta qué hice bien o mal en la vida. Es sorprendente, pero ahora veo todo mucho más claro, sólo que, en este momento, me siento tan, pero tan cansado que me gustaría solamente dormir, dormir y dormir. En fin, no sé, creo que tú ya me entiendes, por eso mi tormentoso Morbo o mórbida fascinación mía, creo que ya llegó la hora de despedirme. Ambos hemos salido ganando: tú porque te dejé que te alimentaras de mis células sanas hasta el final, y yo porque cumpliste con el pacto de dejarme escribir hasta estas últimas líneas. Qué alivio, por fin lo encontré, ahí

está: el Estado incierto. Lo veo clarito.
Una oscura masa intangible, igual que
una tormentosa nube que se desintegra, sí,
eso es, porque el cambio de un estado ma-
lo por otro incierto, no puede ser otra co-
sa que una borrascosa nube que siempre
se mueve, se mueve mucho y cuyo centro
se va cargando de energía, mucha ener-
gía, hasta que ¡PUM!... se libera y luego
desaparece...

Al poco tiempo, como Laura no podía ni quería
renunciar a sus lujos y ostentaciones, se volvió a
casar con un millonario alemán, dueño de una
afamada cadena de tiendas de ropa de marca.
Pasaron diez años más y también murió pero
infeliz y amargada, como siempre, y en un fére-
tro de lujo enchapado en marfil y con incrusta-
ciones de oro, por supuesto.

Otros títulos del autor

¿Por qué a mí?
BOD, 2003, Alemania; ISBN 978-3-8370-4938-1

El expresionista
BOD, 2004, Alemania; ISBN 978-3-8334-1812-9

La dulce espera
BOD, 2006, Alemania; ISBN 978-3-8334-4471-5

Morbide Faszination
 (Versión en Alemán de *Estado incierto*)
BOD, 2016, Alemania; ISBN 978-3-7431-0626-0

Meine Opfer
 (Versión en Alemán de *¿Por qué a mí?*)
BOD, 2008, Alemania; ISBN 978-3-8370-6208-3